Sir Arthur Conan Doyle

Les Exploits
du colonel Gérard

Sir Arthur Conan Doyle

Traduction de Geo Adam

© 2019, AOJB
Edition : BoD – Books on Demand,
12/14 rond-point des Champs-Elysées, 75008 Paris.
Impression : BoD - Books on Demand, Norderstedt, Allemagne
ISBN : *978-2-3220-8-1417*
Dépôt légal : juin 2019

SOMMAIRE

I Comment le colonel gagna la croix 7

II Comment le colonel tint le roi entre ses mains 35

III Comment le roi garda le colonel 61

IV Comment le colonel debarrassa l'empereur des frères d'Ajaccio. 87

V Comment le colonel visita le château des horreurs 111

VI Comment le colonel fit campagne contre le Maréchal Millefleurs.................................. 137

VII Comment le colonel fut tente par le diable 161

VIII Comment le colonel joua une partie dont l'enjeu était un royaume................................... 187

I

COMMENT LE COLONEL GAGNA LA CROIX

Le duc de Tarente, ou Macdonald, comme préfèrent l'appeler ses vieux camarades, était ce jour-là d'une humeur exécrable. Sa figure renfrognée d'Ecossais ressemblait à un de ces grotesques marteaux de porte que l'on peut voir dans le faubourg Saint-Germain. J'ai su, depuis, que l'Empereur avait dit un jour, en plaisantant, qu'il l'aurait bien envoyé contre Wellington dans le sud, mais qu'il n'avait pas voulu se hasarder à lui laisser entendre le son des *pibrochs*. Le major Charpentier et moi nous voyions clairement qu'il était en ce moment dans une grande colère.

— Colonel Gérard, des hussards, cria-t-il, du ton d'un caporal interpellant une recrue.

Je saluai.

— Major Charpentier, des grenadiers à cheval.

Mon camarade répondit de même à l'appel de son nom.

— L'Empereur a une mission à vous confier.

Et sans un mot de plus, il ouvrit la porte et nous annonça.

J'ai vu Napoléon dix fois à cheval pour une fois à pied, et mon avis est qu'il a raison de ne se montrer qu'à cheval à ses troupes, car il a vraiment bonne mine en selle. Tel que nous le vîmes ce jour-là, il était d'une bonne longueur de main le plus petit des six hommes alors réunis dans la pièce, et pourtant, moi-même je ne suis pas très grand, quoique d'une jolie taille cependant pour un hussard. Il est évident qu'il a le buste trop long pour les jambes. Avec sa grosse tête ronde, ses épaules voûtées, sa figure entièrement rasée, il a plutôt l'air d'un professeur de Sorbonne que du premier soldat de France. Chacun son goût, mais il me semble que si je pouvais lui coller en travers de la figure une paire de ces fines moustaches de beau cavalier comme les miennes, cela ne lui nuirait pas. Cependant il a une bouche qui exprime la fermeté et des yeux remarquables. Je ne les ai vus qu'une seule fois dirigés sur moi avec colère, et j'aimerais mieux me jeter sur un carré d'ennemis, au grand galop de mon cheval, que de m'exposer de nouveau à ces yeux-là. Et pourtant je ne suis pas homme à me laisser intimider facilement.

Il se tenait à un bout de la pièce, du côté opposé à la fenêtre ; il examinait une carte pendue au mur. Berthier se tenait près de lui, l'air grave, et au moment où nous entrâmes, Napoléon lui arracha brusquement son sabre et le piqua sur la carte. Il parlait vite et à voix basse, mais je l'entendis qui disait : « La vallée de la Meuse, » et il répéta deux fois « Berlin ». Son aide de camp s'avança vers nous, mais l'Empereur l'arrêta et nous fit signe d'avancer.

— Vous n'avez pas encore la croix d'honneur, colonel Gérard ? me demanda-t-il.

— Non, Sire, répondis-je.

Et j'allais ajouter que ce n'était pas faute de l'avoir méritée, quand il m'arrêta court de son geste péremptoire.

— Et vous, major ?

— Non, Sire !

— Alors voilà une occasion pour vous de la gagner.

Il se retourna vers la carte et plaça la pointe du sabre de Berthier sur Reims.

— Je veux vous parler franchement, Messieurs, dit-il, comme à deux camarades. Et il avait un sourire étrange et charmeur qui éclairait sa figure pâle d'une sorte d'éclat de soleil froid. – Nous voici ici, aujourd'hui 14 mars, à Reims, quartier général actuel. Voilà Paris là, à une distance de vingt-cinq lieues par la route. Blücher est au nord, Schwarzenberg au sud.

Et il piquait la carte avec le sabre en parlant.

— Maintenant, dit-il, plus ces gens-là s'avanceront dans le pays, plus je les écraserai complètement. Très bien, laissons-les faire. Mon frère, le roi d'Espagne, sera là avec cent mille hommes. C'est vers lui que je vous envoie. Vous lui remettrez cette lettre dont je vous confie à chacun une copie. C'est pour lui dire que j'arrive à son secours d'ici deux jours avec toute mon infanterie, ma cavalerie et mon artillerie… Il faut bien leur donner quarante-huit heures pour se remettre… puis, droit sur Paris. Vous me comprenez, Messieurs ?

Ah ! si je pouvais vous dire l'orgueil que je ressentis à me voir ainsi mis dans la confidence du grand homme ! Comme il nous remettait nos lettres, je fis sonner mes éperons, je portai la poitrine en avant, et souris pour lui faire entendre que je comprenais ce qu'il voulait. Il sourit aussi et posa sa main sur la manche de mon dolman. J'aurais donné la moitié de mon arriéré de solde pour que ma mère eût pu me voir à ce moment-là.

— Je vais vous indiquer votre route, dit-il, en se retournant vers la carte. Vous irez de compagnie jusqu'à Bazoches ; là vous vous séparerez, l'un de vous ira sur Paris par Oulchy et Neuilly, l'autre prendra au nord par Braine, Soissons et Senlis. Avez-vous quelque chose à dire, colonel Gérard ?

Je ne suis qu'un soldat, mais j'ai quelquefois des idées, et je sais m'exprimer. J'avais commencé une phrase sur la gloire, le péril de la France, etc., quand il m'arrêta net :

— Et vous, major Charpentier ?

— Si nous trouvons que la route n'est pas sûre, dit celui-ci, pouvons-nous en choisir une autre ?

— Un soldat ne choisit pas, il obéit.

Et d'un signe de tête, il nous fit comprendre que nous pouvions nous retirer. Il se tourna vers Berthier. Je ne sais ce qu'ils se dirent, mais je les entendis rire tous les deux.

Comme bien vous pensez, nous ne perdîmes pas de temps pour nous mettre en route. Une demi-heure plus tard nous descendions au trot la grande rue de Reims, et midi sonnait comme nous passions devant la cathédrale. J'avais ma petite jument grise Violette, celle que Sébastiani voulait m'acheter après Dresde. C'était certainement la bête la plus rapide que l'on pût trouver dans les six brigades de cavalerie légère, et il n'y avait pour la battre que la grande jument anglaise du duc de Rovigo. Quant à Charpentier, il avait un de ces chevaux que l'on a

I - Comment le colonel gagna la croix

toutes chances de voir entre les jambes d'un grenadier ou d'un cuirassier : un dos comme un lit et des jambes comme des poteaux ; vous voyez d'ici la bête. D'ailleurs il est lui-même assez lourd, de sorte qu'à eux deux ils faisaient une singulière paire. Et cependant, dans sa sotte suffisance, il ne cessait de lancer des œillades aux jeunes filles qui agitaient vers moi leurs mouchoirs et retroussait d'un air vainqueur sa vilaine moustache rouge jusque dans ses yeux, comme si c'eût été à lui que s'adressaient ces marques d'attention.

Une fois hors de la ville, nous traversâmes le camp français et le champ de bataille de la veille, encore couvert des cadavres de nos pauvres soldats et des Russes. Mais c'était le camp qui présentait le spectacle le plus triste. Notre armée se fondait. Les gardes faisaient encore bonne figure, quoique la jeune garde fût pleine de conscrits. L'artillerie et la grosse cavalerie n'étaient pas en trop mauvais état non plus, mais elles étaient bien réduites comme nombre. Quant à l'infanterie, les soldats avec leurs sous-officiers faisaient l'effet d'écoliers avec leurs maîtres. Et nous n'avions pas de réserves. Quand on songeait qu'il y avait quatre-vingt mille Prussiens au nord et cent cinquante mille Russes au sud, il y avait de quoi donner à réfléchir à l'homme le plus brave.

Pour mon propre compte, j'avoue que les larmes me montèrent aux yeux ; mais la pensée me vint que l'Empereur était toujours avec nous, et que le matin même il avait posé sa main sur mon dolman et m'avait promis la croix d'honneur. Cette pensée me rendit la gaîté ; je me mis à fredonner, tout en éperonnant Violette, jusqu'au moment où Charpentier fut obligé de me prier d'avoir pitié de son grand chameau, tout essoufflé et ruisselant de sueur. La route était défoncée par l'artillerie, et il avait raison, somme toute, de dire que ce n'était pas un endroit pour galoper.

Je n'ai jamais beaucoup aimé ce Charpentier, et pendant neuf heures de route je ne pus tirer un mot de lui. Il allait, les sourcils rapprochés et le menton dans la poitrine, comme quelqu'un qui réfléchit profondément. A plusieurs reprises je lui demandai ce qui le préoccupait, pensant que peut-être, avec mon intelligence plus vive, je pourrais lui donner un bon conseil et le tirer d'embarras. Je ne pus obtenir de lui que la même réponse : c'était à sa mission qu'il pensait, et cela me surprenait, car quoique je n'aie jamais eu une bien haute idée de son intelligence, il me semblait impossible qu'une affaire aussi simple pût embarrasser un soldat.

Enfin, nous atteignîmes Bazoches où il devait prendre la route du sud, pendant que moi je me dirigerais au nord. Il se retourna à moitié sur sa selle avant de me quitter, avec une expression singulière d'interrogation peinte sur la figure.

— Qu'est-ce que vous pensez de cela, colonel ? me demanda-t-il.

— De quoi ?

— De notre mission.

— Ma foi, c'est assez clair.

— Vous croyez ? Pourquoi l'Empereur nous mettrait-il dans la confidence de ses plans ?

— Parce qu'il a reconnu notre intelligence.

Mon compagnon partit d'un éclat de rire qui me vexa.

— Puis-je vous demander ce que vous comptez faire si vous trouvez les villages occupés par les Prussiens ?

— J'obéirai à mes ordres.

— Mais vous serez tué.

— C'est fort possible.

Il partit d'un nouvel éclat de rire si offensant que je portai la main à mon sabre ; mais avant que j'eusse pu lui dire ce que je pensais de sa sottise et de sa grossièreté, il avait tourné bride et galopait lourdement sur l'autre route. Je vis son grand bonnet à poil disparaître derrière la crête de la colline, et je continuai ma route, me demandant ce que signifiait sa conduite. De temps en temps je portais la main à ma poitrine, et je sentais le papier craquer sous mes doigts, ce précieux papier qui devait se transformer pour moi en la petite médaille d'argent, après laquelle je soupirais depuis si longtemps. Toute la route de Braine à Sermoise, je ne fis que penser à ce que dirait ma mère quand elle la verrait.

I - Comment le colonel gagna la croix

Je fis halte, pour donner à manger à Violette, à une auberge située sur le chemin, au bas d'une côte, non loin de Soissons, dans un endroit entouré de vieux chênes, et peuplé de tant de corbeaux que c'est à peine si l'on pouvait entendre sa propre voix. J'appris de l'aubergiste que Marmont avait battu en retraite deux jours auparavant, et que les Prussiens avaient passé l'Aisne. Une heure plus tard, à la fin du jour, j'aperçus deux de leurs vedettes sur la droite, et lorsque la nuit fut tombée, je vis le ciel éclairé par les feux de leur bivouac.

En apprenant que Blücher était là depuis deux jours, je m'étonnai que l'Empereur n'eût pas su que le pays à travers lequel il m'avait donné l'ordre de passer était déjà occupé par l'ennemi. Mais je me rappelai le ton avec lequel il avait dit à Charpentier qu'un soldat n'a pas à choisir, mais à obéir. J'étais donc bien décidé à suivre la route indiquée aussi longtemps que Violette serait en état de remuer un pied, et moi un doigt sur sa bride. Toute la route de Sermoise à Soissons n'est qu'une suite de montées et de descentes avec des courbes au milieu de bois de sapins ; aussi, je tins mon pistolet prêt et mon sabre tiré, maintenu au poignet par la dragonne, poussant doucement Violette tant que la route était en ligne droite, allant lentement et avec précaution dans les courbes, ainsi que j'avais appris à le faire en Espagne.

Lorsque j'arrivai à hauteur, de la ferme qui se trouve à droite de la route, après avoir passé le pont de bois sur la Crise, près de l'endroit où il y a une statue de la Vierge, une femme me cria d'un champ que les Prussiens étaient à Soissons ; un petit détachement de leurs lanciers était venu dans l'après-midi, et on attendait une division entière dans la nuit. Je ne m'attardai pas à écouter la fin de son histoire. J'éperonnai Violette, et cinq minutes après j'entrais, au galop dans la ville.

Les uhlans étaient à l'entrée de la rue principale ; leurs chevaux étaient à l'attache et ils causaient entre eux, chacun avec une pipe longue comme mon sabre. Moi, je les vis bien à la lueur d'une porte ouverte, mais eux ils ne purent apercevoir de moi que ma pelisse flottant au vent, et la robe grise de Violette passant devant eux comme un éclair. Un instant après, je tombai au milieu d'une autre bande qui sortait de dessous une porte cochère. L'épaule de Violette envoya l'un d'eux rouler sur le sol, et je portai un coup de pointe à un autre, mais je le manquai. Pan ! pan ! deux coups de feu me sont tirés, mais je tournai la rue au même moment, et je n'entendis même pas le sifflement des balles. Ah ! nous étions magnifiques, Violette et moi. Elle allait comme un lièvre poursuivi, faisant voler les étincelles sous ses sabots. Moi, j'étais debout sur mes étriers, brandissant mon sabre. Un uhlan s'élança pour saisir la bride de ma jument ; je lui entamai le bras d'un coup de sabre, et je l'entendis qui hurlait de douleur derrière moi. Deux cavaliers me serraient de près ; j'en abattis un d'un coup de sabre, et distançai l'autre. Une minute plus tard, j'avais traversé la ville et je descendais à un galop infernal une large route toute blanche, bordée de peupliers. Pendant quelque temps encore, j'entendis galoper derrière moi, mais bientôt le bruit diminua peu à peu, si bien que je ne le distinguai plus des battements de mon propre cœur. J'arrêtai bientôt Violette, et je me retournai pour écouter ; mais tout était redevenu silencieux : ils avaient abandonné la poursuite.

La première chose que je fis fut de mettre pied à terre et de conduire ma jument dans un petit bois à travers lequel courait un ruisseau. Je lui baignai les jambes et lui donnai un morceau de sucre trempé d'un peu de cognac de ma gourde. Elle était épuisée par cette course enragée, mais c'est incroyable comme elle se remit vite, après une demi-heure de repos. Quand je remontai en selle, je pus voir que ce ne serait pas sa faute si je n'arrivais pas sain et sauf à Paris.

Je devais être maintenant en plein dans les lignes ennemies, car au moment où j'atteignais une maison sur le bord de la route, j'entendis des voix rauques qui chantaient une de leurs rudes chansons à boire. Je fis un détour par les champs pour éviter la maison, et bientôt j'aperçus deux cavaliers qui – me crièrent quelque chose en allemand. Mais je continuai à galoper sans leur répondre et sans m'occuper d'eux. Ils n'osèrent pas tirer, car leurs propres hussards portent exactement le même uniforme que nous. Dans ces moments-là, voyez-vous, il vaut mieux avoir l'air de ne pas entendre; on met cela sur le compte de la surdité.

I - Comment le colonel gagna la croix

Il faisait un clair de lune délicieux, et les arbres coupaient la route de longues barres noires. Je pouvais voir toute la campagne comme si c'eût été en plein jour, et tout paraissait l'image de la paix, à part ceci qu'il y avait un grand incendie quelque part dans la direction du nord. Dans le silence de la nuit, avec la conscience du danger devant et derrière moi, cet incendie dans le lointain avait quelque chose de grandiose et de sinistre. Mais je ne m'attriste pas facilement, car j'ai vu pas mal de spectacles terribles dans ma vie ; aussi je me mis à fredonner en pensant à ma petite Lisette que j'allais pouvoir revoir à Paris. Ma pensée était entièrement absorbée par elle, quand, au tournant de la route, je tombai sur une demi-douzaine de dragons prussiens, assis au bord du fossé autour d'un feu de bruyères.

Je suis un excellent soldat. Je ne dis pas cela pour me vanter, mais parce que c'est la vérité. Je sais peser les choses en un instant et prendre une décision avec autant de certitude que si je l'avais mûrie pendant toute une semaine. Or je vis tout de suite qu'ils allaient me donner la chasse, et je songeai que j'avais sous moi une bête qui venait de faire douze lieues dans les conditions les plus pénibles. Mais poursuite pour poursuite, il valait mieux aller de l'avant que de revenir en arrière. Par cette nuit claire, avec des chevaux frais derrière moi, il fallait courir le risque d'une façon ou de l'autre, et si je devais réussir à me débarrasser d'eux, il était préférable que ce fût près de Senlis plutôt que de Soissons. Tout cela me passa dans l'esprit comme un trait, par une sorte d'instinct, vous comprenez.

Aussi à peine eus-je aperçu leurs faces barbues que j'enfonçai mes éperons dans les flancs de Violette, et nous voilà partis au galop de charge. Ah ! si vous aviez entendu ces cris et ce remue-ménage ! Trois d'entre eux firent feu et les trois autres sautèrent sur leurs chevaux. Une balle vint frapper le pommeau de ma selle avec un bruit sec, comme un coup de bâton sur une porte. Violette fit un bond en avant, et je crus qu'elle était blessée ; mais l'épaule seulement avait été légèrement effleurée. Ah ! ma chère petite jument, comme je l'aimais quand je la vis prendre ce galop long et soutenu qui lui est particulier, ses sabots claquant sur la route comme les castagnettes d'une

Espagnole ! Je ne pus pas me retenir ; je me retournai sur ma selle et je criai à pleins poumons : « Vive l'Empereur ! » Je ne pus m'empêcher de rire à la bordée de jurons qui m'arriva par derrière.

Mais ce n'était pas fini. Si Violette n'avait pas été fatiguée, elle leur aurait rendu facilement un kilomètre sur quatre. Mais elle soutenait tout juste le train, avec un peu d'avance, toutefois. Il y en avait un, un jeune officier, presque un enfant, qui était mieux monté que les autres. Il gagnait sur moi à chaque pas. À deux cents mètres derrière lui galopaient deux dragons, et chaque fois que je me retournais je voyais la distance augmenter entre eux. Les trois autres, qui avaient pris le temps de tirer, étaient loin derrière. J'attendis que l'officier eût une grande avance sur ses hommes ; alors je ralentis un peu l'allure de ma jument, très peu, très peu, pour lui donner à croire qu'il me rattrapait. Quand je le sentis à bonne portée, je tournai la tête, le menton sur l'épaule pour voir ce qu'il allait faire. Il ne se disposait pas à tirer, et je sus bientôt pourquoi : l'imprudent jeune homme avait retiré ses pistolets des fontes, lorsqu'il avait mis pied à terre pour la nuit. Il brandissait son sabre en hurlant son baragouin. Il ne semblait pas comprendre qu'il était à ma merci. Je ralentis encore un peu jusqu'à ce qu'il n'y eût plus qu'une longueur de lance entre nos deux chevaux.

— Rendez-vous ! me cria-t-il en français !

— Permettez-moi de vous complimenter sur votre français, lui répondis-je en posant le canon de mon pistolet sur mon bras gauche (c'est à mon avis la meilleure façon de tirer à cheval).

Je le visai à la tête et, à la clarté de la lune, je pus le voir pâlir, quand il comprit que c'en était fait de lui. Je pensai à sa mère et j'envoyai ma balle dans l'épaule de son cheval. Je crois qu'il dut se faire mal en tombant, car le cheval s'abattit lourdement ; mais j'avais à m'occuper de ma dépêche, aussi je remis ma jument au galop.

Mais je n'en avais pas encore fini avec ces gaillards-là. Les deux dragons ne firent pas plus attention à leur officier que si c'eût été une recrue désarçonnée dans le manège. Ils laissèrent aux autres le soin de s'occuper de lui et continuèrent à galoper après moi. J'avais ralenti le pas en montant la côte, croyant l'affaire terminée, mais, ma parole, je

I - Comment le colonel gagna la croix

ne tardai pas à voir que je n'avais pas le temps de flâner, et nous voilà repartis, ma jument levant la tête, et moi agitant mon shako, pour leur montrer ce que nous pensions de deux dragons essayant d'atteindre un hussard.

Mais à ce moment, pendant que je riais en moi-même de l'idée, mon cœur s'arrêta de battre : je venais d'apercevoir au bout de la longue route blanche, en face de moi, une masse noire de cavaliers qui semblaient attendre pour me recevoir. Un conscrit aurait pu prendre cela pour l'ombre des arbres, mais moi, je ne m'y trompai pas : c'était une troupe de hussards, et de quelque côté que je me retournasse, la mort semblait me guetter.

J'avais donc les dragons derrière moi et les hussards devant. Jamais, depuis Moscou, je ne m'étais vu dans un pareil danger. Mais pour l'honneur de la cavalerie, je préférais être pris par la cavalerie légère, plutôt que par la grosse. Je laissai donc Violette faire à sa tête. Je me souviens que j'essayai de prier, mais je suis un peu brouillé avec les oraisons et tout ce que je pus me rappeler, ce fut celle que nous avions l'habitude de dire quand j'allais à l'école, la veille des congés, pour avoir du beau temps le lendemain. Cela me semblait mieux que rien, et comme je la marmottais inconsciemment, j'entendis des voix françaises devant moi. La joie me traversa le cœur comme une balle de fusil, et du coup j'oubliai la suite de ma prière. C'étaient les nôtres, ces enragés coquins du corps de Marmont. Mes deux dragons tournèrent bride et repartirent au grand galop, la lune faisant briller leurs casques de cuivre, pendant que je m'avançais vers mes amis au petit trot et sans me presser, car je tenais à leur faire voir que, bien qu'un hussard puisse fuir, il n'est pas dans sa nature de fuir très vite. Cependant je crains bien que les flancs et la bouche de Violette tout couverts d'écume n'aient donné un démenti à mon air dégagé.

Vous ne devineriez pas qui je trouvai à la tête de la troupe : mon vieux Bouvet, à qui j'avais sauvé la vie à Leipzig ! Quand il m'aperçut, ses petits yeux gris se remplirent de larmes, et ma foi, je l'avoue, je me mis à pleurer aussi en voyant sa joie. Je lui dis la mission dont j'étais chargé. Mais il se mit à rire quand je lui annonçai que je devais passer par Senlis.

— L'ennemi est là, dit-il, vous ne pourrez pas passer.

— Je préfère aller là où est l'ennemi, répondis-je. Je passerais par Berlin, si tel était l'ordre de l'Empereur.

— Mais pourquoi ne pas aller droit à Paris avec votre dépêche ? Pourquoi vouloir passer par la seule place où vous êtes à peu près sûr d'être pris et tué ?

— Un soldat ne choisit pas ; il obéit, lui répondis-je, tout comme j'avais entendu dire à l'Empereur.

Le vieux Bouvet se mit à rire de son rire d'asthmatique, jusqu'au moment où je fus obligé de retrousser ma moustache et de le toiser des pieds à la tête d'une façon qui le calma. D'ailleurs j'étais plus ancien de grade que lui.

— C'est bon, dit-il. Ce que vous avez de mieux à faire, c'est de venir avec nous. Nous allons sur Senlis. Il y a devant nous un escadron de lanciers de Poniatowski. S'il faut que vous traversiez la place, nous tâcherons de vous aider.

Nous voilà donc partis avec un cliquetis de ferraille, au milieu de la nuit calme. Nous rejoignîmes bientôt les Polonais, de beaux soldats, ma foi, un peu lourds peut-être pour leurs chevaux ; mais c'est égal, ils n'auraient pas fait trop mauvaise figure s'ils avaient appartenu à ma brigade. Nous continuâmes à marcher ensemble, et au point du jour nous aperçûmes les lumières de Senlis. Un paysan que nous rencontrâmes, conduisant une charrette, nous donna quelques détails sur ce qui se passait.

Ses renseignements étaient sûrs, car son frère était cocher chez le maire, et il lui avait parlé la veille au soir. Il y avait un seul escadron de Cosaques, un « polk » comme ils disent dans leur affreuse langue, cantonné dans la maison du maire, la plus grande de la ville et qui fait le coin de la place du Marché. Une division entière de Prussiens était campée dans les bois au nord, mais les Cosaques seuls étaient dans la ville. Quelle bonne occasion de nous venger de ces barbares dont la

I - Comment le colonel gagna la croix

cruauté envers nos pauvres paysans était le sujet de toutes les conversations autour des feux de bivouac.

Nous entrâmes dans la ville comme une trombe ; les sentinelles, surprises, furent égorgées, et nous étions en train de démolir les portes de la maison du maire, qu'ils croyaient encore qu'il n'y avait pas un Français à plus de vingt kilomètres de là. D'horribles têtes se montrèrent aux fenêtres, des têtes avec de la barbe jusque dans les yeux, des cheveux embroussaillés et des bonnets en peau de mouton. Ils se mirent à crier : « Hourrah ! hourrah ! » et déchargèrent leurs armes ; mais nos hommes étaient dans la maison et sur leurs dos qu'ils se frottaient encore les yeux. C'était terrible de voir les Polonais se précipiter sur eux comme une bande de loups sur un troupeau de daims, car les Polonais, comme vous savez, ont une dent contre les Cosaques. La plupart furent tués à l'étage supérieur où ils s'étaient réfugiés, et le sang coulait dans l'escalier comme la pluie sur un toit. Ce sont de terribles soldats, ces Polonais, quoique je les trouve un peu lourds pour leurs chevaux. Ils sont aussi grands que les cuirassiers de Kellermann ; leur équipement est plus léger naturellement, puisqu'ils n'ont ni casque ni cuirasse.

C'est ici que je commis une faute, une très grosse faute, il faut l'avouer. Jusqu'alors je m'étais acquitté de ma mission d'une façon que ma modestie seule m'empêche de qualifier de remarquable. Mais à ce moment je fis une faute qu'un civil pourrait condamner, mais que certainement un soldat excusera. Ma jument était épuisée, c'était évident ; cependant j'aurais pu traverser avec elle Senlis et atteindre la campagne, où je n'aurais plus eu d'ennemis entre moi et Paris. Mais quel est le hussard capable de passer à côté d'une bataille sans s'arrêter ? C'est trop lui demander. Et ajoutez à cela la vue de ces vilaines têtes aux fenêtres avec leurs grands bonnets de peau de mouton. Je sautai à terre, je jetai la bride de Violette autour d'un poteau et je me précipitai dans la maison avec les autres. Il est vrai que j'arrivai trop tard pour être utile, et je faillis recevoir un coup de lance d'un de ces sauvages étendu à moitié mort sur le plancher. Cependant c'est dommage de manquer même la plus petite affaire ; on ne sait jamais quelle occasion on peut avoir d'obtenir de l'avancement. J'ai vu des escarmouches d'avant-postes et autres petites affaires de ce genre dans lesquelles un soldat avait plus d'occasions de se distinguer que dans beaucoup des grandes batailles livrées par l'Empereur.

Quand la maison fut nettoyée de toute cette vermine, je m'occupai de Violette : je lui donnai un seau d'eau, et le paysan qui nous avait guidés me montra où M. le maire ramassait son foin. Ma foi, ma petite Violette ne demanda pas mieux que d'y faire honneur. Puis je lui lavai les jambes et, la laissant attachée là, je rentrai dans la maison pour tâcher d'y trouver quelque chose à me mettre sous la dent, afin de n'avoir plus à m'arrêter jusqu'à Paris.

J'arrive ici à un point de mon récit qui pourra vous paraître singulier, et cependant je pourrais vous raconter au moins une douzaine de choses aussi singulières et qui me sont arrivées dans le cours de ma carrière, car vous pensez bien qu'un homme qui, comme moi, a passé sa vie à faire un service d'éclaireur, et d'exploration sur le terrain souvent couvert de sang qui sépare deux grandes armées n'est pas sans avoir vu parfois d'étranges choses. Quoi qu'il en soit, je vais vous raconter exactement ce qui se passa.

Le vieux Bouvet m'attendait dans le corridor quand j'entrai, et me demanda si nous ne pourrions pas vider une-bouteille de vin ensemble.

— Il ne faut pas que nous nous attardions ici, ajouta-t-il. Il y a dix mille Prussiens avec Theilman dans les bois là-bas.

— Où est le vin ? demandai-je.

— Oh ! vous pouvez vous fier à deux hussards pour découvrir où est le vin.

Et prenant une chandelle, il me précéda dans l'escalier qui conduisait à la cuisine.

Arrivés là, nous trouvâmes une autre porte ouvrant sur un escalier tournant qui descendait à la cave. Les Cosaques nous y avaient précédés, comme nous pûmes le constater aux débris de bouteilles qui couvraient le sol. Cependant le maire était un bon vivant, et je ne demande pas à posséder une meilleure cave : chambertin, graves,

I - Comment le colonel gagna la croix

alicante, vins rouges et blancs, mousseux et non mousseux, étaient là couchés sur de la sciure de bois. Le vieux Bouvet était debout devant toutes ces bouteilles, et ronronnait comme un chat devant une jatte de lait. Il avait enfin fixé son choix sur une bouteille de vieux bourgogne, et étendait la main pour la prendre, quand tout à coup voilà que nous entendons au-dessus, de nous un vacarme de coups de feu, de piétinements et de cris comme je n'en ai jamais entendu de pareil : les Prussiens étaient sur nous. Bouvet était un brave ; je tiens à le déclarer. Il tira aussitôt son sabre, et le voilà grimpant quatre à quatre l'escalier de pierre, ses éperons sonnant sur chaque marche. Je m'élançai à la suite ; mais juste comme nous arrivions au couloir de la cuisine, un immense cri nous apprit que la maison était reprise.

— C'est fini, lui dis-je en le saisissant par sa pelisse.
— Cela fera un de plus à mourir, cria-t-il.

Et le voilà parti, montant comme un fou le second escalier. Et de fait, moi aussi, à sa place je serais allé à la mort, car il avait commis une faute grave en ne plaçant pas de vedettes, pour l'avertir dans le cas où l'ennemi s'avancerait vers lui. Un instant je fus sur le point de me précipiter après lui mais je réfléchis qu'après tout j'avais ma dépêche à remettre et, si j'étais fait prisonnier ou tué, c'en était fait de ma mission. Je laissai Bouvet mourir seul, et je redescendis dans la cave en fermant la porte derrière moi.

À la vérité, la perspective d'un séjour dans cette cave n'avait rien non plus de bien attrayant. Bouvet avait lâché la chandelle à la première alarme, et j'étais dans l'obscurité, tâtant avec mes mains de tous côtés pour la retrouver et ne rencontrant que des tessons de bouteille. Enfin je finis par mettre la main dessus : elle avait roulé sous une barrique, mais je ne pus pas réussir à l'allumer, car la mèche avait trempé dans le vin ; j'en coupai un bout avec mon sabre et je pus l'allumer. Mais que faire ? Les brigands au-dessus de moi – ils étaient bien cinq ou six cents à en juger par le bruit qu'ils faisaient — hurlaient à s'enrouer, et il était évident qu'ils n'allaient pas tarder les uns ou les autres à éprouver le besoin de s'humecter le gosier. Alors, adieu le beau soldat, la mission et la croix d'honneur ! Je pensai à ma mère et je pensai à l'Empereur. J'eus une larme à l'idée que l'une allait perdre un si bon fils et l'autre le meilleur officier de cavalerie légère qu'il eût eu depuis Lasalle. Mais cela ne dura qu'un instant ; je m'essuyai les yeux.

— Allons ! du courage ! me dis-je en me frappant la poitrine, du courage, mon garçon, toi qui t'es tiré de Moscou sain et sauf, sans une engelure, tu mourrais dans une cave, comme un rat ! Allons donc ! ce n'est pas possible !

Je me redressai et je portai la main à ma poitrine pour tâter ma dépêche, et cela me redonna du courage.

La première idée qui me vint à l'esprit fut de mettre le feu à la maison et de m'échapper à la faveur de la confusion. Ma seconde idée fut de me cacher dans un tonneau vide. Je regardai autour de moi pour en trouver un, quand tout à coup j'aperçus dans un coin une petite porte basse peinte de la même couleur grise que le mur, de sorte que seul quelqu'un ayant une bonne vue pouvait la distinguer. Je poussai cette porte, et je crus d'abord qu'elle était fermée à clef, mais tout de suite elle céda un peu, et je compris qu'il y avait derrière quelque obstacle qui l'empêchait de s'ouvrir. Je m'arc-boutai contre un tonneau, et je fis un tel effort de mes deux épaules que la porte sauta de ses gonds et je roulai par terre ; la chandelle m'avait sauté de la main et je me trouvais de nouveau dans l'obscurité. Je me relevai et je tâchai de distinguer quelque chose dans le trou noir.

Il y avait un petit rayon de lumière qui filtrait par un soupirail à la hauteur du plafond. Le jour était venu, et je pus distinguer vaguement une rangée de tonneaux, ce qui me donna à penser que c'était là que le maire gardait ses réserves de vin. Dans tous les cas, l'endroit était plus sûr. Je ramassai ma chandelle et je relevai la porte pour la remettre en place quand j'aperçus quelque chose qui me remplit d'étonnement et, je dois l'avouer, d'une toute petite pointe de peur.

Je vous ai dit qu'à l'extrémité de la cave passait un rayon de lumière venant de quelque part à la hauteur du plafond. Au moment où je me baissai pour relever la porte, je vis un homme de grande taille passer dans ce rayon de lumière, puis rentrer dans l'obscurité de l'autre côté. Ma parole, j'eus un tel sursaut que je faillis en casser la jugulaire de mon shako. Cela n'avait duré qu'une seconde, mais j'avais eu le temps de voir que l'homme avait un bonnet de Cosaque sur la tête et un sabre au côté. Ma foi, Etienne Gérard fut un peu déconcerté sur le moment, en se voyant seul dans l'obscurité avec ce brigand aux longues jambes et aux larges épaules.

Mais cela ne dura qu'un instant.

— Du courage ! me dis-je. N'es-tu pas hussard, colonel encore, à vingt-huit ans, et le messager de l'Empereur ? Après tout, ce gaillard-là a plus de raisons d'avoir peur de toi, que toi de lui !

Et alors l'idée me vint qu'il devait avoir peur, horriblement peur ; c'était visible à ses mouvements rapides, à son dos courbé lorsqu'il courait tout à l'heure au milieu des tonneaux comme un rat cherchant son trou. Naturellement ce devait être lui qui retenait la porte lorsque j'avais essayé de la pousser la première fois, et non quelque tonneau comme j'avais cru. C'était lui qui était le poursuivi et moi le poursuivant. Ah ! ah ! je sentis ma moustache se redresser, comme je m'avançai vers lui dans l'obscurité. Ah ! il allait voir, ce sauvage du Nord, qu'il n'avait pas affaire à une poule mouillée. A ce moment, j'étais magnifique.

Je n'avais pas osé d'abord rallumer ma chandelle, de crainte que la lumière ne me fît découvrir. Mais je venais de m'écorcher la jambe contre un débris de boîte, et j'avais embarrassé mes éperons dans une toile d'emballage qui se trouvait là ; aussi je jugeai plus prudent d'allumer.

Puis je m'avançai à grandes enjambées, mon sabre à la main.

— Sors de là, brigand ! criai-je. Rien ne peut te sauver. Tu vas recevoir la récompense que tu mérites.

Je tenais ma chandelle levée et j'aperçus la tête de l'homme qui dépassait un tonneau ; ses yeux pleins de terreur me regardaient fixement. Il avait un galon d'or sur son bonnet noir, et je reconnus que c'était un officier.

— Monsieur, me cria-t-il en excellent français, je me rends sur votre promesse que j'aurai la vie sauve. Si vous ne me donnez pas votre parole, je veux essayer de vendre ma vie aussi chèrement que possible.

— Monsieur, lui dis-je, un Français sait les égards dus à un ennemi malheureux. Vous avez la vie sauve.

Sur ce, il me tendit son sabre par-dessus le tonneau ; je le pris en m'inclinant et en ramenant la chandelle vers ma poitrine.

— Qui ai-je l'honneur de faire prisonnier ? lui demandai-je.

— Je suis le comte Boutkine, des Cosaques du Don de l'Empereur de Russie. Nous étions sortis pour faire une reconnaissance dans Senlis et, comme nous n'apercevions aucun de vos gens, nous avions résolu de passer la nuit ici.

— Et, serait-il indiscret de vous demander comment il se fait que vous vous trouviez dans cette cave ?

— Rien de plus simple. Nous comptions partir au petit jour. Après m'être habillé, comme je sentais le froid, je pensai qu'un verre de vin ne me ferait pas de mal, et je suis descendu à la cave pour voir ce que je pourrais trouver. Pendant que j'étais ici, la maison a été prise d'assaut si rapidement que, avant que je pusse remonter, tout était fini. Il ne me restait plus qu'à me sauver. Je suis donc revenu ici, et je me suis caché dans la seconde cave où vous m'avez trouvé.

Je pensai à la conduite du vieux Bouvet dans les mêmes circonstances, et les larmes me vinrent aux yeux en songeant à notre supériorité en bravoure, à nous Français, sur tous ces étrangers. Je réfléchis à ce que je devais faire. Il était clair que le comte Boutkine, étant dans la seconde cave pendant que nous étions dans la première, n'avait rien entendu du bruit qui nous avait appris que la maison était de nouveau entre les mains de l'ennemi. S'il venait à soupçonner l'état réel des choses, tout changeait de face, et c'était moi le prisonnier. Que faire ? J'étais très embarrassé, quand il me vint une idée lumineuse, tellement lumineuse que je ne pus m'empêcher de me demander comment elle avait bien pu me venir.

— Comte Boutkine, dis-je, je me trouve moi-même dans une situation bien difficile.

I - Comment le colonel gagna la croix

— Pourquoi ? de manda-t-il.

— Parce que je vous ai promis la vie sauve.

Il fit la grimace.

— Vous ne voudriez pourtant pas revenir sur votre parole ?

— Je mourrais plutôt pour vous défendre, répondis-je, mais cela me met dans une grande difficulté.

— Qu'y a-t-il donc ?

— Je veux être franc avec vous. Vous devez savoir que nos amis, et surtout les Polonais sont des ennemis féroces des Cosaques. La vue seule de votre uniforme les met en fureur ; ils se précipitent immédiatement sur quiconque porte cet uniforme ; leurs officiers eux-mêmes ne peuvent pas les retenir.

Le Cosaque pâlit en entendant cela, et le ton avec lequel je le dis.

— Mais c'est horrible ! dit-il.

— Horrible, répétai-je. Si nous nous montrions ensemble en ce moment, je ne sais pas jusqu'à quel point je pourrais vous protéger.

— Je suis entre vos mains. Dites-moi ce qu'il faut faire. Ne vaudrait-il pas mieux que je reste ici ?

— C'est encore pis.

— Pourquoi ?

— Parce que nos hommes vont piller la maison, et alors vous êtes sûr de ne pas sortir vivant d'ici. Non, je vais monter et leur parler. Mais, malgré tout, je ne suis pas encore tranquille. S'ils voient votre uniforme maudit, je ne sais pas ce qui peut arriver.

— Si je l'ôtais ?

— Excellente idée, m'écriai-je. C'est cela ! Vous allez ôter votre uniforme et prendre le mien. Vous serez sacré alors pour un soldat français.

— Ce ne sont pas les Français, mais les Polonais que je crains.

— Mon uniforme sera pour vous une sauvegarde contre les uns et les autres.

— Comment vous remercier ? dit-il. Mais vous, qu'allez-vous mettre ?

— Je vais mettre le vôtre.

— Et être victime de votre générosité, peut-être ?

— C'est mon devoir de courir le risque, répondis-je ; moi, je ne crains rien. Je monterai avec votre uniforme. Cent sabres seront dirigés sur moi. Je crierai : « Halte ! Je suis le colonel Gérard. » Ils me reconnaîtront. Je leur raconterai l'affaire, et je reviendrai vous chercher. Sous le couvert de l'uniforme français vous serez sacré pour eux.

Ses doigts tremblaient comme il ôtait sa tunique. Ses bottes et sa culotte étaient les mêmes que les miennes ; il était inutile de les échanger. Je lui donnai mon dolman et mon shako, et je pris son grand bonnet de peau de mouton avec le galon d'or, sa capote bordée de fourrure et son sabre recourbé. Vous pensez bien qu'en changeant de vêtements je n'eus garde d'oublier la précieuse lettre.

L'échange fait, je lui dis :

— Maintenant, si vous le permettez, je vais vous attacher à ce tonneau.

Il fit beaucoup de difficultés, mais j'ai appris dans ma carrière de soldat à ne jamais laisser aucune chance contre moi ; or, il pouvait se faire qu'une fois que j'aurais le dos tourné, il s'aperçût de l'état réel des choses, ce qui n'aurait pas manqué de contrecarrer mes plans. Malgré ses protestations, je pris une forte corde qui se trouvait là, et je le ficelai au tonneau par cinq ou six tours de la corde que je nouai solidement. Maintenant, s'il lui prenait fantaisie de vouloir monter l'escalier, il aurait à traîner après lui mille litres de bon vin de France en guise de havresac. Je fermai ensuite la porte derrière moi afin qu'il ne pût entendre ce qui allait se passer et, jetant la chandelle, je montai l'escalier de la cave.

Il n'y avait guère qu'une trentaine de marches, et cependant, tout en les montant, j'eus le temps de repasser dans mon esprit toute ma vie entière et tous mes projets d'avenir. J'éprouvai la même sensation qu'à Eylau, lorsque, étendu sur le champ de bataille, la jambe brisée, je vis toute l'artillerie arriver sur moi au galop. Mais là, du moins, c'était une mort glorieuse, au service direct de l'Empereur, et je me disais que j'aurais au moins cinq lignes dans *le Moniteur*, peut-être sept.

I - Comment le colonel gagna la croix

Palaret en a bien eu huit, lui, et je suis sûr qu'il n'avait pas mes états de service.

Quand j'arrivai dans le corridor, l'air aussi calme que je pouvais prendre, la première chose que j'aperçus ce fut le corps de Bouvet, les bras étendus en croix sur le parquet, et tenant à la main son sabre brisé. A une tache noire sur son dolman, je pus voir qu'il avait été tué d'un coup de feu tiré à bout portant. J'aurais bien voulu saluer en passant, mais je craignis d'être vu, et je continuai mon chemin.

Le corridor était plein de soldats prussiens occupés à percer des meurtrières dans le mur, comme s'ils s'étaient attendus à une nouvelle attaque. L'officier, un petit homme à figure chafouine, courait de tous côtés en donnant des ordres. Ils étaient trop occupés pour prendre garde à moi. Mais un autre officier, qui se tenait appuyé contre la porte, avec une longue pipe à la bouche, me frappa sur l'épaule en me montrant les corps de nos pauvres hussards ; il me dit en allemand quelque chose qui devait être fort spirituel à son sens, car sa longue barbe s'entrouvrit et il exhiba une rangée d'énormes crocs jaunes. Je me mis à rire aussi et je lui servis les seuls mots russes que j'aie jamais sus. Je les avais appris à Vilna avec la petite Sophie. Cela veut dire : « S'il fait beau, venez me trouver sous le chêne ; s'il pleut, venez dans l'écurie. » Mais pour cet Allemand c'était tout de même du russe, et je ne doute pas qu'il n'ait cru que je lui disais quelque chose de très drôle, car il se tordit de rire et me frappa de nouveau sur l'épaule. Je lui fis un signe de tête et je sortis de la maison d'un pas aussi délibéré que si j'eusse été le commandant de la garnison.

Il y avait une centaine de chevaux attachés dehors, la plupart appartenant aux hussards polonais. Ma bonne petite Violette était là aussi et elle se mit à hennir quand elle m'aperçut. Mais je me gardai bien de la monter. Oh ! non, j'étais trop malin pour faire cela. Au contraire, je choisis un petit cheval cosaque, le plus hérissé que je pus trouver, et je l'enfourchai avec autant d'assurance que s'il eût appartenu à mon grand-père. Il avait un grand sac à butin jeté en travers sur la selle. Je le mis sur le dos de Violette, et j'emmenai celle-ci par la bride avec moi. Je voudrais que vous eussiez pu me voir. J'avais l'air d'un vrai Cosaque revenant du butin. La ville était pleine de Prussiens ; ils me regardaient passer et devaient se dire : « Voilà un de ces démons de Cosaques ; en voilà qui se chargent de piller ! »

Un ou deux officiers m'adressèrent la parole avec un air d'autorité, mais je me contentai de secouer la tête en souriant, et je leur servis, de nouveau ma phrase russe : « S'il fait beau, venez me trouver sous le chêne ; s'il pleut, venez dans l'écurie. » Ils haussèrent les épaules, et ne pouvant tirer autre chose de moi, ils me laissèrent passer. J'arrivai aux portes de la ville. Là je vis deux lanciers placés en vedette sous la porte, avec leurs flammes noires et blanches, et je savais que ceux-là une fois franchis, je serais de nouveau en sûreté. Je mis mon petit cheval cosaque au trot, pendant que Violette frottait son nez contre mon genou, se demandant probablement quelle faute elle avait bien pu commettre pour se voir préférer cet amas de poils qui avait plutôt l'air d'un paillasson retourné que d'un honnête cheval d'officier. Je n'étais pas arrivé à plus de deux cents pas des deux uhlans, quand tout à coup j'aperçus un Cosaque, un vrai celui-là, qui galopait sur la route à ma rencontre.

Ah ! mes amis, qui lisez ceci, si vous avez un peu de cœur, vous ne pourrez pas vous empêcher d'éprouver pour moi un sentiment de sympathie. Avoir traversé tant d'épreuves et me voir exposé à un nouveau danger qui pouvait tout perdre ! J'avoue qu'un instant je fus découragé. Mais je me ressaisis : je n'étais pas encore battu. Je déboutonnai ma capote afin de pouvoir saisir la lettre, car j'étais résolu, quand tout serait perdu, à l'avaler et à mourir l'épée à la main. Je m'assurai que mon sabre jouait bien dans le fourreau, et je continuai à me diriger au trot vers les vedettes. Elles firent semblant de vouloir m'arrêter, mais je leur montrai du doigt l'autre Cosaque qui était à deux cents mètres, et comprenant que je voulais aller seulement à sa rencontre, les deux uhlans me saluèrent et me laissèrent passer.

J'enfonçai mes éperons dans les flancs de ma monture, car je pensais pouvoir me défaire du Cosaque sans trop de difficultés, pourvu que je fusse assez loin des uhlans. C'était un officier, avec un galon d'or à son bonnet, tout comme moi. Quand il m'aperçut, il mit son cheval

I - Comment le colonel gagna la croix

au trot, ce qui me permit de mettre une bonne distance entre les vedettes et moi. J'arrivai sur lui, et je pus voir son étonnement se changer en soupçon lorsqu'il vit mon équipement. Je ne sais ce qu'il y trouva d'anormal, mais évidemment il remarqua quelque chose qui n'était pas régulier. Il me cria quelques mots, et comme je ne répondais pas, il tira son sabre. Je fus content au fond, car j'ai toujours mieux aimé me battre loyalement que de tuer un ennemi sans méfiance. Je me jetai sur lui, le sabre haut, et parant le coup qu'il me portait, j'enfonçai mon arme juste sous le troisième bouton de sa capote. Il tomba aussitôt et faillit m'entraîner avec lui avant que j'eusse pu me dégager. Je ne m'attardai pas à voir s'il était mort ; je plantai là mon cheval cosaque, je sautai sur Violette et je partis au galop, après avoir envoyé du bout des doigts un salut aux deux uhlans, qui arrivaient après moi en criant. Mais Violette, reposée, était aussi alerte qu'à notre départ de Reims. Je pris la première route de traverse à l'ouest, puis la première au sud pour quitter plus vite le pays occupé par l'ennemi. Je continuai à galoper, chaque pas m'éloignant de l'ennemi et me rapprochant de nos amis. Enfin, je regardai derrière moi, et ne voyant personne à ma poursuite, je compris que j'étais au bout de mes épreuves.

Et je me sentis heureux et fier, en pensant que j'avais accompli à la lettre la mission de l'Empereur. Que pourrait-il bien me dire pour rendre justice à la façon incroyable dont j'avais surmonté tous les dangers. Il m'avait donné l'ordre de passer par Sermoise, Soissons et Senlis, ne se doutant guère, je suis sûr, que ces trois places étaient occupées par l'ennemi, et j'avais réussi à passer avec ma dépêche. Hussards, dragons, uhlans, Cosaques, fantassins, j'avais eu affaire à tous et je m'en étais tiré sans une égratignure.

J'atteignis Dammartin, où j'aperçus nos premiers postes avancés. Il y avait dans un champ une petite troupe de dragons que je reconnus facilement pour des Français. Je me dirigeai de leur côté pour leur demander si la route était libre jusqu'à Paris, et tout en trottant, je me sentis si heureux de revoir des amis, que je ne pus m'empêcher d'agiter mon sabre en l'air. Un jeune officier se détacha du groupe en brandissant aussi son sabre, et cela me réchauffa le cœur de le voir galoper à ma rencontre avec cette ardeur et cet enthousiasme. Je fis caracoler Violette, et comme nous arrivions à la hauteur l'un de l'autre, je me mis à agiter mon sabre plus joyeusement que jamais, mais vous aurez peine à vous imaginer ce que je ressentis quand tout d'un coup, il me porta un coup de sabre qui certainement m'aurait coupé la tête si je n'avais baissé le nez vivement jusque sur la crinière de Violette. J'entendis la lame siffler au-dessus de ma tête comme un vent d'est. C'était la faute de mon maudit uniforme, que j'avais oublié, dans ma joie, et ce jeune dragon s'était imaginé que j'étais quelque champion russe venant défier la cavalerie française. Ma parole, il resta tout penaud, quand il vit qu'il avait failli tuer le célèbre colonel Gérard.

La route était libre, et vers trois heures j'étais à Saint-Denis. De là à Paris, je mis deux longues heures, car la route était encombrée par les fourgons de l'intendance et l'artillerie du corps de réserve qui allaient rejoindre Marmont et Mortier au nord.

Vous ne pouvez vous faire une idée de la sensation que causa mon entrée à Paris, dans mon costume de Cosaque. Je crois que la foule qui courait et se bousculait s'étendait bien à un kilomètre devant et derrière moi. L'histoire avait été répandue par les dragons (j'en avais pris deux avec moi comme escorte), et tout le monde connaissait mes aventures et la façon dont je m'étais procuré mon uniforme. Ce fut un vrai triomphe. Les hommes m'acclamaient, les femmes agitaient leurs mouchoirs et m'envoyaient des baisers.

Je suis loin d'être un homme présomptueux, mais en cette occasion, j'avoue que je ne pus m'empêcher de montrer combien j'étais touché de cette réception. L'habit du Cosaque était un peu vaste pour moi, mais je bombais la poitrine et je l'emplissais entièrement. Et ma petite Violette allait, la tête haute, piaffant et remuant la queue comme pour dire : « C'est nous qui avons fait tout cela ; on peut nous confier des missions à nous ! » Quand je mis pied à terre devant les Tuileries et que je l'embrassai sur les naseaux, un immense cri d'applaudissement s'éleva, comme à la lecture d'un bulletin de victoire de la Grande-Armée.

I - Comment le colonel gagna la croix

Ma tenue n'était guère convenable pour rendre visite à un roi ; mais après tout, quand on a une belle tournure martiale comme moi, on peut passer là-dessus. Je fus introduit sur-le-champ près de Joseph que j'avais déjà vu en Espagne. C'était toujours le même garçon aussi gros, aussi calme, aussi aimable que jamais. Talleyrand était avec lui ; peut-être devrais-je lui donner son titre de prince de Bénévent, mais j'avoue que je préfère les anciens noms. Il lut ma dépêche, que Joseph Bonaparte lui tendit, puis il se mit à me regarder de ses petits yeux clignotants :

— Vous étiez seul chargé de cette mission ? me demanda-t-il.

— Nous étions deux, Monsieur, le major Charpentier, des grenadiers à cheval, et moi.

— Il n'est pas encore arrivé, dit le roi d'Espagne.

— Si vous aviez vu les jambes de son cheval, Sire, répondis-je, vous n'en seriez pas surpris.

— Il peut y avoir d'autres raisons, dit Talleyrand, avec ce singulier sourire qui lui est particulier.

Bref, ils me dirent un ou deux mots de compliment, mais je trouvai qu'ils auraient pu en ajouter plus long, sans en avoir dit encore assez. Je saluai et me retirai, enchanté de sortir de là, car autant j'aime les camps, autant je déteste les cours. Je m'en fus trouver mon vieil ami Chaubert, dans la rue Miromesnil, et j'endossai son uniforme de hussards qui m'allait très bien. Nous soupâmes ensemble à son logement, en compagnie de Lisette, et j'oubliai avec eux tous les dangers que j'avais courus. Le matin, je retrouvai Violette prête à faire encore ses vingt lieues. C'était mon intention de retourner immédiatement au quartier général de l'Empereur, car vous pensez bien que j'étais impatient d'entendre ses éloges et de recevoir ma récompense.

Je n'ai pas besoin de vous dire que j'effectuai mon retour par une route sûre, car j'en avais assez des uhlans et des Cosaques. Je passai par Meaux et Château-Thierry, et le soir, j'arrivai à Reims, où était encore Napoléon. Les corps de nos soldats et ceux des Russes de Saint-Prest avaient été enterrés, et je pus voir aussi le changement qui s'était opéré dans le camp. Les soldats paraissaient mieux soignés ; la cavalerie avait reçu des chevaux frais ; tout était dans un ordre parfait. C'est étonnant ce que peut faire un bon général en deux jours !

Quand j'arrivai au quartier général, je fus conduit tout de suite à l'appartement de l'Empereur. Il était en train de prendre son café sur le coin d'une table sur laquelle était déployée une grande carte qu'il annotait. Berthier et Macdonald étaient penchés chacun par-dessus une de ses épaules, et il parlait si vite que je suis sûr qu'ils ne devaient pas comprendre la moitié de ce qu'il disait. Mais quand il me vit debout près de la porte, il laissa tomber sa plume sur la carte, et se leva d'un bond avec un regard qui me glaça.

— Du diable ! qu'est-ce que vous faites ici ? cria-t-il d'une voix aigre.

Quand il était en colère, il avait une voix comme un paon.

— J'ai l'honneur d'informer Votre Majesté que j'ai remis sa dépêche au roi d'Espagne, dis-je.

— Quoi ? hurla-t-il.

Et ses deux yeux me transpercèrent comme des baïonnettes. Oh ! ces yeux terribles, passant du gris au bleu, comme de l'acier au soleil ; je les revois encore dans mes mauvais rêves.

— Qu'est devenu Charpentier ? demanda-t-il en se tournant vers les deux généraux.

— Il a été pris, dit Macdonald.

— Par qui ?

— Par les Russes.

— Par les Cosaques.

— Il s'est fait prendre par un Cosaque.

— Il s'est rendu ?

— Sans résistance.

— C'est un officier intelligent. Vous lui ferez donner la croix d'honneur.

Quand j'entendis cela, je fus obligé de me frotter les yeux, pour bien m'assurer que j'étais éveillé.

I - Comment le colonel gagna la croix

— Quant à vous, cria l'Empereur en faisant un pas vers-moi comme s'il eût voulu me frapper, cervelle de lièvre que vous êtes, pourquoi croyez-vous donc que je vous ai confié cette mission ? Est-ce que vous vous imaginez que j'irais confier un message important à un idiot comme vous ? et à travers un pays dont tous les villages sont occupés par l'ennemi ? Comment vous avez réussi à passer, je me le demande. Mais si votre camarade avait eu aussi peu d'intelligence que vous, mon plan de campagne était perdu. Vous n'avez pas vu, *coglione*, que cette dépêche contenait des nouvelles fausses, et n'avait pour but que de tromper l'ennemi, pendant que je mettrais à exécution un plan entièrement différent ?

En entendant ces paroles cruelles, et lorsque je vis cette figure pâle et furieuse fixée sur moi, je fus obligé d'empoigner le dossier d'une chaise, car je sentais le cœur me manquer et mes jambes flageoler sous moi. Mais je repris courage, en me disant que j'étais un soldat plein d'honneur et que j'avais passé ma vie à me battre pour cet homme et pour mon cher pays.

— Sire, dis-je — et les larmes me roulaient sur les joues comme je parlais — avec un homme comme moi il vaut mieux parler franchement. Si j'avais su que vous vouliez que votre lettre tombât entre les mains de l'ennemi, je m'y serais pris en conséquence. Mais je croyais le contraire, et j'étais préparé à sacrifier ma vie pour cela. Je ne crois pas, Sire, qu'aucun homme au monde ait surmonté autant de dangers et d'épreuves que je l'ai fait pour exécuter fidèlement ce que je croyais être vos ordres.

En disant ces derniers mots, j'essuyai les larmes de mes yeux et je lui fis le récit de tout ce qui m'était arrivé ; je lui racontai mon passage à travers Soissons, ma rencontre avec les dragons, mon aventure à Senlis, avec le comte Boutkine, mon déguisement, mon combat avec l'officier de Cosaques, ma fuite et comment au dernier moment j'avais failli être tué par un dragon français. L'Empereur, Berthier et Macdonald écoutaient avec le plus grand étonnement peint sur leur figure.

Quand j'eus fini, l'Empereur s'avança vers moi et me pinça l'oreille.

— Là ! là ! dit-il, oubliez ce que je vous ai dit. J'aurais dû avoir plus de confiance en vous. Vous pouvez partir.

Je me dirigeai vers la porte et j'allai sortir quand, d'un geste, l'Empereur m'arrêta.

— Vous ferez donner la croix d'honneur au colonel Gérard, dit-il en se tournant vers le duc de Tarente ; s'il a la cervelle la plus épaisse, il a aussi le cœur le plus solide de toute mon armée.

II

COMMENT LE COLONEL TINT LE ROI ENTRE SES MAINS

Je crois, mes amis, que, la dernière fois, je vous ai raconté comment je reçus, sur l'ordre de l'Empereur, la croix de la Légion d'honneur, que j'avais, si je puis le dire, depuis si longtemps méritée. Vous pouvez voir le ruban ici, à la boutonnière de ma redingote, mais la croix elle-même, je la garde chez moi dans un écrin en cuir, et je ne la sors jamais, à moins qu'un de nos généraux de ce temps, ou quelque étranger de distinction, se trouvant à passer dans notre petite ville, ne profite de l'occasion pour présenter ses respects au célèbre colonel Gérard. Alors je la mets sur ma poitrine, et je donne à ma moustache ce vieux tour de Marengo qui me met une pointe grise dans chacun des yeux.

Et pourtant malgré cela, je crains bien, mes amis, que vous ne puissiez vous faire une idée exacte de l'homme que j'ai été. Je ne suis plus maintenant qu'un bourgeois – avec un certain air et certaines manières, j'en conviens – mais malgré tout un simple bourgeois. Si vous m'aviez vu debout sur le seuil de la porte de l'auberge à Alamo, le 1er juillet 1810, vous vous seriez fait une idée de ce que peut être un hussard.

Il y avait un mois que j'étais là dans ce maudit village, à cause d'un coup de lance que j'avais reçu dans la cheville et qui m'empêchait de poser le pied à terre. Nous avions d'abord été trois : le vieux Bouvet, des hussards de Bercheny, Jacques Régnier, des cuirassiers, et un drôle de petit capitaine de voltigeurs dont j'ai oublié le nom ; mais ils furent bientôt sur pied et s'empressèrent de regagner leurs régiments, pendant que moi, je restai là à me ronger les ongles et à m'arracher les cheveux, et aussi, je dois l'avouer, à pleurer en pensant à mes hussards de

II - Comment le colonel tint le roi entre ses mains

Conflans et à la déplorable condition dans laquelle ils devaient se trouver, privés qu'ils étaient de leur colonel. J'étais le plus jeune colonel de l'armée, et mon régiment c'était ma famille ; cela me fendait le cœur de les savoir ainsi abandonnés. Il est vrai que Villaret, mon plus ancien major, était un excellent soldat ; mais, vous savez, même parmi les meilleurs il y a des degrés dans le mérite. Ah ! cet heureux jour de juillet dont je vous parle, où je pus pour la première fois aller en boitant jusqu'à la porte et rester là debout dans ce beau soleil d'Espagne ! La veille, j'avais eu des nouvelles de mon régiment. Il était à Pastores, de l'autre côté de la montagne, en face des Anglais, à moins de quarante milles de moi par la route. Mais comment le rejoindre ? Le même coup de lance qui m'avait traversé la cheville avait tué mon cheval. Je pris conseil de Gomez, l'aubergiste, et d'un vieux prêtre qui avait couché cette nuit-là à l'auberge ; mais ils ne purent que m'assurer qu'il ne restait même plus un poulain dans le pays. L'aubergiste ne voulut pas m'entendre parler de traverser la montagne sans escorte, disant que El Chuchillo, le chef de guérilla espagnole, était de ce côté avec sa bande, et que c'était la mort dans les tortures quand on tombait entre ses mains. Le vieux prêtre, cependant, remarqua qu'il ne croyait pas que cela pût arrêter un hussard français, et cette remarque aurait suffi à triompher de mon indécision, si j'en avais eu.

Mais où trouver un cheval ? J'étais là debout dans l'encadrement de la porte, réfléchissant et formant des plans, quand j'entendis le galop d'un cheval, et, levant les yeux, je vis venir vers nous un homme avec une grande barbe et un manteau roulé en bandoulière à la manière des soldats. Il montait un grand cheval noir, avec une tache blanche sur la jambe droite de devant.

— Hé ! camarade, lui criai-je, comme il s'arrêtait devant l'auberge.

— Hé ! répondit-il.

— Je suis le colonel Gérard, des hussards, lui dis-je. Je suis ici, blessé, depuis un mois, – et je suis prêt à rejoindre mon régiment à Pastores.

— Je suis M. Vidal, du service de l'intendance, et je me rends moi-même à Pastores. Je serai très heureux de votre compagnie, colonel, car on me dit que la montagne est loin d'être sûre.

— Hélas ! lui dis-je, je n'ai pas de cheval. Mais si vous voulez me vendre le vôtre, je vous promets de vous envoyer une forte escorte de mes hussards.

Il ne voulut pas entendre parler de cela, et ce fut en vain que le patron de l'auberge lui raconta les plus terribles histoires sur les cruautés de El Chuchillo, et que je lui parlai de ses devoirs envers l'armée et le pays. Il ne voulut même pas discuter, et demanda à haute voix un verre de vin. Je l'invitai astucieusement à mettre pied à terre et à trinquer avec moi, mais il dut voir quelque chose sur ma figure, car il secoua la tête ; puis comme je m'approchais de lui, avec l'intention de le saisir par la jambe, il enfonça ses talons dans les flancs de son cheval, et partit au galop en soulevant un nuage de poussière.

En vérité, il y avait de quoi rendre un homme fou, de voir galoper cet homme si gaiement pour aller retrouver ses caisses de riz et ses tonneaux d'eau-de-vie, et de rester là à penser à mes cinq cents beaux hussards privés de leur chef. Je le suivais des yeux, l'esprit rempli d'amères pensées, quand je me sentis frapper sur l'épaule. C'était le petit prêtre dont je vous ai parlé.

— Je puis vous tirer de là, me dit-il. Je vais moi-même vers le sud.

Je lui jetai mes bras autour du cou, mais ma cheville tourna au même moment, et nous roulâmes ensemble par terre.

— Faites-moi gagner Pastores, lui dis-je, et je vous donnerai un rosaire avec des grains en or.

J'en avais pris un au couvent de Spiritu-Santo. Cela montre qu'il faut prendre tout ce que l'on peut, quand on est en campagne, et comment les moindres choses peuvent trouver leur utilité.

— Je vous prends avec moi, me dit-il en excellent français, non pas dans l'espoir d'une récompense, mais c'est dans mon caractère de

II - Comment le colonel tint le roi entre ses mains

faire tout ce qui est en mon pouvoir pour rendre service à mon semblable, et c'est pour cela qu'on m'aime tant, partout où je vais.

Il m'emmena avec lui dans le village, à une vieille masure où nous trouvâmes une sorte de diligence en ruines, telle qu'on en voyait au commencement de ce siècle, faisant le service entre quelques villages perdus. Il y avait là aussi trois vieilles mules dont pas une n'eût été capable de porter un homme, mais ensemble elles pouvaient traîner la diligence. La vue de leurs côtes saillantes et de leurs jambes couvertes d'éparvins me fit plus de plaisir que les deux cents chevaux de chasse de l'Empereur, que j'avais vus dans les écuries de Fontainebleau. En moins de dix minutes, leur propriétaire les attela à la voiture, un peu à contre-cœur cependant, car il avait une peur mortelle de ce terrible Chuchillo. Ce ne fut que par la promesse de richesses en ce monde, et par la menace de la damnation dans l'autre, que nous arrivâmes à lui faire prendre place sur le siège et à tenir les guides entre ses mains. Il se montra alors si pressé de partir, de crainte de se trouver dans les défilés à la nuit, qu'il me donna à peine le temps de prendre congé de la fille de l'aubergiste et de lui renouveler mes serments. Je ne me rappelle plus son nom, mais nous pleurâmes en nous séparant, et je me souviens que c'était une fort jolie femme. Vous comprenez, mes amis, quand un homme comme moi, qui a combattu les hommes et embrassé les femmes de quatorze royaumes différents, donne un mot d'éloge à l'une ou à l'autre, cela signifie quelque chose.

Le petit prêtre m'avait semblé légèrement offusqué des baisers d'adieu que nous échangeâmes ; mais une fois dans la diligence, il se montra le plus charmant compagnon de voyage qu'il soit possible de trouver. Pendant toute la route il m'amusa avec des histoires de sa petite paroisse, située quelque part dans la montagne, et à mon tour je lui racontai des histoires de camp ; mais, ma foi, il me fallait choisir mes mots, car, quand j'employais une expression un peu risquée, il s'agitait sur son siège, et sa figure me montrait la peine que je lui avais causée. Naturellement ce n'est pas le fait d'un gentleman d'user d'expressions trop raides devant un homme de religion ; mais avec toutes les précautions du monde, il peut quelquefois vous échapper des paroles qui ne sont pas toujours… Vous comprenez.

Il venait du nord de l'Espagne, à ce qu'il me dit, et s'en allait voir sa mère qui habitait un village de l'Estramadure. En l'entendant parler de sa petite maison à la campagne, de la joie de sa mère à le revoir, ma pensée se reporta sur ma mère à moi, et les larmes me vinrent aux yeux. Il me montra les petits cadeaux qu'il lui portait, et ses manières étaient si naïves et empreintes d'une si douce bonhomie, que je ne pus m'empêcher de penser que, comme il le disait, on devait l'aimer partout où il allait. Il examina mon uniforme avec la curiosité d'un enfant, admirant le plumet de mon shako, et passant les doigts dans la fourrure qui garnissait ma pelisse. Il tira mon sabre aussi, et lorsque je lui dis combien d'hommes j'avais abattu avec, que je lui montrai la brèche qu'y avait faite l'omoplate de l'aide de camp de l'Empereur de Russie, il frissonna et mit l'arme sous le coussin de cuir, déclarant que sa vue lui faisait mal.

Pendant que nous causions ainsi, la voiture avait marché, cahin-caha, craquant et grinçant, et lorsque nous atteignîmes le pied de la montagne, nous pûmes entendre le grondement du canon dans le lointain, sur notre droite. C'était l'artillerie de Masséna qui assiégeait Ciudad-Rodrigo. Mon plus grand désir aurait été d'aller droit à lui, car si, comme on l'a dit, il avait du sang juif dans les veines, il était bien le meilleur juif qui ait vécu depuis Josué.

Quand on le voyait sur un champ de bataille avec son nez en bec d'aigle et ses yeux noirs, on pouvait se dire que ça allait chauffer.

Cependant, un siège n'a rien de bien intéressant, c'est surtout une question de pelles et de pioches, et il y avait mieux à faire pour moi avec mes hussards en face des Anglais. À chaque lieue que nous faisions, mon cœur s'allégeait et je me mis à chanter comme un jeune sous-lieutenant qui vient de sortir de Saint-Cyr, en pensant que j'allais retrouver mes beaux chevaux et mes braves hussards.

Lorsque nous pénétrâmes dans la montagne, la route devint plus mauvaise, et le site plus sauvage. Nous avions rencontré au début quelques muletiers, mais maintenant tout le pays semblait désert, ce qui

II - Comment le colonel tint le roi entre ses mains

n'avait rien d'étonnant, quand ou pense que Français, Anglais et guérillas avaient occupé le pays tour à tour. Il était si nu et si désolé, avec des amoncellements de rochers se succédant les uns aux autres, que je cessai de regarder et je m'enfonçai silencieux dans mon coin, en songeant à ceci, à cela, aux femmes que j'avais aimées, aux chevaux que j'avais montés.

Je fus tiré de mes rêveries par les efforts que faisait mon compagnon pour percer un trou avec un poinçon dans la courroie de sa gourde. Comme il s'y prenait gauchement, la courroie lui échappa et la gourde tomba à mes pieds ; je me baissai pour la relever, mais, à ce moment, le petit prêtre me sauta sur les épaules et m'enfonça son poinçon dans l'œil.

Vous savez tous, mes amis, que je suis homme à faire face à tous les dangers. Quand on a fait la guerre depuis l'affaire de Zurich jusqu'à cette fatale journée de Waterloo, quand on a mérité la croix d'honneur (que je garde chez moi dans un écrin en cuir), on peut se permettre d'avouer qu'on a eu peur. Cela pourra consoler quelques-uns d'entre vous, quand leurs nerfs leur joueront des tours, de penser que vous m'avez entendu dire, moi, le colonel Gérard, que j'ai eu peur. Outre ma frayeur à cette horrible attaque, et la douleur que me causait ma blessure, il me vint un sentiment de dégoût comparable à celui que vous pourriez ressentir en sentant le dard d'un scorpion s'enfoncer dans une partie de votre corps.

Je saisis le misérable de mes deux mains, et le jetant sur le plancher de la diligence, je tombai dessus à coups de pied avec mes grosses bottes. Il avait tiré un pistolet de sa soutane, mais d'un coup de pied je le lui fis tomber de la main, et je me jetai à genoux sur sa poitrine. Alors, pour la première fois, il se mit à pousser des cris perçants, pendant que, à moitié aveuglé, je cherchais de la main mon sabre qu'il avait caché avec tant d'astuce. Je venais justement de mettre la main dessus, et j'essuyais le sang qui me coulait sur la figure pour diriger la pointe de mon sabre et transpercer cette canaille, quand la diligence versa tout d'un coup sur le côté, et le choc me fit sauter l'arme de la main

Avant que je fusse revenu à moi, la portière s'ouvrit, et je me sentis saisi, tiré dehors par les talons, et traîné sur les cailloux pointus de la route ; ma pelisse s'était rabattue par-dessus ma tête et sur un de mes yeux, et ce fut de mon œil blessé que je me vis entouré d'une trentaine de brigands. Ce ne fut qu'à ce moment que je compris que ma vue n'était pas perdue.

Regardez ici la cicatrice ; vous voyez que la lame du poinçon avait passé entre l'orbite et la prunelle. L'intention du misérable, était évidemment de me l'enfoncer dans la cervelle, et de fait, la pointe avait atteint la paroi de l'os du crâne ; aussi, des dix-sept blessures que j'ai reçues, c'est certainement celle-là qui m'a fait souffrir le plus.

Ils me tirèrent hors de la voiture, ces fils de chiens, avec des jurons et des cris de colère, en me bourrant de coups de pied et de coups de poing.

Enfin, voyant que ma tête était couverte de sang et que je ne bougeais plus, ils crurent que j'étais évanoui, tandis que je gravais chacune de leurs vilaines faces dans ma mémoire, pour les faire pendre un jour si jamais la chance se présentait. C'était une bande de coquins à figures hâlées, avec des mouchoirs jaunes sur la tête, et de grandes ceintures rouges, garnies de pistolets et de poignards, autour du corps. Ils avaient roulé deux énormes pierres sur la route, à un tournant brusque, et c'est ce qui avait fait verser la voiture. Quant au misérable qui avait si bien joué le rôle de prêtre, il savait naturellement où était l'embuscade, et avait voulu empêcher toute résistance de ma part avant d'y arriver.

Je ne peux pas vous dire leurs cris de rage, lorsqu'ils le tirèrent de la voiture, et qu'ils virent dans quel état je l'avais mis. S'il n'avait pas eu tout ce qu'il méritait, il avait au moins un souvenir de sa rencontre avec Etienne Gérard, car ses jambes ballottaient inertes, et quoique la partie supérieure de son corps fût convulsée de colère et de rage, il retomba accroupi sur ses jambes quand ils essayèrent de le mettre debout. Mais ses deux petits yeux noirs, qui m'avaient paru si doux et si innocents dans la diligence, me lançaient des éclairs, et il ne cessait de cracher de mon côté.

II - Comment le colonel tint le roi entre ses mains

Quand ces coquins me remirent sur pied, d'une bourrade, et que je me vis emmené dans un sentier de la montagne, je compris que le moment n'était pas loin où j'aurais besoin de tout mon courage et de toutes les ressources de mon esprit. Quant à mon ennemi, deux hommes le portaient sur leurs épaules derrière moi, et je pouvais l'entendre me siffler ses injures, tantôt dans une oreille, tantôt dans l'autre, comme nous gravissions le sentier tournant.

Je suppose que la montée dura bien une heure, car, avec ma cheville blessée, la douleur que je ressentais à mon œil et la crainte que cette blessure ne me défigurât, je n'ai jamais fait de voyage qui m'ait été moins agréable. Je n'ai jamais aimé beaucoup les ascensions – l'habitude d'aller toujours à cheval, vous comprenez – mais c'est étonnant ce qu'un homme peut faire, même avec une cheville brisée, quand il a un brigand couleur de cuivre de chaque côté de lui, et une lame de couteau de neuf pouces menaçant sa poitrine.

Nous arrivâmes enfin à un endroit où le sentier contournait une crête de montagne, et nous descendîmes de l'autre côté, à travers un bois de pins, dans une vallée qui s'étendait vers le sud. Je ne doute pas qu'en temps de paix ces brigands ne fussent tous des contrebandiers, et que ce ne fût là un des sentiers, secrets par lesquels ils passaient la frontière portugaise. Il y avait beaucoup de sentiers à mules, et je fus surpris à un moment, de voir des traces de sabots de cheval à un endroit où un filet d'eau avait amolli le sol. J'eus l'explication de ceci, quand, en atteignant un endroit découvert dans le bois de pins, je vis l'animal lui-même attaché à un arbre. Je l'eus à peine aperçu, que je reconnus le grand cheval noir, avec sa tache blanche sur la jambe droite de devant. C'était le cheval même que j'avais voulu prendre le matin.

Mais qu'était devenu l'intendant Vidal ? Etait-il possible qu'il y eût un autre Français dans la même situation périlleuse que moi-même ? J'étais en train de faire ces réflexions quand nous fîmes halte, et un des brigands poussa un cri particulier, auquel répondit le même cri partant d'un buisson de ronces qui garnissaient le bas d'un rocher, et un instant après une douzaine d'autres brigands en sortirent, et les deux bandes se rejoignirent. Les nouveaux arrivants entourèrent mon ami au poinçon, avec des marques de chagrin et de sympathie, et puis, se tournant de mon côté, ils se mirent à brandir leurs couteaux et à hurler comme une bande d'assassins qu'ils étaient. Leurs gestes étaient si menaçants que je crus que ma fin était venue et je m'apprêtais à mourir digne de ma réputation passée, quand l'un d'eux donna un ordre, et je fus emmené rudement vers le buisson d'où cette nouvelle bande était sortie.

Un sentier étroit entre ces ronces conduisait à une grotte profonde dans le flanc de la montagne.

Le soleil se couchait déjà au dehors, et il aurait fait complètement noir dans la grotte sans une paire de torches placées sur chaque paroi et qui l'éclairaient. Entre ces deux torches, à une grossière table de bois, était assis un homme que, au respect avec lequel les autres lui parlaient, je reconnus pour être le fameux chef de brigands qui avait reçu, à cause de sa réputation terrible, le nom sinistre de El Cuchillo[1].

Mon compagnon de route fut apporté là, et assis sur un baril ; ses jambes toujours inertes pendaient sans un mouvement et ses yeux de chat me lançaient des regards de haine. Je compris, aux bribes de conversation que je pus saisir entre le chef et lui, qu'il était le lieutenant de la bande, et que son principal rôle consistait à attirer, avec sa voix mielleuse et son habit pacifique, les voyageurs comme moi. En songeant au nombre de braves officiers que ce monstre d'hypocrisie pouvait avoir conduits à leur mort, il me vint à l'esprit un sentiment de plaisir à la pensée que j'avais mis un terme à sa misérable tactique, quoique ce dût être, je le craignais bien, au prix d'une vie précieuse pour l'Empereur, et pour l'armée.

L'homme blessé, toujours soutenu sur le baril par deux camarades, expliquait en espagnol tout ce qui lui était arrivé ; pendant ce temps j'étais debout devant la table du chef, avec un de ces brigands de chaque côté de moi, et un autre derrière ; aussi je pus l'examiner à mon aise. J'ai rarement vu un homme qui eût moins l'apparence que je m'étais faite d'un brigand, et surtout d'un brigand avec une réputation

---

[1] El Cuchillo signifie, un espagnol, « le Couteau ».

II - Comment le colonel tint le roi entre ses mains

telle que, dans ce pays de cruautés, elle lui avait valu son sinistre surnom. Sa figure pleine de bonhomie et ses joues vermeilles garnies de petits favoris lui donnaient l'air d'un brave épicier de la rue Saint-Antoine. Il n'avait pas de ces ceintures aux teintes criardes garnies d'armes qui distinguaient ses hommes ; il portait simplement une vaste redingote de gros drap comme un bon père de famille, et rien, si ce n'est des guêtres de cuir fauve, n'indiquait un habitant de la montagne. Les objets qui l'entouraient avaient le même aspect pacifique ; c'étaient, à côté de lui, sur la table, une tabatière et un grand livre à couverture brune, qui avait l'apparence d'un livre de commerce. Sur une étagère étaient rangés un grand nombre de livres entre deux barils de poudre, et près de sa main un tas de papiers éparpillés sur la table. Je vis tout cela d'un coup d'œil, pendant qu'il écoutait le récit de son lieutenant. Quand celui-ci eut terminé, il donna l'ordre de l'emmener, et je restai avec mes trois gardes, attendant qu'il prononçât sur mon sort. Il prit sa plume, et s'en frappant le front à petits coups, en pinçant les lèvres, il se mit à regarder la voûte de la grotte du coin de l'œil.

— Pouvez-vous, me dit-il en excellent français, me suggérer une rime au mot *Covilha*.

Je lui répondis que ma connaissance de la langue espagnole était si limitée qu'il m'était impossible de lui rendre ce service.

— C'est une langue très riche, dit-il, mais moins abondante en rimes que l'allemand ou l'anglais. Aussi, notre chef-d'œuvre est-il en vers blancs, forme de composition qui, quoique peu employée dans votre littérature, est cependant capable d'atteindre à de grandes hauteurs. Mais j'ai bien peur que de pareils sujets ne soient guère à la portée d'un hussard.

J'allais lui répondre que s'ils étaient à la portée d'un guerillero, ils ne pouvaient pas être au-dessus de l'intelligence d'un officier de cavalerie légère ; mais déjà il était penché sur son vers à moitié achevé. Tout d'un coup, il jeta sa plume sur la table avec une exclamation de satisfaction, et se mit à déclamer quelques lignes qui provoquèrent des cris et des gestes d'approbation des trois coquins qui me tenaient : ces marques d'admiration le firent rougir comme une jeune fille qui reçoit pour la première fois les compliments d'un adorateur.

— La critique m'est favorable, il paraît, continua-t-il. Nous nous amusons comme cela dans nos longues soirées, à chanter des ballades de notre composition, vous comprenez. J'ai quelques aptitudes pour ce genre de travail, et je ne désespère pas de voir d'ici peu quelques-unes de mes faibles productions paraître imprimées, avec le mot « Madrid » sur la première page, au-dessous du titre. Mais revenons aux affaires. Puis-je vous demander quel est votre nom ?

— Etienne Gérard.

— Quel grade ?

— Colonel.

— Quelle arme ?

— 3e hussards de Conflans.

— Vous êtes jeune pour un colonel ?

— Ma carrière a été bien remplie.

— Ce n'en est que plus triste, dit-il, avec son bon sourire.

Je ne répondis pas à cette remarque, mais j'essayai de lui montrer par mon attitude que j'étais prêt à tout.

— À propos, il me semble que nous avons déjà eu quelques hommes de votre arme ici, dit-il, en tournant les pages de son gros registre. Nous tenons une comptabilité de toutes nos petites opérations. Ah ! voici, à la date du 24 juin. N'aviez-vous pas un jeune officier nommé Soubiron, un grand jeune homme mince, avec des cheveux blonds ?

— Certainement.

— Je vois que nous l'avons enterré à cette date.

— Pauvre garçon ! m'écriai-je, et comment est-il mort ?

— Nous l'avons enterré.

— Mais avant que vous ne l'ayez enterré ?

— Vous ne me comprenez pas, colonel ; il n'était pas mort quand nous l'avons enterré.

— Vous l'avez enterré vivant ?

II - Comment le colonel tint le roi entre ses mains

Je restai un instant étourdi. Puis tout à coup je me précipitai sur cet homme, assis là à cette table avec un sourire placide sur les lèvres, et je l'aurais étranglé si les trois autres coquins ne l'avaient arraché de mes mains. Je me débattis, me débarrassant tantôt de l'un tantôt de l'autre, mais je fus bientôt réduit à l'impuissance, ma tunique déchirée et le sang coulant de mes poignets, et ils me couchèrent sur le dos après m'avoir lié les bras et les chevilles avec des cordes.

— Misérable chien, lui criai-je, si jamais je te tiens devant la pointe de mon sabre, je t'apprendrai à maltraiter un de mes officiers. Tu verras que mon Empereur est puissant et le temps viendra où il saura bien vous tirer de ce trou où vous vous cachez comme des rats, toi et toute ta vermine.

J'ai la langue dure parfois, et je lui lançai à la face toutes les injures que j'avais ramassées dans quatorze campagnes ; mais il resta là, assis, continuant à se tapoter le front avec sa plume, les yeux en l'air comme s'il eût cherché une nouvelle rime, de vis tout de suite où je pouvais le piquer au vif.

— Misérable, lui criai-je, tu te crois en sûreté ici, à fabriquer de mauvais vers qui ne tiennent même pas sur leurs pieds ; mais l'Empereur des Français saura bien te déloger de ton repaire, et tes pauvres élucubrations ne te sauveront pas.

Ah ! si vous l'aviez vu bondir de sa chaise à ces paroles ! Cet horrible monstre, qui dispensait la mort et la torture comme un épicier détaille son fromage, avait un point faible où je pouvais frapper à plaisir. Son visage devint livide et ses petits favoris bourgeois se hérissèrent de colère.

— C'est très bien, colonel Gérard, dit-il, d'une voix étranglée, cela suffit. Vous dites que vous avez eu une carrière distinguée. Je vous promets aussi une mort distinguée. Le colonel Gérard du 3e hussards aura un genre de mort digne de lui…

— Je vous prierai seulement de n'en pas rappeler le souvenir en vers.

J'allais ajouter encore quelques mots ironiques. Mais, d'un geste furieux, il ordonna aux deux gardes de me porter dehors.

Notre entrevue, que je vous ai racontée aussi exactement que je puis me la rappeler, devait avoir duré un certain temps, car il faisait tout à fait nuit quand ils me traînèrent hors de la grotte, et la lune brillait avec éclat dans le ciel. Les brigands avaient allumé un grand feu de branches sèches, pour cuire leur repas du soir. Un énorme pot de cuivre était suspendu au-dessus de la flamme, et les coquins étaient couchés autour, la figure éclairée par la lueur jaune des flammes ; la scène me rappelait un des tableaux que Junot avait enlevés du musée de Madrid. Il y a des soldats qui font parade de n'avoir aucun souci de l'art et autres choses de ce genre ; mais moi, je m'y suis toujours intéressé, ce en quoi je montre mon goût et ma bonne éducation. Je me rappelle, par exemple, que lorsque Lefèvre mit en vente le butin pris à Dantzig, j'achetai un très beau tableau intitulé : *Nymphes surprises dans un bois*. Je l'ai porté avec moi pendant deux campagnes, jusqu'au jour où mon cheval eut le malheur de passer le pied au travers.

Si je vous dis cela, c'est pour vous montrer que je n'ai jamais été une de ces brutes de soldats comme Rapp ou Ney. De fait, je n'avais guère le temps ni l'idée de penser à de tels sujets à ce moment. Ils m'avaient jeté par terre sous un arbre, et mes deux gardiens s'étaient étendus près de moi fumant des cigarettes. Que faire, je n'en avais aucune idée. Je ne crois pas que je me sois trouvé jamais, pendant toute ma carrière, dans une situation aussi désespérée. « Mais, du courage, me dis-je, du courage, mon brave garçon ! On ne t'a pas fait colonel de hussards à vingt-huit ans simplement parce que tu savais danser un cotillon. Tu es un homme d'élite, Etienne, un homme qui s'est tiré de plus de deux cents affaires, et celle-ci ne sera certainement pas la dernière. » Je me mis à regarder autour de moi, cherchant un moyen de sortir de là, et mes yeux tombèrent sur quelque chose qui me remplit d'étonnement.

Je vous ai dit qu'il y avait un grand feu d'allumé au centre de la clairière. Aussi, la lune aidant encore, je pouvais voir tout ce qui m'entourait. De l'autre côté de la clairière était un gros sapin qui attira mon attention par son tronc et ses branches inférieures qui étaient décolorées, comme si on eut allumé récemment du feu au-dessous. Un buisson de ronces m'en masquait le pied. En continuant à regarder attentivement, j'aperçus au-dessus du buisson une paire de bottes de cavalier qui semblaient pendues à une des branches de l'arbre, les semelles en haut. Je crus d'abord qu'elles étaient simplement attachées, mais en regardant plus attentivement, je vis qu'elles étaient fixées à la branche par un grand clou traversant le pied et la semelle. Et alors, tout d'un coup, un frisson d'horreur me passa par le corps : je compris que les bottes n'étaient pas vides, et, relevant un peu la tête, je pus voir qui était ainsi cloué à cet arbre, et pourquoi on avait allumé du feu au-dessous.

Ce n'est pas gai de parler d'horreurs, et je ne veux pas vous occasionner de mauvais rêves cette nuit, mes amis, mais je ne peux pas vous conduire parmi les guérillas espagnoles sans vous montrer quelles sortes de gens c'étaient, et comment ils faisaient la guerre. Je vous dirai seulement que je compris à ce moment pourquoi le cheval de M. Vidal était là, sans son maître, dans le bois de sapins : j'espère qu'il a subi son terrible sort avec tout le courage que doit montrer un Français.

Ce spectacle n'était guère réjouissant pour moi, comme vous devez penser. Dans la grotte du chef, je m'étais laissé emporter si loin par ma colère, en apprenant la mort cruelle du jeune Soubiron, un des plus braves garçons qui aient jamais enfourché un cheval, que je n'avais pas songé un instant à ma propre position. Peut-être aurait-il été plus politique de ne pas être si cassant avec le chef, mais maintenant il était trop tard. Le vin était tiré, il fallait le boire. Si ce malheureux intendant inoffensif avait subi une pareille mort, quel supplice me réservait-on, à moi qui avais brisé l'épine dorsale de leur lieutenant ? Non, c'en était bien fait de moi, et je n'avais plus qu'à envisager mon sort le mieux qu'il me serait possible. Ce sauvage pourrait en tout cas, témoigner qu'Etienne Gérard était mort comme il avait vécu, et qu'il y avait eu au moins un prisonnier qui n'avait pas tremblé devant lui.

J'étais là, étendu sur le dos, songeant aux nombreuses jeunes filles qui pleureraient ma mort, à ma mère chérie, à la perte irréparable qu'allaient faire mon régiment et l'Empereur, et je n'ai pas honte de vous avouer que je versai des larmes à la pensée de la consternation générale que causerait la nouvelle de ma fin prématurée.

Mais tout en songeant, je continuai à examiner tout ce qui se passait autour de moi, dans l'espoir de trouver un moyen de m'échapper. Je ne suis pas homme, vous savez, à rester là tranquillement comme un mouton à attendre le boucher et le couteau. Je donnai d'abord une petite secousse aux cordes qui m'entouraient les chevilles, puis à celles de mes poignets, tout en regardant autour de moi, en quête de n'importe quoi qui pût me favoriser. Une chose était bien évidente : un hussard n'est qu'à moitié complet sans un cheval, et mon autre moitié était là, à vingt mètres de moi, paissant tranquillement. Puis je songeai encore à une chose. Le sentier par lequel nous étions venus était si abrupt qu'un cheval ne pouvait y marcher que lentement et avec difficulté ; mais, de l'autre côté, le terrain semblait plus praticable et paraissait conduire à une vallée en pente douce. Si seulement j'avais mes pieds dans ces étriers là-bas et mon sabre dans la main, d'un bond résolu je pourrais échapper à ces écumeurs de montagne.

Tout en faisant ces réflexions, je travaillais des chevilles et des poignets pour relâcher les cordes, quand le chef sortit de sa grotte et vint causer avec son lieutenant, qui geignait auprès du feu, et, tous deux, ils échangèrent des signes de tête en me regardant. Puis il dit quelques mots au reste de la bande, qui se mit à battre des mains et à pousser des cris en riant. Tout cela ne me présageait rien de bon, et ce fut avec une joie intense que je sentis les cordes de mes mains si bien relâchées que je pouvais facilement les dégager tout à fait, si je voulais. Mais, pour mes chevilles, je craignais bien de ne pouvoir réussir, car, au moindre effort, ma blessure me faisait tellement souffrir que j'étais obligé de mordre ma moustache pour ne pas crier. Je ne pus donc que rester tranquille, à moitié libre, à moitié ligoté, et attendre les événements.

Pendant quelques moments, je ne compris rien à ce qu'ils étaient en train de faire. Un des brigands monta sur un jeune sapin vigoureux d'un côté de la clairière et attacha une corde au sommet de l'arbre. Puis il fit de même à un autre sapin du côté opposé.

II - Comment le colonel tint le roi entre ses mains

Les extrémités des deux cordes pendaient à terre, et j'attendis avec curiosité et un peu d'impatience aussi, pour voir ce qu'ils allaient faire ensuite.

Toute la bande se mit à tirer sur une des cordes jusqu'à ce qu'ils eussent ployé le sapin en demi-cercle, puis, pour le maintenir dans sa position, ils attachèrent la corde au tronc d'un autre arbre. Quand ils eurent ployé l'autre sapin de la même façon, les deux sommets étaient à quelques pieds l'un de l'autre et prêts à se redresser, vous comprenez, et à reprendre leur première position dès qu'ils ne seraient plus maintenus par les deux cordes. Je vis alors le plan diabolique que ces misérables avaient imaginé.

— Je présume que vous êtes un homme fort, colonel, dit le chef s'avançant de mon côté avec son odieux sourire.

— Si vous voulez avoir la bonté de m'enlever ces cordes, répondis-je, je vous montrerai ma force.

— Nous sommes tous très intéressés à voir si vous êtes aussi fort que ces deux sapins. Vous voyez, nous allons attacher chacune de vos jambes à l'extrémité de chacun de ces arbres, puis nous allons lâcher les cordes. Si vous êtes plus fort que les arbres, naturellement vous n'aurez aucun mal ; mais si les arbres sont plus forts que vous, eh bien ! dans ce cas, colonel, nous aurons un souvenir de vous, de chaque côté de la clairière.

Il se mit à rire, et les quarante autres l'imitèrent. Encore aujourd'hui, quand je ne suis pas tout à fait dans mon assiette, ou quand je suis repris d'un accès de ma vieille fièvre de Russie, je revois dans mon sommeil ce cercle de figures noires et sauvages avec leurs yeux cruels et leurs dents blanches brillant sous la flamme du brasier.

C'est étonnant – et j'ai entendu bien des gens faire la même remarque – combien les sens deviennent subtils dans les moments critiques comme celui-ci ! Je suis convaincu qu'à aucun moment la vie n'est aussi intense qu'à l'instant où l'on est surpris par une mort violente, prévue. Je sentais l'odeur résineuse du bois, je voyais chaque brindille sur le sol, j'entendais tous les bruissements des feuilles, comme je n'ai jamais senti, vu ou entendu, si ce n'est dans de pareils moments de danger. Aussi, bien longtemps avant tout autre, même avant que le chef ne m'adressât la parole, j'avais perçu un bruit sourd, monotone, qui devenait plus distinct à chaque instant. D'abord ce fut un bruit très faible ; mais quand il eut fini de parler, et au moment où ces assassins me déliaient les jambes pour me conduire au lieu du supplice, j'entendis aussi distinctement qu'il est possible, le claquement de pieds de chevaux sur le sol et le cliquetis des sabres contre les étriers. Etait-il possible que moi qui avais vécu avec la cavalerie légère depuis que les premiers poils avaient poussé sur ma lèvre, je ne reconnusse pas l'approche d'une troupe de cavaliers en marche ?

— Au secours, camarades, au secours ! criai-je.

Ils se précipitèrent sur moi et, tout en me bourrant de coups, ils se mirent en devoir de me traîner vers les arbres. Je continuai à crier de toute la force de mes poumons :

— Au secours, mes enfants ! On assassine votre colonel !

Mes blessures et les souffrances que j'endurais depuis ces quelques heures avaient déterminé une sorte de délire, et je ne m'attendais à rien moins qu'à voir apparaître mes cinq cents hussards à l'entrée de la clairière, trompettes et étendard en tête.

Mais ce qui apparut en réalité fut bien différent de ce que j'avais pu imaginer. Dans la clairière arriva au galop un beau jeune homme monté sur un magnifique cheval. Il avait un visage imberbe et ouvert, et un air brave et déterminé, qui me rappelait un peu ce que j'étais moi-même. Il portait un singulier uniforme, qui avait dû être rouge, mais qui était passé et avait pris la teinte de feuille flétrie, dans toutes les parties les plus exposées à l'air. Cependant il avait, sur ses manches, des galons d'or et sa tête était couverte d'un casque de métal brillant, orné d'un coquet panache de plumes blanches sur le côté. Il galopa jusqu'au centre de l'espace découvert, suivi de près par quatre cavaliers portant le même uniforme, tous complètement rasés, avec de bonnes figures vermeilles, qui me firent l'effet d'appartenir plutôt à des moines qu'à des dragons. Sur un ordre lancé d'une voix brève et brusque, les quatre cavaliers firent halte avec un bruit sec d'armes, tandis que leur chef s'avança au trot, magnifique d'attitude sur son grand cheval. Je

II - Comment le colonel tint le roi entre ses mains

reconnus naturellement ces uniformes étrangers : c'étaient des Anglais. C'était la première fois que j'en voyais, mais à leur aspect général et à leur attitude résolue, je constatai que ce que l'on m'avait dit d'eux était vrai, et que c'étaient des gens contre lesquels il y avait plaisir à se battre.

— Eh bien ! eh bien ! cria le jeune officier, en assez mauvais français, qu'est-ce qui se passe donc ici ? Qui a appelé au secours ?

C'est à ce moment que je bénis ces mois pendant lesquels O'Brien, le descendant des rois irlandais m'avait appris la langue anglaise. Les brigands avaient enlevé les cordes qui me liaient les jambes, de sorte que je n'eus qu'à dégager mes mains, et ramassant mon sabre posé à terre près du feu, d'un bond je fus en selle sur le cheval du pauvre Vidal. Oui, malgré ma cheville meurtrie, j'enfourchai la bête sans mettre le pied à l'étrier. D'un coup de sabre je coupai les rênes enroulées autour de l'arbre, et, avant que les brigands eussent même songé à saisir leur pistolet, je fus à côté de l'officier anglais.

— Je me rends, Monsieur, lui criai-je, dans sa langue ; quoique mon anglais ne valût guère mieux, je crois, que son français. Si vous voulez jeter un coup d'œil sur cet arbre-là, à gauche, vous verrez comment ces coquins, traitent les honorables officiers qui tombent entre leurs mains.

La flamme du brasier s'était ranimée, et tous purent apercevoir ce qui restait du corps de Vidal.

— *My God*, s'écrièrent l'officier et les soldats, ce qui veut dire chez nous : Mon Dieu !

Les cinq sabres sortirent du fourreau avec un bruit de fer et les quatre hommes se rapprochèrent. L'un d'eux, qui portait les galons de sergent, me frappa sur l'épaule en me disant :

— Défendez votre peau, Français.

Ah ! c'était si bon d'avoir un cheval entre les jambes et un sabre au poing ! Dans ma joie, je me mis à crier en faisant tourner mon sabre au-dessus de ma tête.

Le chef s'était avancé, avec son sempiternel sourire aux lèvres.

— Je ferai remarquer à Votre Excellence, dit-il, que ce Français est mon prisonnier.

— Vous êtes un misérable et un voleur ! dit l'Anglais, en le menaçant de son sabre. C'est une honte pour nous d'avoir de pareils alliés et je vous garantis que, si lord Wellington était de mon avis, on ne tarderait pas à vous pendre à un de ces arbres.

— Mais mon prisonnier ? continua le brigand, de sa voix mielleuse.

— Il va venir avec nous au camp anglais.

— Un mot, seulement, à vous seul, avant que vous ne l'emmeniez.

Il s'approcha du jeune officier, puis, se retournant vivement, il me déchargea son pistolet en pleine figure. La balle me passa dans les cheveux, et traversa mon shako de part en part. Voyant qu'il m'avait manqué, il allait me lancer l'arme à la tête quand le sergent anglais, d'un coup de sabre, lui détacha presque la tête du corps. Son sang n'avait pas encore jailli que toute la bande fut sur nous. Mais quelques coups de sabre et un temps de galop nous mirent bientôt en sûreté et deux minutes après nous trottions sur le chemin qui descendait à la vallée.

Ce ne fut que lorsque le ravin fut loin derrière nous, et que nous fûmes en rase campagne, que nous nous arrêtâmes pour voir l'état de nos pertes. Pour moi, blessé et épuisé, mon cœur battait fièrement pourtant, et était prêt de faire éclater ma poitrine à la pensée que moi, Etienne Gérard, j'avais laissé à cette bande d'assassins un souvenir qu'ils conserveraient longtemps. Ah ! ils y regarderaient à deux fois, désormais, avant de se risquer à mettre la main sur quelqu'un du 3e hussards. J'étais si content que je commençai un petit discours à ces braves Anglais, et je leur fis connaître qui ils avaient secouru. J'allais continuer par quelques mots bien sentis sur la gloire et l'amitié qui doivent unir les braves ; mais l'officier me coupa la parole.

— C'est très bien, dit-il. Sergent, avons-nous des blessés ?

— Le cheval du cavalier Jones a reçu une balle de pistolet dans l'épaule.

— Cavalier Jones, restez avec nous... Vous, sergent Holliday, vous irez à droite avec les cavaliers Harvey et Smith, et vous prendrez contact avec les vedettes des hussards allemands.

II - Comment le colonel tint le roi entre ses mains

Le sergent et ses hommes partirent du côté indiqué, pendant que l'officier et moi nous prenions le chemin du camp anglais, suivis du cavalier dont le cheval avait été blessé. Nous ne tardâmes pas à nous ouvrir nos cœurs, car dès le début nous nous étions sentis attirés l'un vers l'autre. Ce brave garçon appartenait à la noblesse d'Angleterre. Il avait été envoyé en reconnaissance par lord Wellington, pour voir si nous ne nous avancions pas à travers la montagne. C'est un des avantages d'une vie aventureuse comme la mienne, d'apprendre ces tas de petites choses qui distinguent l'homme du monde. Ainsi j'ai rarement vu un Français qui puisse répéter correctement un titre anglais. Si je n'avais pas parcouru tous les coins de l'Europe, comme je l'ai fait, je serais incapable de vous dire avec confiance que le véritable titre de ce jeune homme était Milord the hon. Russel, Bart[2].

Tout en chevauchant sous le clair de lune, par cette belle nuit d'Espagne, nous nous fîmes nos confidences comme deux frères. Nous étions du même âge, vous comprenez ; tous les deux nous appartenions à la cavalerie légère (il était du 6e dragons léger) et, tous deux, nous avions les mêmes ambitions. Je ne me suis jamais lié avec personne aussi vite que je le fis avec ce Bart. Il me nomma une jeune mondaine qu'il avait aimée dans un endroit qui s'appelle Vauxhall ; moi je lui parlai de la petite Coralie, de l'Opéra. Il me montra une boucle de cheveux ; moi je tirai de ma pelisse une jarretière.

Puis nous faillîmes nous quereller au sujet des dragons et des hussards, car il était ridiculement fier de son régiment, et je voudrais que vous eussiez vu comme il fronça le sourcil et mit la main sur la poignée de son sabre, quand je lui souhaitais de ne jamais se trouver sur le chemin du 3e. Enfin, il me parla de ce que les Anglais appellent « sport », et il me raconta qu'il avait perdu des sommes folles à parier lequel de deux coqs tuerait l'autre, ou lequel de deux hommes abattrait l'autre à coups de poing ; ils appellent ceci : la boxe. Tout cela m'étonna beaucoup. Il était toujours prêt à parier sur n'importe quoi ; et, à un

---

[2] Ce mot est l'abréviatif du titre anglais Baronnet. Aussi ce fut par ce titre, Bart, que je l'appelai, absolument comme en espagnol on dirait : Don.

moment, comme je venais de voir une étoile filante, ne voulait-il pas parier qu'il en verrait plus que moi, à 25 francs par étoile, et il ne démordit de son idée que lorsque je lui eus appris que ma bourse était restée entre les mains des brigands.

Nous causions ainsi amicalement, tout en trottant, quand le jour commença à paraître, et tout à coup nous entendîmes une décharge de mousqueterie devant nous. Nous ne pouvions rien voir à cause des accidents du terrain, et je crus qu'un engageaient avait lieu. Le Bart se mit à rire et m'expliqua que le bruit venait du camp anglais ou tous les matins les soldats déchargeaient leurs fusils afin de s'assurer que les amorces étaient sèches. »

— Encore un mille, et nous serons aux avant-postes, dit-il.

Je me retournai à ce moment, et je m'aperçus que, tout en causant, nous avions trotté à une si jolie allure, que le dragon, avec son cheval blessé, était hors de vue. Je regardai tout autour de moi, nous n'étions que le Bart et moi, tous deux armés et tous deux bien montés. Je commençai à me demander si, après tout, il était bien nécessaire que je fisse ce dernier mille qui me séparait des avant-postes anglais. Mais je tiens, mes amis, à ce que vous me compreniez bien, car je ne voudrais pas que vous puissiez croire que l'idée me fût venue d'agir déloyalement. Vous devez vous rappeler que de tous les devoirs d'un officier, le premier est de penser à ses hommes. Il ne faut pas perdre de vue non plus que la guerre est une partie qui se joue d'après des règles établies, et quand ces règles ne sont pas suivies, l'ennemi a le droit d'en profiter. Si, par exemple, j'avais donné ma parole, j'aurais été un misérable de penser seulement à m'échapper.

Mais le Bart ne m'avait pas demandé ma parole.

Par un excès de confiance, et peut-être à cause de la présence du dragon, il m'avait mis sur un pied d'égalité avec lui. Si c'eût été moi, qui l'eusse pris, je l'aurais traité aussi courtoisement qu'il m'avait traité lui-même, mais en même temps je me serais garanti contre toute tentative de sa part, en lui enlevant son épée, et j'aurais eu soin de garder avec moi au moins un de mes hommes. J'arrêtai mon cheval et je lui expliquai tout cela, lui demandant en même temps, s'il voyait une

II - Comment le colonel tint le roi entre ses mains

dérogation à l'honneur à ce que je le quitte. Il réfléchit un moment, et répéta plusieurs fois le mot qui en anglais veut dire : « Mon Dieu ! »

— Alors vous voudriez me fausser compagnie ?

— Si vous ne voyez pas de bonnes raisons.

— La seule raison que je vois, dit le Bart, c'est que je vous couperais la tête, si vous essayiez.

— C'est un petit jeu où on peut jouer à deux, répondis-je.

— Alors nous verrons qui le joue le mieux, dit-il, en tirant son sabre.

J'avais tiré le mien aussi, et j'étais bien résolu à ne pas blesser cet admirable jeune homme qui m'avait sauvé la vie.

— Réfléchissez, lui dis-je ; vous dites que je suis votre prisonnier. Je pourrais, avec autant de raison, dire que c'est vous qui êtes le mien. Nous sommes seuls ici, et quoique, je ne doute pas que vous ne soyez de première force au sabre, vous ne pouvez guère espérer battre la meilleure lame des six brigades de cavalerie légère.

Pour toute réponse, il me porta un coup de pointe à la tête. Je parai et lui fis sauter la moitié de son panache blanc. Il me lança un second coup ; je détournai son arme et je coupai l'autre moitié du panache.

— Le diable vous emporte avec vos tours de singe ! cria-t-il.

— Pourquoi m'attaquez-vous ? lui dis-je. Vous voyez bien que je ne veux pas répondre.

— C'est très bien, dit-il, mais il faut que vous veniez au camp avec moi.

— Jamais je n'irai à votre camp.

— Je vous parie neuf contre quatre que vous y viendrez !

Et il s'élança de nouveau sur moi le sabre. Haut.

Une idée me vînt à ces paroles. Ne pouvions-nous pas décider la chose autrement que par un combat ? Le Bart me mettait dans une situation pénible : l'un de nous serait forcément blessé. J'évitai le coup, et la pointe de sa lame passa à un pouce de ma nuque.

— J'ai quelque chose à vous proposer, lui criai-je. Nous allons jouer aux dés lequel est le prisonnier de l'autre.

Sa figure s'éclaira. Cela fit revivre tout son amour du sport.

— Où sont vos dés ?

— Je n'en ai pas.

— Moi non plus, mais j'ai des cartes.

— Va pour les cartes.

— Quel jeu ?... Choisissez.

— L'écarté en cinq liés.

Je ne pus m'empêcher de sourire, en acceptant, car je ne supposais pas qu'il y eût trois hommes en France plus forts que moi à ce jeu.

Je ne le cachai pas au Bart. Il sourit aussi...

— J'étais regardé comme le meilleur joueur chez Vatier. À chances égales, vous méritez bien votre liberté si vous me battez.

Nous mîmes pied à terre, et après avoir attaché nos chevaux, nous nous assîmes chacun d'un côté d'un gros rocher plat. Le Bart tira un jeu de cartes de sa tunique, et je n'eus qu'à le voir battre ces cartes pour me convaincre que je n'avais pas affaire à un novice. Nous coupâmes et il eut la main.

L'enjeu valait la peine. Il voulait y ajouter cent guinées, mais que signifiait l'argent quand le sort du colonel Etienne Gérard dépendait des cartes ! Il me semblait que tous ceux qui étaient intéressés au résultat de la partie, ma mère, mes hussards, le sixième corps d'armée, Ney, Masséna, l'Empereur lui-même formaient cercle autour de nous dans cette vallée désolée. Grand Dieu ! quel coup pour eux si les cartes allaient tourner contre moi. Mais j'étais plein de confiance : j'étais aussi réputé pour ma façon de jouer à l'écarté que pour mon habileté au sabre, et, à part le vieux Bouvet qui m'avait gagné, un jour, soixante-seize parties sur cent, personne ne pouvait lutter contre moi.

Je gagnai la première partie, haut la main, quoique je doive avouer que j'eus les cartes pour moi, et mon adversaire ne put faire mieux. À la seconde, je n'avais jamais mieux joué. Mais le Bart fit la vole, avec le roi, et les deux autres points sur un refus. Nous étions si excités que nous posâmes, moi mon shako, lui son casque, sur le rocher, à côté de nous.

— Je vous joue ma jument baie contre votre cheval noir, dit-il.
— Accepté.
— Votre sabre contre le mien.
— Accepté.
— Selle, bride et étriers.
— Accepté, criai-je.

Le démon du jeu s'était emparé de moi. J'aurais joué mes hussards contre ses dragons si j'avais pu le faire.

Et alors commença la vraie partie. Oh ! il jouait bien, cet Anglais, il jouait d'une façon digne d'un tel enjeu. Mais moi, mes amis, j'étais superbe. Sur les cinq points, j'en avais fait trois sur la première main. Le Bart se mordait la moustache et tambourinait avec ses doigts, pendant que je me voyais déjà à la tête de mes petits démons. Sur la seconde main, je tournai le roi, et, ayant joué d'autorité, le Bart marqua deux points. Nous étions donc quatre à deux. Il me donna, le coup suivant, un jeu tel que je ne pus retenir un cri de joie. « Si je ne gagne pas ma liberté avec ce jeu, pensai-je, ce me sera justice de rester prisonnier toute ma vie. »

— Je vais vous montrer le jeu que j'avais. Garçon, donnez-moi un jeu de cartes.

— Tenez, voici ce que j'avais en main : valet et as de trèfle, dame et valet de carreau et roi de cœur. L'atout est trèfle, et je n'ai plus qu'un point à faire.

Il demande des cartes. Je refuse naturellement. Le moment est critique, il déboutonne sa tunique ; j'en fais autant. Il attaque du dix de pique. Je le prends avec mon as d'atout et je joue le valet qu'il prend avec la dame. Il joue ensuite le huit de pique. Je n'avais pas autre chose à faire qu'à jeter ma dame de carreau, puis il m'abattit le sept de pique : les cheveux me dressèrent sur la tête ; notre dernière carte à chacun était un roi. Il avait gagné deux points avec un jeu bien inférieur au mien. Je me serais roulé par terre à cette idée. Oui, on jouait bien l'écarté chez Vatier en 1810. C'est moi qui vous le dis, moi, Etienne Gérard.

Nous en étions à la dernière main, la sienne, avec quatre points chacun ; le sort allait être décidé. Nous débouclâmes nos sabres. Il était calme, cet Anglais ; mais, moi, la sueur me coulait jusque dans les yeux, et je vous avoue que mes mains tremblaient en prenant mes cinq cartes sur le rocher. Mais à peine les eus-je regardées que je vis le roi, le glorieux roi d'atout. J'avais la bouche ouverte pour l'annoncer, quand le mot expira sur mes lèvres à la vue de mon camarade.

Il tenait ses cartes dans sa main, mais sa figure était bouleversée et il regardait par-dessus mon épaule, avec une expression de consternation et de surprise. Je me retournai vivement et demeurai moi-même stupéfait de ce que je vis.

Trois hommes étaient debout tout près de nous, à quinze mètres tout au plus. Celui du milieu, de taille assez élevée, sans être trop grand, était de fait à peu près de ma taille. Il portait un uniforme sombre avec un petit bicorne orné de plumes blanches. Mais ce qui attira surtout mon attention, ce fut sa figure, ses joues creuses, son nez recourbé et sa bouche qui donnait l'impression que cet homme était quelque chose. Il avait les sourcils froncés et il jeta un tel coup d'œil à mon pauvre Hart que, une à une, ses cartes s'éparpillèrent sur le sol. Des deux autres hommes, l'un avait un visage que l'on aurait cru taillé dans le chêne et portait un brillant uniforme rouge ; l'autre, avec une bonne face joviale et d'épais favoris, était vêtu d'une tunique bleue à brandebourgs d'or.

À quelque distance derrière eux, trois ordonnances tenaient leurs chevaux par la bride, et, derrière ceux-ci, une escorte de lanciers.

— Eh bien, Crawford, qu'est-ce que cela veut dire ? demanda l'homme du milieu.

— Vous entendez, Monsieur, cria l'officier à l'uniforme rouge, lord Wellington demande ce que cela veut dire ?

Mon pauvre Bart, la main à la visière du casque, balbutia le récit de ce qui s'était passé ; mais ce visage de pierre ne s'adoucit pas une minute.

— C'est du joli, ma parole, général Crawford, dit-il. Il faut veiller à la discipline de cette armée, Monsieur. Quant à vous, dit-il à

II - Comment le colonel tint le roi entre ses mains

mon ami, rendez-vous au quartier général, et prenez les arrêts jusqu'à mon retour.

Ce fut une chose bien pénible pour moi de voir le Bart remonter à cheval et partir, la tête basse. Je ne pus supporter cela. Je me précipitai devant ce général anglais et plaidai la cause de mon ami. Je lui dis que moi, colonel Gérard, je tenais à témoigner de la bravoure de ce jeune officier. Ah ! mon éloquence, mes larmes auraient adouci le cœur le plus dur, mais lui, il resta impassible.

— Quel poids faites-vous porter à vos mulets, Monsieur, dans l'armée française ? me demanda-t-il.

Oui, voilà tout ce que cet Anglais, dans son flegme, trouva à répondre à mes éloquentes paroles. Voilà quelle fut sa réponse à ce qui aurait tiré des larmes à un Français.

— Quel poids mettez-vous sur un mulet, Monsieur ? répéta l'homme à l'habit rouge.

— Deux cent dix livres, répondis-je.

— Alors vous les chargez diablement mal, dit lord Wellington. Emmenez le prisonnier avec l'escorte.

Les lanciers se rapprochèrent, et je devins presque fou en pensant au jeu que j'avais en main et à ma liberté qui avait été si proche. Je montrai les cartes au général.

— Regardez, Milord, lui dis-je, j'ai joué ma liberté et j'ai gagné. Car, voyez, j'ai le roi entre mes mains.

Pour la première fois un sourire éclaira sa figure maigre.

— C'est moi, au contraire, qui ai gagné, me répondit-il, en remontant à cheval, car, vous le voyez aussi, c'est mon roi qui vous tient entre ses mains.

III

COMMENT LE ROI GARDA LE COLONEL

Murat était incontestablement un excellent officier de cavalerie, mais il aimait trop à se donner des airs de bravache, défaut qui fait du tort à beaucoup de bons soldats. Lasalle aussi était un chef de premier ordre, mais le vin et les excès le perdaient. Quant à moi, Etienne Gérard, je n'avais aucune de ces façons de fanfaron et, en même temps, j'étais de la plus grande sobriété, sauf, parfois, au retour d'une campagne, ou quand je me trouvais avec quelque vieux camarade. Pour ces raisons, j'aurais pu passer pour le meilleur officier de mon arme, n'eût été, peut-être, un certain manque de confiance en moi-même. Il est vrai que je n'ai jamais dépassé le grade de colonel, mais tout le monde sait que l'on n'avait guère de chances de parvenir au sommet de l'échelle si l'on n'avait eu la bonne fortune de se trouver avec l'Empereur dans ses premières campagnes.

À l'exception de Lasalle, de Lobau, de Drouot, je ne vois guère de généraux qui ne se fussent déjà fait un nom avant la campagne d'Egypte.

Moi-même, avec toutes mes brillantes qualités, je n'ai pu arriver au-dessus du grade de colonel, mais avec la croix d'honneur, que je reçus de la main même de l'Empereur, et que je conserve chez moi dans un écrin de cuir. Pourtant, quoique je ne me sois jamais élevé plus haut, mes qualités étaient bien connues de tous ceux qui avaient servi avec moi, et aussi des Anglais. Lorsqu'ils m'eurent fait prisonnier de la façon que je vous ai racontée l'autre soir, ils me tinrent sous bonne garde à Oporto, et je vous assure qu'ils ne laissèrent pas à un adversaire tel que moi, l'occasion de leur glisser entre les doigts.

III - Comment le roi garda le colonel

Le 10 août, je fus conduit sous bonne escorte à bord du transport qui devait nous amener en Angleterre et, à la fin du mois, j'étais interné dans la grande prison que l'on avait construite pour nous à Dartmoor. Nous l'avions surnommée l'*Hôtel des Français*, car, nous étions là un tas de braves, et l'adversité ne nous empêchait pas d'être gais.

Il n'y avait d'enfermés à Dartmoor que les officiers qui avaient refusé de donner leur parole ; la plupart des autres prisonniers étaient des matelots ou de simples soldats. Vous allez me demander peut-être pourquoi je ne donnai pas ma parole, afin de jouir des mêmes bons traitements que certains de mes camarades. Je vous dirai que j'avais pour cela deux raisons également bonnes.

D'abord, j'avais une si grande confiance en moi que j'étais bien convaincu que je pourrais m'évader. En second lieu, ma famille, quoique honorable, n'a jamais été bien riche, et je ne pouvais me décider à prendre, si peu que ce fut, sur le petit revenu de ma mère. D'un autre côté, il n'était pas à supposer qu'un homme comme moi put consentir à se laisser éclipser par la société bourgeoise d'une petite ville de province anglaise, ou à se trouver dans l'impossibilité de reconnaître les attentions que ne pouvaient manquer de me témoigner les dames. Voilà les raisons pour lesquelles je préférai me laisser enterrer dans cette sombre prison de Dartmoor.

Je vais, maintenant, vous raconter mes aventures en Angleterre, et vous montrer jusqu'à quel point se vérifièrent les paroles de « milord Wellington » quand il me dit que son roi saurait bien me garder.

Si je ne m'étais promis de vous parler seulement de mes aventures personnelles, je pourrais vous tenir là jusqu'à demain matin, à vous conter des histoires sur ce qui se passait à Dartmoor.

C'était un des endroits les plus étranges du monde : là, au milieu de ce vaste terrain inculte, étaient parqués, comme un troupeau de moutons, sept ou huit mille hommes ; des soldats, vous comprenez, des hommes d'expérience et de courage. Tout autour de la prison, un mur double, avec un fossé, et des gardes, et des sentinelles ; mais les Anglais ne pouvaient guère espérer garder des hommes de cette trempe, comme des lapins dans un clapier. Aussi ces derniers s'évadaient-ils par bandes de deux, de dix, de vingt, et alors le canon tonnait, les patrouilles couraient, et nous, qui restions là, nous nous mettions à rire, à danser et à crier : « Vive l'Empereur ! » jusqu'au moment où les gardes furieux tournaient leurs fusils contre nous. Nous avions souvent de petites mutineries : alors, on faisait venir de l'infanterie et des canons de Plymouth et nous recommencions à crier de plus belle : « Vive l'Empereur ! » comme si nous avions voulu qu'on nous entendit jusqu'à Paris. Ah ! il y avait des moments où l'on ne s'ennuyait pas à Dartmoor, et nous donnions du fil à retordre à ceux qui étaient chargés de nous garder.

Les prisonniers avaient aussi leurs tribunaux à eux, qui tenaient leurs assises et infligeaient leurs peines. Le vol et les querelles étaient passibles de telles ou telles punitions, mais la peine la plus grave était réservée à la trahison. – Le jour de mon arrivée, un nommé Meunier, de Reims, avait dévoilé un complot d'évasion. Pour une raison quelconque, on ne le sépara pas de suite des autres prisonniers et, malgré ses supplications, on le laissa passer la nuit avec les camarades qu'il avait trahis. Cette même nuit, un tribunal se constitua avec un juge et un défenseur ; les débats eurent lieu à voix basse, et le matin, quand les gardes vinrent pour mettre le condamné en liberté, ils ne purent trouver aucune trace de cet homme.

C'étaient des gens de ressources, ces prisonniers, et ils avaient des façons à eux d'arranger leurs propres affaires.

Les officiers occupaient une aile séparée, et nous formions un singulier groupe. On nous avait laissé nos uniformes, de sorte qu'il n'y avait pas une arme qui ne fût représentée ; quelques-uns étaient là depuis l'époque où Junot s'était fait battre à Vimiera. Il y avait des chasseurs à dolman vert, des hussards comme moi, des dragons bleus, des lanciers à plastron blanc, des voltigeurs, des grenadiers, des artilleurs et des pontonniers. Mais les officiers de marine formaient le plus grand nombre, car, sur mer, les Anglais avaient toujours eu le dessus. Je n'avais jamais pu comprendre pourquoi, jusqu'au jour où je fis moi-même la traversée d'Oporto à Plymouth : j'étais resté pendant

III - Comment le roi garda le colonel

huit jours étendu sur le dos, et j'aurais été incapable de remuer un doigt, quand même j'aurais vu l'aigle de mon régiment tomber aux mains de l'ennemi.

C'est grâce à un temps perfide comme celui-là, que Nelson a eu raison de nous.

Je ne fus pas plus tôt à Dartmoor que je commençai à former un plan d'évasion, et vous vous imaginez facilement qu'avec mon esprit, éprouvé par douze ans de guerre, je ne fus pas longtemps à trouver un moyen.

Il faut que vous sachiez d'abord que j'avais quelque connaissance de la langue anglaise, ce qui devait m'être d'un grand secours. J'avais appris un peu d'anglais pendant les quelques mois que j'avais passés devant Dantzig avec le lieutenant O'Brien du régiment irlandais, un descendant des anciens rois du pays. Je ne tardai pas à le parler avec assez de facilité, car il ne me faut pas longtemps pour apprendre quelque chose quand je me suis mis en tête de le faire. En trois mois, je fus à même non seulement de me faire comprendre, mais encore je savais la langue populaire, O'Brien m'avait appris à dire « By Jove », ce qui correspond chez nous à « Ma foi », et « Goddam », ce qui veut dire à peu près « Nom d'un chien ».

Maintes fois, j'ai vu les Anglais sourire d'étonnement en m'entendant parler si bien leur langue.

Nous étions deux officiers dans la même cellule, ce qui ne m'allait guère, mon camarade de prison, un grand artilleur, étant peu communicatif. Il avait été fait prisonnier par la cavalerie anglaise à Astorga.

Rarement je rencontre un homme dont je ne me fasse un ami, car mon caractère et mes manières sont, comme vous savez, très sociables. Mais cet homme-là n'avait jamais un sourire pour mes plaisanteries ni une larme pour mes chagrins ; il restait des heures assis, le regard fixe ; tellement que je me persuadais parfois que ses deux années de captivité lui avaient un peu affaibli la tête. Ah ! comme j'aurais voulu avoir mon vieux Bouvet ou quelqu'un de mes camarades des hussards à la place de cette momie ; j'étais bien obligé de me contenter avec lui, et aucune évasion n'était possible, évidemment, s'il ne s'associait à mon projet, car je ne pouvais rien faire dont il n'eût connaissance. J'abordai le sujet, d'abord à mots couverts, puis plus ouvertement, jusqu'à ce qu'en fin, il me parût décidé à partager mon sort. Je me mis à explorer le mur, le plancher, le plafond, mais j'eus beau sonder et tâter, tout cela me parut très épais et très solide. La porte était en fer, avec une énorme serrure et une petite grille à travers laquelle le gardien venait deux fois par nuit jeter un coup d'œil dans notre cellule.

Comme mobilier, nous avions deux lits, deux tabourets, deux lavabos, rien de plus ! C'était suffisant pour mes besoins : je n'avais jamais eu tant de confort pendant ces douze ans passés dans les camps. – Mais comment sortir de là ? – Nuit après nuit, je pensais à mes cinq cents hussards, et j'avais des cauchemars affreux ; tantôt je m'imaginais que toutes les chaussures de mes hommes avaient besoin d'être renouvelées ; tantôt c'étaient mes chevaux qui avaient des tranchées après avoir mangé du fourrage vert, ou qui étaient enlisés dans quelque marécage ; à un autre moment, c'étaient six de mes escadrons qui s'étaient rendus prisonniers sous les yeux de l'Empereur ; alors, je me réveillais avec une sueur froide, et je me remettais à frapper et à sonder le mur, car je savais très bien qu'il n'est pas de difficulté qui ne puisse être vaincue avec de l'intelligence et de l'activité.

Il y avait une seule fenêtre à notre cellule, mais elle était trop petite pour laisser passer même un enfant. De plus, elle était défendue par un épais barreau de fer au centre. Ce n'était guère encourageant, vous en conviendrez, mais je me convainquis que c'était pourtant de ce côté que nos efforts devaient se porter. Pour comble de malheur, cette fenêtre donnait sur la cour d'exercice qui était entourée de deux murs élevés. Malgré tout, comme je disais à mon taciturne camarade : « Il est temps de s'occuper de la Vistule quand on a passé le Rhin », je parvins à enlever un morceau de fer de mon lit, et je me mis à l'œuvre pour détacher le ciment qui scellait le barreau. Je travaillais pendant trois heures, puis je sautais dans mon lit dès que j'entendais les pas du gardien. Je recommençais pendant trois heures encore, et quelquefois

III - Comment le roi garda le colonel

trois nouvelles heures encore, car je trouvais Beaumont si lent et si maladroit que je n'avais à compter que sur moi-même. Je m'imaginais mon 3e hussards m'attendant au dehors, au complet, avec trompettes, étendard et schabraques en peau de léopard. Alors, je travaillais, je travaillais, comme un fou, à tel point que mon morceau de fer était couvert de sang. Je finis par détacher le ciment que je cachai dans mon oreiller ; puis, le barreau joua dans le scellement, et un beau jour, d'un violent effort, je l'arrachai définitivement : j'avais fait mon premier pas vers la liberté.

Vous allez me demander en quoi j'étais plus avancé, puisque, comme je vous l'ai dit, un enfant n'aurait pu passer à travers l'ouverture. J'avais gagné deux choses pourtant : un outil et une arme. Avec l'un, je pouvais desceller la pierre qui encadrait la fenêtre ; avec l'autre, je pourrais me défendre une fois dehors. Je portai alors tous mes efforts sur cette pierre, et je cognai, cognai avec le bout pointu du barreau jusqu'à ce que j'eusse enlevé tout le mortier et déchaussé la pierre. Vous comprenez bien que, pendant le jour, je remettais tout en place et que le gardien n'aperçut jamais un grain de poussière sur le plancher.

Après trois semaines de travail, j'avais descellé la pierre, je l'avais enlevée et pratiqué une ouverture par laquelle je pus compter, tout heureux, dix étoiles, alors que je n'en pouvais apercevoir plus de quatre auparavant.

Tout était prêt pour notre évasion, désormais, et je remis la pierre en place en ayant soin de masquer les fentes avec de la suie et de la graisse. Dans trois nuits, la lune aurait disparu, et le moment serait propice pour notre tentative.

Je n'avais pas le moindre doute que j'arriverais jusqu'à la cour, mais une fois là, comment en sortir ? Quelle humiliation pour moi d'avoir à rentrer dans mon trou, ou d'être arrêté par les gardes et jeté dans une de ces cellules humides, sous terre, réservées aux prisonniers surpris en tentative d'évasion. Je me mis à réfléchir.

Je n'ai jamais eu l'occasion, vous le savez, de montrer ce que j'aurais pu faire comme général. Quelquefois, après un verre ou deux, je me suis vu capable des combinaisons les plus surprenantes, et j'ai eu le sentiment que, si Napoléon m'avait confié un corps d'armée, les choses auraient pris pour lui une tournure différente. Quoi qu'il en fût, il n'était pas douteux que pour les petits stratagèmes de la guerre, et cette fertilité de ressources qui est si nécessaire à un officier de cavalerie légère, je pouvais tenir tête à n'importe qui. C'était surtout maintenant que ces qualités m'étaient indispensables et j'étais sûr qu'elles ne me feraient pas défaut.

Le mur intérieur que j'avais à franchir avait une hauteur de douze pieds et était garni, au sommet, de pointes de fer espacées de trois pouces. Quant au mur extérieur, je n'avais pu l'apercevoir qu'une fois ou deux, quand la porte de la cour d'exercice était ouverte. Il m'avait paru être à peu près de la même hauteur et garni également de pointes de fer. L'espace entre les deux murailles était de plus de vingt pieds, et j'avais des raisons de croire qu'il n'y avait de sentinelles qu'aux portes. Je savais en outre toute une ligne de soldats au dehors. Telle était, mes amis, la tâche que j'avais devant moi, et pas d'autres outils pour en venir à bout que mes deux mains.

Une chose sur laquelle je comptais, c'était la haute taille de mon camarade Beaumont. Je vous ai dit déjà que c'était un homme très grand – six pieds au moins – et si je pouvais monter sur ses épaules et empoigner les pointes de fer, il me serait facile d'escalader le mur. Mais, pourrais-je hisser mon compagnon après moi ? Voilà la question que je me posais, car lorsque je me mets en route avec un camarade, ce camarade ne me fût-il pas très sympathique, rien au monde ne me ferait l'abandonner. Si j'atteignais la crête du mur et qu'il ne pût me suivre, je serais obligé de redescendre. Il ne semblait pas s'inquiéter de cela, lui, cependant ; aussi, je pensais qu'il avait confiance en ses propres moyens.

Une autre question importante était le choix de la sentinelle qui serait de service sous la fenêtre au moment de notre tentative. On les changeait toutes les deux heures pour bien s'assurer de leur vigilance, mais moi qui les étudiais de près chaque nuit, j'avais remarqué entre elles une grande différence. Il y en avait qui faisaient si bonne garde qu'un rat n'aurait pas traversé la cour sans être aperçu, tandis que

III - Comment le roi garda le colonel

d'autres en prenaient à leur aise et même dormaient, appuyées sur leur fusil, aussi confortablement que dans un bon lit. J'en connaissais une surtout, un gros garçon joufflu, qui se collait dans l'ombre du mur et qui sommeillait si bien que je m'étais amusé à lui jeter des graviers sans qu'il se réveillât. Par une chance inespérée, c'était le tour de ce soldat d'être de garde de minuit à deux heures, la nuit que nous avions fixée pour notre évasion.

Le dernier jour, j'étais dans un tel état d'agitation que je ne cessais d'arpenter ma cellule, courant de tous côtés comme un écureuil dans une cage. À chaque instant, je m'imaginais que le gardien allait s'apercevoir du barreau descellé ou que la sentinelle allait remarquer les fentes du mortier que je n'avais pu cacher à l'extérieur comme j'avais fait en dedans. Quant à mon compagnon, il restait assis sur le pied de son lit, plongé dans ses réflexions, me lançant de temps en temps un regard oblique et se mordant les ongles comme quelqu'un qui complote.

— Courage, mon ami, lui criai-je en lui frappant sur l'épaule, vous reverrez vos canons avant un mois.

— C'est très bien, dit-il, mais de quel côté irez-vous quand vous serez libre ?

— Vers la côte, répondis-je ; tout réussit à un brave, et j'irai tout droit rejoindre mon régiment.

— Il est plus probable que vous irez tout droit aux cellules souterraines ou sur les pontons de Plymouth.

— Un soldat doit courir la chance ; il n'y a que les poltrons qui voient tout en noir.

Une rougeur colora ses joues à ces paroles, et cela me fit plaisir, car c'était le premier signe de courage que j'avais remarqué chez lui. Il étendit la main vers son pot à eau comme s'il eût voulu me le lancer à la tête, mais il haussa les épaules et retomba dans son mutisme habituel, se rongeant les ongles, et les yeux fixés sur le plancher. Je ne pus m'empêcher de penser, en le regardant, que ce serait peut-être rendre un mauvais service à l'artillerie que de lui ramener ce gaillard-là.

Je n'ai jamais de ma vie passé une soirée aussi longue. Vers la chute du jour, le vent se leva et devint de plus en plus fort. Ce fut bientôt une véritable tempête soufflant sur la lande. Je regardai par ma fenêtre ; je ne vis pas une étoile, et des nuages noirs couraient avec une extrême rapidité dans le ciel. La pluie tombait à torrents, et avec le sifflement du vent, il était impossible d'entendre le pas des sentinelles. – « Si je ne les entends pas, pensai-je, il n'est pas probable qu'elles m'entendent. » Et j'attendis le moment où le gardien vint jeter son coup d'œil à la grille de notre porte. Puis, j'allai à la fenêtre, et n'ayant pas vu la sentinelle qui devait, sans doute, s'être mise dans un coin, à l'abri de la pluie, je reconnus que le moment était arrivé. J'enlevai le barreau, je détachai la pierre et je fis signe à mon compagnon de passer devant.

— Après vous, colonel, dit-il.

— Vous ne voulez pas passer le premier ? lui demandai-je.

— Je préfère que vous me montriez le chemin.

— Très bien ! Suivez-moi, alors, et en silence, si vous tenez à votre vie.

J'entendais, dans l'obscurité, ses dents qui claquaient et je me demandais si jamais un homme avait pu avoir pareil associé dans une entreprise aussi désespérée.

Cependant, je saisis le barreau et, montant sur mon tabouret, je passai la tête et les épaules dans le trou. À force de me tortiller, j'avais réussi à faire passer la poitrine, quand tout à coup mon compagnon me saisit par les genoux et se mit à crier à pleins poumons : Au secours ! au secours ! Un prisonnier qui s'évade !

Ah ! mes amis, ce que je ressentis à ce moment ! Naturellement, je compris de suite le jeu de ce misérable. Pourquoi aurait-il risqué sa peau à escalader des murs alors qu'il pouvait obtenir sa liberté en empêchant l'évasion d'un prisonnier de marque tel que moi. Je l'avais reconnu pour un lâche et un mouchard, mais je n'aurais jamais soupçonné qu'il pût descendre jusqu'à ce degré de bassesse. Quand on a passé sa vie parmi des soldats et des hommes d'honneur, on ne peut pas s'imaginer qu'il puisse vous arriver de pareilles choses.

III - Comment le roi garda le colonel

L'imbécile ne semblait pas comprendre qu'il était perdu d'une façon plus certaine que moi. Je me dégageai dans l'obscurité et, retombant sur mes pieds dans la cellule, je le saisis à la gorge et le frappai à deux reprises avec mon barreau de fer. Au premier coup que je lui portai il se mit à hurler comme un chien quand on lui marche sur la patte. Au second coup, il tomba avec un cri étouffé. Puis je m'assis sur mon lit et j'attendis avec résignation la punition qu'il plairait à mes geôliers de m'infliger.

Mais une minute s'écoula, puis une autre, sans que j'entendisse autre chose que la respiration courte et haletante du misérable étendu sur le plancher. Etait-il possible qu'au milieu du vacarme de la tempête ses cris n'eussent pas été entendus ? D'abord, ce ne fut qu'un tout petit espoir, puis les minutes passèrent et aucun bruit ne vint ni du corridor ni de la cour. J'épongeai la sueur froide qui coulait de mon front, et je me demandai quel parti j'allais prendre.

Sur un point, il n'y avait aucune hésitation : il fallait achever cet homme. Si je le laissais là, il pouvait reprendre ses sens et donner l'alarme. Je n'osais pas allumer de lumière ; je tâtai dans l'obscurité, et ma main rencontra quelque chose d'humide que je reconnus être sa tête. Je levai mon barreau, mais un autre sentiment, mes amis, m'empêcha tout à coup de frapper. Dans la chaleur du combat, j'ai tué pas mal d'hommes, des hommes d'honneur qui ne m'avaient fait aucun mal. J'avais à mes pieds ce misérable, indigne de vivre, qui avait essayé de me faire tant de mal, et pourtant je ne pus me résoudre à lui briser la tête. De pareils actes sont ceux d'un bandit espagnol ou d'un sans-culotte du faubourg Saint-Antoine, mais ils sont indignes d'un soldat et d'un homme d'honneur comme moi.

Cependant la respiration pénible de ce traître me fit espérer qu'il se passerait longtemps encore avant qu'il revînt à lui. Aussi je le bâillonnai et l'attachai avec des bandes que je taillai dans les draps ; de la sorte et, dans l'état où il était, j'avais de bonnes raisons de penser qu'il ne pourrait rien avant la prochaine visite du gardien. Mais je me trouvais en face de nouvelles difficultés : vous vous rappelez que j'avais compté sur grande taille pour m'aider à escalader les murs, et je serais volontiers resté là à gémir et à me désespérer si la pensée de ma mère et de l'Empereur n'était venue me soutenir : « Du courage ! me dis-je. Tout autre qu'Etienne Gérard serait dans de mauvais draps, mais lui ne se laisse pas prendre si facilement. »

Je me mis donc à déchirer en bandes les draps de Beaumont et les miens ; je tressai ces bandes et j'en fis une excellente corde que j'attachai au milieu du barreau de fer, lequel pouvait avoir un pied de long. Puis, je repris le chemin de la fenêtre et me laissai glisser dans la cour où la pluie tombait à torrents tandis que le vent faisait rage plus que jamais. Je me tins dans l'ombre le long du mur de la prison, mais il faisait noir comme dans un four et je ne voyais pas même ma main. À moins d'aller me jeter sur la sentinelle, je savais que je n'avais rien à craindre d'elle. Quand je fus au pied du mur je lançai mon barreau et, à ma grande joie, il resta accroché du premier coup entre les pointes qui garnissaient le sommet. Je grimpai à l'aide de la corde, que je tirai après moi, et me laissai glisser de l'autre côté, puis j'escaladai le second mur de la même façon, et j'étais à califourchon au milieu des pointes quand je vis briller quelque chose au-dessous de moi dans l'obscurité. C'était la baïonnette de la sentinelle ; elle était si près de moi (ce mur étant moins élevé que le premier) que, en me penchant, j'aurais pu l'enlever du canon. L'homme était là, fredonnant un air et se tenant contre le mur pour se protéger de la pluie, ne se doutant guère, qu'à deux pieds au-dessus de lui était un désespéré, prêt à lui enfoncer sa propre baïonnette dans la poitrine. Je m'apprêtais à sauter quand, avec un juron, le soldat remit son arme sur l'épaule et reprit sa ronde ; je l'entendis s'éloigner en pataugeant dans la boue. Je me laissai glisser le long de la corde et, l'abandonnant là, je pris ma course à travers la lande.

Ah ! comme je courais ! Le vent et la pluie me cinglaient la figure. Je roulais dans les trous, j'allais me jeter dans les buissons, je m'empêtrais dans les ronces. J'étais déchiré, hors d'haleine, plein de sang. Ma langue était comme du cuir, mes pieds comme du plomb et mon cœur battait comme un tambour. Mais je courais toujours.

Je ne perdis pas la tête, mes amis ; j'avais bien tout calculé. Tous les fugitifs se dirigeaient vers la côte : je pris le parti d'aller vers

III - Comment le roi garda le colonel

l'intérieur, d'autant que j'avais dit le contraire à Beaumont. Je filerais vers le nord pendant qu'on me chercherait au sud. Peut-être me demanderez-vous comment je pouvais me diriger par une nuit pareille. Je vous répondrai que je me guidai d'après la direction du vent. J'avais remarqué, dans la prison, qu'il soufflait du nord ; je n'avais qu'à marcher toujours face au vent pour être sûr que j'étais dans la bonne direction.

Je courais toujours, comme je viens de vous le dire, quand je vis deux lumières jaunes briller devant moi dans l'obscurité. Je m'arrêtai un instant, indécis sur ce que je devais faire. J'avais toujours mon uniforme de hussard, et la première chose à faire, c'était de me procurer des vêtements qui ne me trahissent pas. Si ces lumières venaient d'une habitation, il était probable que j'y trouverais ce qu'il me fallait. Je m'approchai donc tout en regrettant d'avoir abandonné mon barreau de fer, car j'étais résolu à combattre jusqu'à la mort plutôt que de me laisser reprendre.

Mais je m'aperçus bientôt qu'il n'y avait là aucune habitation. Les lumières étaient celles des deux lanternes d'une voiture, à la lueur desquelles je vis une large route qui s'étendait devant moi. Je m'approchai de plus près, en rampant dans la lande, et je vis qu'une roue de la voiture était brisée et gisait sur le chemin, un petit postillon était debout à la tête des chevaux. Je revois encore cette grande voiture noire, luisant sous la pluie, les deux bêtes toutes fumantes et le jeune garçon les tenant à la bride. Comme je regardais, la glace s'abaissa et une figure ravissante s'encadra dans la portière.

— Qu'allons-nous faire ? dit la dame au postillon, d'une voix pleine d'anxiété. Sir Charles a certainement perdu son chemin, et je vais être obligée de passer la nuit sur la lande.

— Puis-je vous être de quelque secours, Madame, dis-je en sortant du buisson et en me présentant dans la lumière des lanternes.

Une femme en détresse est pour moi chose sacrée, et celle-ci était admirablement belle. Vous ne devez pas oublier que, malgré que je fusse colonel, je n'avais que vingt-huit ans.

Quel cri d'effroi elle poussa, et avec quels yeux ahuris le postillon me regarda ! Vous comprenez qu'après cette longue course dans l'obscurité, avec mon shako enfoncé, mon visage barbouillé de boue et mon uniforme tout crotté et déchiré par les ronces, je n'étais pas précisément un personnage que l'on dût s'attendre à rencontrer au milieu d'une lande déserte. Cependant, le premier moment de surprise passé, la voyageuse comprit bien que j'étais son humble serviteur, et je pus même lire dans ses beaux yeux que mes manières et ma mine, avaient produit sur elle une certaine impression.

— Je suis désolé de vous avoir effrayée, Madame, lui dis-je ; j'ai vu l'accident qui vous est arrivé, et je n'ai pu faire moins que vous offrir mon aide. - Je m'inclinai en parlant ainsi. Vous savez comment je m'incline devant les dames ; vous ne serez donc pas étonné de l'effet que je produisis.

— Je vous suis très obligée, Monsieur, dit-elle ; nous avons eu un temps épouvantable depuis notre départ de Tavistock. Et pour comble de malheur, une des roues s'est brisée et me voici seule au milieu de la lande. Mon mari, sir Charles Meredith est allé chercher du secours et je crains bien qu'il n'ait perdu son chemin.

J'allais essayer de la rassurer et de la consoler quand mes yeux tombèrent sur un grand manteau noir garni d'astrakan, qui était posé sur les coussins en face de la dame : ce devait être le manteau de son mari. C'était ce qu'il me fallait pour cacher mon uniforme. Façons de voleur de grands chemins, direz-vous. Mais nécessité n'a pas de lois, et j'étais en pays ennemi.

— Je suppose Madame, que ce manteau appartient à votre mari, dis-je. Vous me pardonnerez, j'en suis sûr, mais je me vois forcé de…

Et je tirai le manteau par la portière tout en parlant.

Je ne puis vous dépeindre l'expression de surprise et de dégoût que prit son visage.

— Oh ! combien je me suis trompée sur votre compte, s'écria-t-elle. Vous êtes venu non pour me porter secours, mais pour me piller.

Vous avez toutes les apparences d'un gentleman et vous volez le manteau de mon mari.

— Madame, je vous prie de ne pas me condamner avant de m'avoir entendu. C'est la nécessité qui me pousse à prendre ce manteau, mais si vous voulez avoir la bonté de me dire le nom de l'heureux mortel qui est votre mari, je vous promets de lui renvoyer le vêtement.

Son expression s'adoucit, quoiqu'elle essayât de paraître irritée.

— Mon mari, me répondit-elle, est sir Charles Meredith ; il se rend à la prison de Dartmoor, chargé d'une mission importante du gouvernement. Je vous prie, Monsieur, de continuer votre route et de laisser là ce qui lui appartient.

— Il est une seule chose, qui lui appartient et que j'aurais le plus grand plaisir à posséder.

— Et vous l'avez, prise, en effet…

— Non, Madame, elle est encore dans cette voiture.

Elle sourit ingénument, et me dit :

— Rendez-moi le manteau de mon mari et gardez vos compliments inopportuns.

— Madame, répondis-je, ce que vous me demandez est impossible. Si vous voulez bien me permettre de prendre place à côté de vous, je vais vous expliquer pourquoi j'ai absolument besoin de ce manteau.

Dieu sait à quelles sottises je me serais laissé aller si je n'avais entendu à ce moment un appel lointain auquel répondit le petit postillon. Je tournai la tête, et j'aperçus à quelque distance de nous la lueur d'une lanterne qui approchait rapidement.

— Excusez-moi, Madame, mais je suis forcé de vous quitter, dis-je. Vous pouvez donner à votre mari l'assurance que je prendrai le plus grand soin de son manteau.

Tout pressé que j'étais, je m'attardai encore un instant pour baiser la main de la marquise ; mais elle la retira vivement, faisant semblant, avec un geste charmant, d'être offensée de ma présomption. Puis, comme la lanterne était tout près et que le postillon semblait disposé à me barrer le chemin, je fourrai le précieux vêtement sous mon bras, et je m'enfonçai en courant dans l'obscurité.

Je me mis en devoir de mettre entre moi et la prison une aussi grande distance que le reste de la nuit me le permettrait. Je me remis à courir toujours face au vent. De temps en temps, j'étais obligé de m'arrêter pour reprendre haleine, et puis je repartais de nouveau, jusqu'à ce qu'à la fin mes jambes ployaient sous moi. J'étais jeune, j'avais des muscles d'acier et un corps endurci par douze ans de guerre et de camps. Aussi, je pus tenir pendant trois heures encore, me guidant toujours sur le vent que j'avais soin de garder en pleine figure, vous comprenez. Au bout de ce temps, je calculai que je devais être à peu près à dix lieues de Dartmoor. Le jour allait paraître, et je me couchai parmi les herbes au sommet d'un de ces petits tertres qui abondent dans le pays, avec l'intention d'y rester caché jusqu'au soir. Ce n'était pas chose nouvelle pour moi de dormir sous la pluie et le vent. Aussi, m'enveloppant dans mon épais manteau, je m'endormis.

Mais ce ne fut pas un bon sommeil. Très agité, j'eus une série de rêves où tout semblait mal tourner pour moi. Je me rappelle qu'en dernier lieu, je chargeais un carré de grenadiers hongrois avec un seul escadron, sur des chevaux épuisés, absolument comme à l'affaire d'Elchingen. Je me levais sur mes étriers pour crier : « Vive l'Empereur ! », quand j'entendis mon cri poussé par mes hussards : « Vive l'Empereur ! » Je me dressai d'un bond tandis que les cris me résonnaient encore dans les oreilles, et comme je me frottais les yeux, me demandant si j'étais fou, j'entendis le même cri répété par cinq mille voix. Je regardai dans la direction d'où semblaient venir ces clameurs, et j'aperçus alors, dans la lumière du matin, la chose la monde à laquelle je me serais le moins attendu. Là, à cinq cents mètres de moi, se dressait la terrible prison de Dartmoor. Si j'avais continué ma course quelques minutes de plus, j'allais donner contre le mur. Je fus tellement surpris à cette vue, que je ne m'expliquai pas tout d'abord comment cela avait pu se faire. Puis la chose devint claire pour moi, et je m'arrachai les cheveux de désespoir. Le vent avait sauté du nord au sud pendant la nuit, et comme je l'avais toujours eu dans la figure, j'avais fait cinq lieues

III - Comment le roi garda le colonel

dans une direction et cinq lieues dans l'autre pour me retrouver à mon point de départ. Ainsi, ma course effrénée, mes chutes parmi les ronces et dans les trous, tout cela n'avait abouti qu'à me ramener là. En pensant à cette aventure si grotesque, mon chagrin se changea soudain en une gaieté folle, et je fus pris d'un tel accès de rire, que je me roulai parmi les herbes. Cet accès passé, je me mis à réfléchir sur ce que j'avais à faire.

Il est une chose, mes amis, que j'ai apprise dans ma vie d'aventures : c'est à ne jamais conclure d'un malheur, avant d'en avoir vu la fin. Dans le cas présent, je m'aperçus bientôt que cet accident m'avait favorisé autant que la ruse la plus profonde. Les gardes commencèrent naturellement leurs recherches à partir de l'endroit où je m'étais approprié le manteau de sir Charles Meredith, et de ma cachette, je les vis courir vers ce point. Pas un d'eux ne pouvait se douter que j'étais revenu sur mes pas, et que j'étais là, bien tranquille sur ce petit tertre. Les prisonniers, aussi, avaient appris mon évasion, et toute la journée, leurs cris de joie, comme celui qui m'avait réveillé le matin, ne cessèrent de m'apporter le témoignage de leur sympathie. Ah ! ils ne se doutaient pas que leurs voix m'arrivaient aux oreilles, et, que sur cette éminence, qu'ils pouvaient voir de leurs grilles, était couché le camarade dont ils acclamaient l'évasion. De ma place, je dominais la cour et je pouvais les voir et suivre leurs gestes. À un moment, j'entendis un cri de rage, et je vis Beaumont, la tête enveloppée de linges, traverser la cour soutenu par deux gardiens. Je ne puis vous dire le plaisir que cette vue me causa : c'était la preuve que je ne l'avais pas tué, et aussi que les autres savaient ce qui s'était passé. Ils me connaissaient trop bien pour penser que je pouvais l'avoir abandonné.

Je restai toute cette longue journée dans ma cachette, écoutant les heures sonner au-dessous de moi, à l'horloge de la prison.

J'avais mes poches remplies de pain que j'avais épargné sur mes rations, et en fouillant dans la poche de mon manteau d'emprunt, j'y trouvai une gourde en argent, remplie d'excellent cognac, de sorte que je pus passer le temps assez confortablement. Je trouvai encore dans ce vêtement une tabatière en écaille, un mouchoir de soie et une enveloppe bleue, avec un cachet rouge, adressée au gouverneur de la prison de Dartmoor. Je résolus de renvoyer les deux premiers objets à leur propriétaire, en même temps que le manteau lui-même ; mais je fus un peu plus perplexe quant à la lettre, car le gouverneur s'était toujours montré très courtois envers moi, et un sentiment d'honneur me défendait de pénétrer le secret de sa correspondance. Je m'étais presque décidé à la laisser bien, en vue sur une pierre du chemin à une portée de fusil de la prison, mais je réfléchis que c'était donner une indication de ma présence, et je pris le parti de garder cette lettre sur moi dans l'espoir que je trouverais bien un moyen de la faire parvenir à son destinataire. Je la remis donc avec soin dans la poche intérieure du manteau.

Il faisait un beau soleil qui eut bientôt séché mes vêtements, et, quand la nuit revint, j'étais prêt à me remettre en route. Je vous assure que je ne me trompai pas cette fois. Je pris pour guides les étoiles, comme on devrait apprendre à le faire à tout hussard, et je mis huit bonnes lieues entre moi et la prison. Mon plan était d'obtenir des vêtements de la première personne que je rencontrerais et de gagner la côte nord où je ne manquerais pas de trouver des contrebandiers et des pêcheurs toujours prêts à mériter la récompense que l'Empereur accordait à ceux qui lui amenaient des prisonniers français. J'avais enlevé le panache de mon shako pour éviter d'être remarqué, mais même avec mon manteau, je craignais que, tôt ou tard, mon uniforme ne me trahît. Mon seul souci était donc de me procurer un déguisement complet.

Quand le jour parut, je vis une rivière à ma droite, et une petite ville à ma gauche. J'aurais bien voulu y pénétrer car cela m'aurait intéressé de voir de près les coutumes de ces Anglais, si différentes de celles des autres peuples ; mais avec mon uniforme, c'eût été dangereux. Ma coiffure, ma moustache, tout aurait concouru à me trahir.

Je continuai donc mon chemin vers le nord, regardant continuellement autour de moi, pour m'assurer que je n'étais pas poursuivi, mais je ne vis rien.

III - Comment le roi garda le colonel

Vers le milieu du jour, j'arrivai à un vallon retiré, au milieu duquel était une petite chaumière sans aucune autre habitation en vue. C'était une petite maison bien propre avec un jardinet devant, fermé par une barrière. Une bande de poules picoraient autour. Je me mis en observation derrière un buisson, car cela me semblait juste l'endroit où je pourrais me procurer ce que je voulais. Mon pain était épuisé, et cette longue course m'avait affamé. Je résolus de faire une courte reconnaissance, et puis de marcher sur la maison, la sommer de se rendre et de me fournir ce dont j'avais besoin. J'y trouverais tout au moins un poulet et une omelette. L'eau me venait à la bouche, rien que de penser à cela.

Comme j'étais là, à mon poste d'observation, me demandant qui pouvait bien habiter cette maison retirée, je vis sortir un petit homme alerte accompagné d'un autre plus âgé, qui portait deux grosses massues dans ses mains. Il donna celles-ci à son jeune compagnon qui se mit à les balancer de haut en bas et à les faire tourner autour de sa tête avec une extrême rapidité. L'autre se tenait auprès de lui, l'examinant avec une grande attention et, de temps en temps, il lui donnait des conseils. Après avoir continué cet exercice quelque temps, il prit une corde et se mit à sauter comme une petite fille pendant que le vieux l'observait gravement. Vous devez penser si je faisais des conjectures, me demandant ce que pouvaient bien être ces gens-là ; la seule idée qui me vint, c'est que l'un était un médecin, et l'autre un malade qui se soumettait à quelque singulière méthode de traitement.

J'en étais encore à mes pensées quand le vieux présenta à l'autre un gros pardessus que celui-ci endossa et boutonna jusqu'au menton. Il faisait assez chaud, et cela m'étonna encore plus que le reste. Evidemment, me dis-je, l'exercice est terminé. Mais tout au contraire, l'homme se mit à courir malgré son gros pardessus, et il se trouva que ce fut de mon côté qu'il prit sa course pendant que son compagnon rentrait dans la maison. Cela faisait admirablement mon affaire. Je prendrais les vêtements du petit homme, et je courrais jusqu'au premier village où je pourrais acheter des provisions. Les poulets étaient certainement tentants, mais il y avait au moins deux hommes dans la maison ; aussi, je me disais qu'il serait peut-être plus sage de ne pas m'y hasarder, car je n'avais pas d'arme.

Je restai tapi parmi les bruyères. Bientôt j'entendis les pas du coureur, et je le vis tout près de moi avec son gros manteau, la sueur lui coulant sur le visage. Il me sembla très solidement bâti, mais petit, si petit que je craignis que ses vêtements ne me fussent d'aucune utilité. Encore un pas, et il allait me marcher sur le corps quand je me dressai tout d'un coup devant lui. Ah ! mes amis, si vous aviez vu avec quel air il me regarda !

— Le diable m'emporte ! s'écria-t-il. Il y a donc un cirque par ci, ou bien on a avancé le carnaval ?

Ce qu'il voulait dire, je ne prétends pas vous l'expliquer.

— Vous m'excuserez, Monsieur, dis-je, mais je me vois dans la nécessité de vous prier de me donner vos vêtements.

— Vous donner quoi ?

— Vos vêtements.

— Ah ! elle est raide, celle-là ! Et pourquoi faut-il vous donner mes vêtements ?

— Parce que j'en ai besoin !

— Et si je ne veux pas ?

— By jove ! dis-je, je n'aurai pas d'autre choix que de les prendre.

Il mit les mains dans les poches de son pardessus, et un sourire passa sur son visage entièrement rasé.

— Ah ! vous les prendrez, dit-il. Vous ne manquez pas d'audace, mon bonhomme ; mais permettez-moi de vous dire que vous vous trompez d'adresse pour cette fois. Je sais qui vous êtes : vous êtes un Français évadé de la prison là-bas ; il n'y a pas besoin de vous regarder deux fois pour deviner ça. Mais vous ne savez pas qui je suis, moi, autrement vous n'auriez pas essayé de jouer ce petit jeu-là. Eh bien ! mon cher, je suis le tombeur de Bristol, le champion du sud, et c'est ici que je m'entraîne.

III - Comment le roi garda le colonel

Il me regarda avec de grands yeux, comme si sa déclaration allait me faire rentrer sous terre, mais je souris à mon tour, et je le toisai des pieds à la tête en relevant ma moustache.

— Vous pouvez être un homme très brave, dis-je, mais quand je vous aurai dit que vous avez devant vous le colonel Etienne Gérard, des hussards de Conflans, vous reconnaîtrez qu'il ne vous reste pas autre chose à faire que de me donner vos vêtements sans autre observation.

— Prenez garde à vous, « Monsir ! »[3] cria-t-il. Il va finir par vous en cuire.

— Allons ! vos vêtements, et tout de suite ! m'écriai-je en m'avançant hardiment vers lui.

Pour toute réponse, il se débarrassa de son pardessus et se planta devant moi dans une singulière attitude, un bras tendu et le poing à hauteur de l'œil, l'autre en travers de la poitrine ; et me regardant avec un singulier sourire. Pour moi, je ne connaissais rien aux méthodes de combat de ces gens-là, mais avec ou sans arme, à pied ou à cheval, je suis toujours disposé à jouer mon rôle. Vous comprenez qu'un soldat ne peut pas toujours choisir la manière de se battre, et il est bien obligé de se tirer d'affaire comme il peut. Je me précipitai donc sur lui, et je lui lançai un grand coup de pied. Au même moment, mes deux jambes volèrent en l'air, je vis autant de chandelles qu'à Austerlitz, et le derrière de ma tête sonna sur une pierre. Après cela, je ne me rappelle plus rien.

Quand je revins à moi, j'étais couché sur un lit de sangle dans une pièce à demi meublée. La tête me résonnait comme une cloche, et quand j'y portai la main, je tâtai une bosse grosse comme un œuf au-dessus de mon œil. Une bande de papier trempée de vinaigre était placée en travers de mon front. À l'autre bout de la chambre, le terrible petit homme était assis sur une chaise, une jambe de son pantalon retroussée, et son compagnon lui frottait le genou avec un liniment.

Ce dernier semblait être de très mauvaise humeur, et ne cessait de grommeler pendant que le jeune homme écoutait, l'air sombre.

---

[3] Prononciation populaire anglaise du mot « Monsieur ».

— Je n'ai jamais vu chose pareille, disait-il : voilà un mois que je me tue à vous entraîner, et quand je vous ai mis bien en forme, voilà que vous allez vous faire abîmer par un étranger, et à deux jours de votre match !

— Allons, allons, en voilà assez ! dit l'autre rageusement. Vous êtes un bon entraîneur, mais vous avez trop de langue.

— Si vous croyez que je peux me taire quand je vois de telles choses ! Si votre genou n'est pas guéri, on va dire que vous vous dérobez, et la prochaine fois, vous pourrez aller chercher quelqu'un pour parier sur vous.

— Me dérober, grogna l'autre. J'ai gagné dix-neuf luttes, et pas un homme ne s'est encore risqué à me dire en face que j'ai refusé le combat. Que vouliez-vous que je fisse avec cet individu qui voulait me prendre mes habits sur le dos ?

— Bah ! vous saviez bien que la police et les gardes étaient à moins d'un mille de vous. Vous n'aviez qu'à les lui mettre aux trousses, et vous auriez bientôt retrouvé vos frusques.

— C'est bon ! Je sais bien que j'ai eu tort, mais vous croyez que je pouvais souffrir qu'un Français, à peine capable d'enfoncer son poing dans une motte de beurre, voulût me prendre mes vêtements.

— Pour ce qu'ils valent ! Savez-vous, que lord Ruflon seul a mis 5 000 livres sur vous ! Vous n'aurez pas moins de 50 000 livres de risquées sur vous mercredi. Jolie petite somme à défendre avec un genou enflé, et cela pour une mauvaise histoire avec un Français !

— Pouvais-je m'attendre à ce qu'il allait se battre à coups de pied ?

— Vous pensiez peut-être qu'il allait se battre d'après les règles du Club de la boxe ! Croyez-vous qu'ils savent seulement ce que c'est que de se battre en France ?

— Mes amis, dis-je, en m'asseyant sur mon lit, je ne comprends pas grand'chose à vos paroles, mais vous venez de dire une sottise. Nous savons si peu nous battre en France, que nous avons fait une petite visite à presque toutes les capitales de l'Europe, et nous comptons bientôt venir à Londres. Mais nous nous battons comme des

III - Comment le roi garda le colonel

soldats et non comme les gamins dans les rues. Vous me donnez un coup de poing dans la figure, je réponds par un coup de pied. C'est un jeu de gamins, cela. Mais si vous voulez me donner un sabre, et en prendre un autre, je vais vous montrer comment nous nous battons de l'autre côté de l'eau.

Ils me regardèrent tous les deux.

— Ma foi, Monsieur, je suis content que vous ne soyez pas mort ! dit le vieux à la fin. Vous étiez pourtant dans un triste état quand nous vous avons apporté ici, le tombeur et moi : vous n'avez pas la tête assez dure pour supporter le coup de poing du premier boxeur de Bristol.

— C'est un rude gaillard tout de même, fit l'autre en se frottant le genou. Il s'est élancé sur moi comme un vrai coq de combat. Mais je lui ai allongé mon vieux coup gauche, et il est parti tout de suite les jambes en l'air. Ce n'est pas ma faute, Monsieur, je vous avais bien dit qu'il vous en cuirait.

— Vous avez du moins, reprit le vieux, quelque chose dont vous pourrez vous vanter toute votre vie : c'est d'avoir attrapé cela avec le premier boxeur de l'Angleterre. Tout le monde n'a pas cet honneur et encore, vous avez trouvé le tombeur dans sa meilleure forme, entraîné par moi, Jim Hunter.

— Je suis habitué aux coups, dis-je, en déboutonnant ma tunique et en leur montrant mes blessures.

Puis je leur fis voir ma cheville et leur montrai l'endroit de mon œil où j'avais reçu le coup de poinçon du guérillero.

— C'est un fier soldat, dit le jeune homme à son entraîneur.

— Quel champion j'en ferais avec six mois d'entraînement, repartit le vieux ; il serait capable d'étonner le monde. Quel dommage que l'on soit obligé de le renvoyer en prison.

Cette dernière remarque ne me plut guère. Je reboutonnai mon vêtement et me levant :

— Je vous demande la permission de continuer mon voyage, dis-je.

— Je regrette, Monsieur, répondît l'entraîneur. C'est bien dur de voir un homme comme vous retourner en prison, mais vous savez, les affaires sont les affaires, et il y a une récompense de 20 livres sterling. Les gardes étaient ici ce matin à votre recherche, et je les attends de nouveau bientôt.

Ces paroles me glacèrent le cœur.

— Vous n'allez pas me trahir ! m'écriai-je. Je vous enverrai le double de la somme dès que j'aurai remis le pied en France, je vous le jure sur mon honneur d'officier français.

Mais ils se contentèrent de secouer la tête. Je plaidai, je suppliai, je leur parlai de l'hospitalité anglaise et de l'amitié qui doit unir les braves, mais j'aurais pu tenir le même langage aux deux massues de bois qui se dressaient devant moi sur le plancher. Je ne vis aucun signe de sympathie sur leurs figures de bouledogues.

— Les affaires sont les affaires, répétait le vieil entraîneur. Et puis, comment ferai-je pour présenter le tombeur mercredi, si la police l'empoigne pour avoir favorisé l'évasion d'un prisonnier de guerre ? J'ai charge du champion, et je ne veux pas courir de risques.

Ainsi, tout était bien fini ; je n'avais plus rien à espérer. J'allais être reconduit à cette affreuse prison comme un pauvre agneau étourdi échappé de la bergerie. Ils ne me connaissaient pas, et s'imaginaient que je me soumettrais à un tel sort. J'en avais entendu assez pour savoir où était le point faible de ces deux hommes, et je leur montrai, comme je l'avais souvent prouvé auparavant, qu'Etienne Gérard n'est jamais si terrible que quand tout espoir semble l'avoir abandonné. Je fis un bond, je saisis une des massues et la fis tournoyer au-dessus de la tête du tombeur.

— Arrive que pourra ! criai-je. Je vais vous mettre en état pour mercredi.

Il poussa un juron et allait s'élancer sur moi ; mais l'autre le saisit à bras le corps et le força à se rasseoir sur sa chaise en criant :

— Pas de ça, jeune homme, pas de ça, tant que je serai là ! Allez, Français, filez vite ! Allez-vous-en pendant que je le tiens.

III - Comment le roi garda le colonel

Le conseil était bon, et je courus vers la porte ; mais arrivé là, la tête me tourna et je fus obligé de m'appuyer contre le mur pour ne pas tomber. Songez aussi à l'état dans lequel j'étais après cette série d'aventures : les difficultés de mon évasion, ma longue course inutile au milieu de la tempête, cette journée passée dans les herbes humides, avec rien que du pain pour nourriture, ma seconde course dans la nuit et les blessures que j'avais reçues en essayant de prendre ses vêtements au lutteur. Rien d'étonnant à ce que j'eusse atteint la limite de ce que je pouvais endurer. J'avais fait tout ce qu'il était humainement possible et je ne pouvais rien de plus.

Le bruit de chevaux arrivant au galop me fit lever la tête, et, à dix pas de moi, je vis le gouverneur de la prison de Dartmoor, lui-même, accompagné de six cavaliers.

— Ainsi, mon colonel, dit-il avec un sourire, nous vous retrouvons enfin.

Quand un brave a fait son possible et qu'il a échoué, il montre sa bonne éducation par la façon dont il accepte sa défaite. Je pris donc la lettre que j'avais dans ma poche, et faisant un pas, je la remis au gouverneur avec toute la grâce dont je suis capable.

— J'ai eu le malheur, Monsieur, lui dis-je, de détenir, malgré moi, une lettre qui vous est adressée.

Il me regarda d'un air étonné et fit signe à ses cavaliers de m'arrêter. Puis il brisa le cachet de la lettre. Je vis une singulière expression se manifester sur sa figure, comme il lisait.

— Ce doit être la lettre que sir Charles Meredith a perdue, dit-il. Elle était dans la poche de son manteau. Vous l'avez entre les mains depuis deux jours ?

— Depuis avant-hier soir.

— Et vous n'avez pas pris connaissance de son contenu ?

Je le regardai d'un air qui lui fit comprendre que sa question était déplacée, et n'était pas de celles qu'un gentleman peut se permettre d'adresser à un autre gentleman.

À ma grande surprise il partit d'un éclat de rire.

— Colonel, me dit-il, en essayant de se contenir, vous nous avez donné, et vous vous êtes donné à vous-même, vraiment trop de peine. Permettez-moi de vous lire la lettre que vous portez depuis deux jours.

Et voici ce que j'entendis :

« Au reçu de la présente, vous êtes invité à mettre en liberté le colonel Etienne Gérard, du 3ᵉ hussards, qui a été échangé contre le colonel Masson, de l'artillerie de la garde, en ce moment interné à Verdun. »

Et il se reprit à rire ; les cavaliers, les deux hommes rirent. Devant cette gaieté universelle, il ne me restait, à moi honnête soldat, qu'une chose à faire : m'appuyer contre le mur et rire d'aussi bon cœur qu'eux tous. Et certes, j'avais moi, pour rire, de non moins bonnes raisons : devant moi, je revoyais ma chère France, et ma mère, et l'Empereur, et mes hussards ; derrière moi, la terrible prison de Dartmoor et la lourde main du roi anglais.

IV

COMMENT LE COLONEL DEBARRASSA L'EMPEREUR DES FRÈRES D'AJACCIO.

Quand je vous ai conté, l'autre jour, comment je gagnai la croix de la Légion d'honneur, je vous ai répété, vous vous souvenez, ce que l'Empereur m'avait dit : « Que j'étais le cœur le plus solide de toutes ses armées. » En faisant cette remarque, l'Empereur montrait la perspicacité qui l'a rendu si fameux. Il est vrai qu'il en gâta l'effet par les quelques mots qu'il y ajouta sur l'épaisseur de ma cervelle. Mais, passons ; il n'est pas généreux de s'appesantir sur des moments de faiblesse d'un grand homme. Je dirai que lorsque l'Empereur avait besoin d'un agent pour une mission délicate, il me fit toujours l'honneur de se rappeler le nom d'Etienne Gérard, bien qu'il ait paru l'oublier quand il y avait des récompenses à distribuer. Pourtant j'étais colonel à vingt-huit ans, aussi je n'ai pas de raisons pour me plaindre. Si les guerres avaient continué encore trois ou quatre ans, j'aurais pu gagner mon bâton de maréchal, et, vous savez, quand on le tenait, on n'était plus qu'à quelques pas d'un trône : Murat avait bien changé son bonnet de hussard pour une couronne, et je ne vois pas pourquoi un autre hussard n'aurait pu en faire autant. Mais tous ces rêves se sont évanouis à Waterloo, et quoique je n'aie pu réussir à fixer mon nom dans l'histoire, il est suffisamment connu de tous ceux qui ont servi avec moi dans les grandes guerres de l'Empire.

Je vais vous raconter, ce soir, une affaire singulière qui fut le point de départ de ma rapide carrière, et qui eut pour effet d'établir un lien secret entre l'Empereur et moi. Mais, avant, je veux vous dire un mot seulement. Quand vous m'écoutez, mettez-vous bien dans l'esprit

IV - Comment le colonel débarrassa l'empereur des frères d'Ajaccio

que vous avez devant vous quelqu'un qui a vu l'histoire elle-même. Je parle de ce que mes oreilles ont entendu et de ce que mes yeux ont vu ; en conséquence, il ne faut pas essayer de réfuter ce que je dis en m'opposant les assertions de tel ou tel savant ou écrivailleur, qui a fait un livre d'histoire ou de mémoires. Il est beaucoup de choses que ces gens-là ignorent, et que personne ne saura jamais. Pour mon propre compte, je pourrais vous en raconter de surprenantes, n'était l'indiscrétion que je commettrais en le faisant. Les faits que je vais vous révéler aujourd'hui ont été tenus secrets par moi, tant que l'Empereur a vécu, parce que je lui avais donné ma parole de ne pas les divulguer, mais je ne pense pas qu'il puisse y avoir aucune forfaiture maintenant à vous dire le rôle extraordinaire que j'ai joué dans cette affaire.

Donc, vous devez savoir qu'à l'époque du traité de Tilsitt, je n'étais que simple lieutenant au 10e hussards ; je n'avais pas beaucoup d'argent et peu de chances d'être promu. J'avais pour moi, il est vrai, ma prestance et ma bravoure, et je m'étais déjà fait une réputation dans l'armée par mon habileté au sabre ; mais avec la foule de braves qui entouraient l'Empereur, ce n'était pas suffisant pour s'assurer une carrière rapide. Je comptais bien que la chance viendrait pour moi, un jour ; cependant je n'avais jamais rêvé que ce dut être dans des circonstances aussi notoires.

Quand l'Empereur rentra dans Paris, après la conclusion de la paix, en 1807, il vint séjourner avec l'Impératrice et la cour à Fontainebleau. Cette époque était l'apogée de sa gloire. Il avait, dans trois campagnes successives, humilié l'Autriche, écrasé la Prusse, et forcé les Russes à se tenir au delà du Niémen. Le vieux bouledogue, de l'autre côté de la Manche, grognait bien encore, mais il ne pouvait guère quitter son chenil. Si à ce moment nous avions pu conclure une paix durable, la France eût pris, dans le monde, une place comme jamais nation, depuis les Romains, n'en avait occupée ; du moins c'est ce que j'ai entendu dire à des gens autorisés, car, moi, j'avais autre chose à penser. Toutes les jeunes filles étaient joyeuses de revoir l'armée, après sa longue absence, et je vous prie de croire que j'eus ma part des faveurs qu'elles lui avaient réservées. Vous pourrez juger des succès que je devais avoir, quand je vous aurai dit que même aujourd'hui, à l'âge de soixante ans – mais à quoi bon insister sur ce qui est suffisamment connu ?

Mon régiment de hussards tenait garnison à Fontainebleau avec les chasseurs de la garde. Fontainebleau est, comme vous le savez, une petite ville, au cœur de la forêt du même nom. C'était un spectacle unique, à cette époque, que cette foule de grands-ducs, d'électeurs, de princes, se pressant autour de Napoléon, comme des chiens autour de leur maître attendent qu'il leur jette un os. Dans les rues, on entendait parler plus allemand que français, ceux qui nous avaient aidés dans la dernière guerre venaient quémander quelque récompense, et ceux qui nous avaient combattus, essayer de détourner le châtiment. Entretemps le petit homme chassait tous les matins, silencieux et songeur, le visage pâle, les yeux gris et froids, et tous le suivaient dans l'espoir qu'il lui échapperait quelque parole. Alors, quand la fantaisie l'en prenait, il jetait à celui-ci cent kilomètres carrés, en enlevait autant à celui-là, arrondissait un royaume d'une rivière, limitait un autre d'une chaîne de montagnes. Voilà comment il entendait les affaires, ce petit artilleur, que nous avions élevé si haut avec nos sabres et nos baïonnettes. Il était toujours poli envers nous, car il savait d'où venait sa force. Nous le savions aussi, nous, et nous le lui prouvions par notre attitude. Il était indiscutable, vous comprenez, qu'il était le premier chef du monde, mais nous n'avions garde d'oublier que les hommes qu'il commandait étaient aussi les premiers soldats du monde.

Or, un jour, j'étais dans ma chambre, en train de jouer aux cartes avec le jeune Morat, des chasseurs à cheval, quand la porte s'ouvrit, et nous vîmes entrer Lassalle, qui était notre colonel. Vous savez quel beau garçon c'était, avec cet uniforme bleu de ciel des hussards qui lui allait à ravir. Nous autres, les jeunes officiers, nous étions si enthousiastes de lui que tous, nous avions pris l'habitude de jurer, de jouer, de boire et de faire le diable à quatre, tout simplement pour ressembler à notre colonel. Nous oubliions que ce n'était pas pour ses habitudes de joueur et de viveur que l'Empereur se proposait de le mettre à la tête de la cavalerie légère, mais bien pour la sûreté de son

IV - Comment le colonel débarrassa l'empereur des frères d'Ajaccio

coup d'œil à juger d'une position ou de la force d'une colonne, et à saisir le moment où il fallait déployer l'infanterie ou démasquer l'artillerie. Nous étions trop jeunes pour comprendre tout cela ; cependant, nous aussi, nous retroussions nos moustaches, nous faisions sonner nos éperons, et nous usions le bout de nos fourreaux à les laisser traîner sur le pavé, dans l'espoir que nous deviendrions tous des Lassalles. Quand il entra dans ma chambre, avec un cliquetis de sabre, Morat et moi nous fûmes sur pied d'un bond.

— Mon garçon, dit-il, en me frappant sur l'épaule, l'Empereur désire vous voir à quatre heures.

La chambre tourna autour de moi à ces paroles, et je fus obligé de m'appuyer des deux mains sur le bord de la table.

— L'Empereur désire me voir à quatre heures, répétai-je, presque avec inconscience.

— Oui, dit-il, en souriant de mon étonnement.

— Mais l'Empereur ne sait même pas que j'existe, colonel, dis-je. Pourquoi m'enverrait-il chercher ?

— Ma foi, c'est justement ce que je me demande, répondit Lassalle, en tordant sa moustache. S'il a besoin d'un bon sabre, pourquoi va-t-il chercher un de mes lieutenants ? Il eut pu trouver ce qu'il lui fallait à la tête du régiment.

— Quoi qu'il en soit, continua-t-il, en me frappant de nouveau sur l'épaule, à sa manière cordiale, il faut que chacun ait sa chance. J'ai eu la mienne, autrement je ne serais pas colonel du 10e ; je ne vous en veux pas de la vôtre. En avant, mon garçon. Je souhaite que ce soit votre premier pas vers le chapeau à plumes.

Il n'était que deux heures, aussi il me quitta en me promettant de revenir pour m'accompagner au palais. Vous devez vous imaginer quelles conjectures je faisais sur ce que l'Empereur pouvait bien me vouloir. J'allais et venais dans ma petite chambre, en proie à la fièvre. À un moment, je me disais que peut-être il avait entendu parler des canons que j'avais pris à Austerlitz ; mais il y en avait bien d'autres qui avaient pris des canons à Austerlitz, et il y avait deux ans de cela ! Ou bien peut-être voulait-il me récompenser pour mon affaire, avec l'aide de camp de l'empereur de Russie. Puis, tout à coup, j'étais pris d'une sueur froide, et je m'imaginais qu'il me faisait appeler pour me réprimander. J'avais sur la conscience quelques duels et quelques farces commises à Paris depuis la paix.

Mais non, ce n'est pas cela, me disais-je, en me rappelant les paroles de Lassalle : S'il a besoin d'un homme brave.

Il était évident que notre colonel avait quelque idée de ce qu'il y avait dans l'air. S'il n'avait pas su que ce fût pour mon avantage, il n'aurait pas eu la cruauté de me féliciter. Cette conviction se fit plus forte dans mon esprit et me remplit de joie ; je m'assis pour écrire à ma mère et lui dire que l'Empereur m'attendait en ce moment même pour avoir mon opinion sur une affaire importante. Je souris en écrivant, à la pensée que cela ne ferait que confirmer ma chère mère dans l'opinion qu'elle avait du bon sens de l'Empereur.

À trois heures et demie, j'entendis le cliquetis d'un sabre sur les marches de mon escalier. C'était Lassalle, accompagné d'un petit monsieur, très proprement vêtu de noir, avec fin jabot et des manchettes de dentelle. Nous ne connaissons pas beaucoup de civils, nous les militaires, mais ma parole, celui-ci était un de ceux qu'il nous était impossible d'ignorer. Je n'eus qu'à considérer ces yeux pleins de vivacité, ce nez retroussé d'une façon comique et ces lèvres minces et serrées, pour reconnaître que j'étais en présence du seul homme avec lequel la France et même l'Empereur avaient à compter.

— Monsieur de Talleyrand, dit Lassalle, je vous présente le lieutenant Etienne Gérard.

Je saluai, et l'homme d'Etat m'examina, depuis le sommet de mon panache jusqu'à la molette de mes éperons, avec un regard qui me fit l'effet d'une pointe de fleuret.

— Avez-vous expliqué au lieutenant les circonstances dans lesquelles l'Empereur le fait appeler ? demanda-t-il de sa voix sèche, criarde.

Il y avait un tel contraste entre ces deux hommes que je ne pus m'empêcher de les regarder l'un après l'autre ; le politicien petit, tout en noir, et le beau hussard en bleu ciel, une main sur la manche et l'autre

IV - Comment le colonel débarrassa l'empereur des frères d'Ajaccio

sur la garde de son sabre. Ils prirent chacun une chaise, Talleyrand sans bruit, Lassalle avec un tapage de tous les diables, comme un cheval de bataille qui se cabre.

— Voici, jeune homme, dit mon colonel, de son ton brusque. J'étais avec l'Empereur dans son cabinet particulier, ce matin, quand on lui apporta une lettre. Il la décacheta, et eut un tel sursaut que le papier lui échappa des mains et tomba à terre. Je le ramassai et le lui remis, mais il regardait avec des yeux fixes le mur, en face de lui, comme s'il eût aperçu un spectre et répéta plusieurs fois : « Fratelli d'Ajaccio ». Je ne prétends pas savoir plus d'italien que ce qu'un homme peut en apprendre dans deux campagnes, aussi n'ai-je rien compris à ce qu'il disait. Il semblait avoir perdu l'esprit, et vous l'eussiez pensé aussi, Monsieur de Talleyrand, si vous aviez vu son regard. Il relut la lettre, et demeura assis une demi-heure et plus sans bouger.

— Et vous ? demanda Talleyrand.

— Moi, j'étais là, debout, ne sachant que faire. Tout à coup il sembla reprendre ses sens.

« — Je pense, Lassalle, dit-il, que vous avez quelques officiers résolus au 10e ?

« — Ils le sont tous, Sire, répondis-je.

« — Si vous aviez à en choisir un sur lequel vous puissiez compter comme bravoure, mais un qui ne penserait pas trop… Vous me comprenez, Lassalle, lequel choisiriez-vous ?

« Je compris qu'il voulait quelqu'un qui ne cherchât pas trop à approfondir ses plans.

« — J'en ai un, dis-je, tout en moustaches et en éperons, sans autre pensée que les femmes et les chevaux.

« — C'est l'homme qu'il me faut, dit Napoléon. Amenez-le ici, à mon cabinet particulier.

« C'est pourquoi, je suis venu tout droit vous chercher. J'espère que vous ferez honneur au 10e hussards. »

Je n'étais guère flatté des raisons qui avaient déterminé le choix, de mon colonel, et je dus le laisser paraître sur ma figure, car il partit d'un grand éclat de rire auquel Talleyrand joignit son petit gloussement sec et saccadé.

— Un simple conseil avant que vous partiez, Monsieur Gérard, me dit-il. Vous allez naviguer en eau trouble, et vous pourriez trouver un plus mauvais pilote que moi. Nous n'avons aucune idée de ce que peut signifier cette petite affaire, et, pourtant, il est de la plus haute importance pour nous, qui avons charge des intérêts de la France, que nous soyons tenus au courant de tout ce qui se passe. Vous me comprenez, Monsieur Gérard ?

Je n'avais pas la moindre idée de ce qu'il voulait me dire, mais je m'inclinai et j'essayai de paraître comprendre parfaitement.

— Agissez donc avec la plus grande prudence et ne dites rien de ceci à personne, continua Talleyrand. Le colonel de Lassalle et moi, nous éviterons de nous montrer en public avec vous, mais nous vous attendrons ici, et nous vous donnerons notre opinion quand vous nous aurez dit ce qui s'est passé entre l'Empereur et vous. Il est temps que vous partiez maintenant, car l'Empereur ne déteste rien tant que le manque de ponctualité.

Je gagnai, à pied, le palais qui n'était guère qu'à une centaine de pas de chez moi. Je pénétrai dans l'antichambre où Duroc, avec son bel habit neuf, rouge et or, se démenait au milieu de la foule qui attendait. Je l'entendis qui disait à mi-voix à M. de Caulincourt que tous ces gens étaient des ducs allemands en quête, les uns, d'un royaume, et les autres s'attendant à être réduits à la mendicité. Duroc, aussitôt qu'il entendit mon nom, me fit entrer et je me trouvai en présence de l'Empereur.

Je l'avais vu, naturellement, cent fois au camp, mais je ne m'étais encore jamais trouvé face à face avec lui. Je suis certain que si vous l'aviez rencontré sans savoir qui il était, vous l'eussiez pris pour un simple petit homme, bronzé, avec le front haut, des mollets assez bien tournés, ses culottes de cachemire blanc faisant ressortir ses jambes avec avantage. Et pourtant, quelqu'un ne le connaissant pas, ne pouvait manquer d'être frappé de la singularité de son regard qui savait prendre une expression capable d'effrayer même un grenadier. On dit qu'Augereau lui-même, qui n'avait jamais su ce que c'était que la peur,

IV - Comment le colonel débarrassa l'empereur des frères d'Ajaccio

tremblait devant le regard de l'Empereur, et cela à une époque où Napoléon n'était encore qu'un soldat inconnu. Il me regarda d'un air assez doux, cependant, et me fit signe de rester près de la porte. Meneval écrivait sous sa dictée, levant sur moi, entre chaque phrase, ses yeux d'épagneul.

— C'est bon. Vous pouvez partir, lui dit l'Empereur brusquement.

Puis, quand le secrétaire fut sorti, il traversa la pièce les mains derrière le dos et m'examina sans dire un mot. Bien qu'il fût petit lui-même il aimait à avoir de beaux hommes auprès de lui, aussi je pense qu'il fut satisfait. Je restai debout une main au shako, et l'autre sur la poignée de mon sabre, les yeux fixés à quinze pas devant moi, dans l'attitude que doit avoir un soldat.

— Eh bien, Monsieur Gérard, dit-il enfin, en posant son index sur un des brandebourgs de ma pelisse. On me dit que vous êtes un officier méritant. Votre colonel fait le plus grand éloge de vous.

Je voulais faire une brillante réponse, mais la seule chose qui me vint à l'esprit fut la phrase de Lassalle que je n'étais que moustaches et éperons, aussi je gardai le silence. L'Empereur dut voir sur mon visage ce qui se passait en moi ; et comme, finalement, je ne répondais pas, il ne parut pas mécontent.

— Je crois que vous êtes bien l'homme qu'il me faut, dit-il. Je ne manque pas d'hommes braves et intelligents. Mais un homme résolu qui…

Il ne finit pas sa phrase, et, pour ma part, je n'avais aucune idée de ce qu'il voulait dire. Je me contentai de l'assurer pouvait compter sur moi jusqu'à la mort.

— Vous savez manier un sabre, à ce que l'on me dit.

— Assez bien, Sire, répondis-je.

— Vous avez été choisi par votre régiment pour représenter le 10e hussards au grand assaut pour le championnat.

Je ne fus pas fâché de voir qu'il connaissait si bien mes exploits.

— Mes camarades m'ont fait cet honneur.

— Et, pour vous faire la main, vous avez insulté six maîtres d'armes dans la semaine qui a précédé l'assaut ?

— Je suis allé sept fois sur le terrain en sept jours, Sire.

— Et vous vous en êtes tiré sans une égratignure ?

— Le maître d'armes du 23ᵉ léger m'a touché au coude gauche.

— Je ne veux plus entendre parler de gamineries de cette sorte, Monsieur, me cria-t-il, pris soudain d'une de ses rages si terribles. Vous imaginez-vous que je place de vieux soldats dans ces situations pour vous permettre de vous exercer sur eux avec vos quartes et vos tierces ? Comment ferai-je pour tenir tête à l'Europe, si mes soldats tournent les uns contre les autres l'épée que je leur confie ? Encore un mot de vos duels, et je vous briserai entre ces doigts.

Je vis passer sa main grasse et blanche devant mes yeux et sa voix était devenue sifflante et rauque. J'eus la chair de poule et je vous assure que j'aurais mieux aimé, à ce moment, me voir seul devant un carré d'ennemis. Il alla vers la table, but d'un trait une tasse de café et, quand il revint se planter devant moi, toute trace de l'orage avait disparu ; il avait ce singulier sourire qui lui venait aux lèvres, mais jamais dans les yeux.

— J'ai besoin de vos services, Monsieur Gérard, dit-il. Il se peut que je sois plus en sûreté avec un bon sabre à mes côtés, et j'ai des raisons pour choisir le vôtre. Mais je dois tout d'abord vous enjoindre le secret. Tant que je vivrai, ce qui va se passer aujourd'hui entre nous deux ne doit être connu que de nous seuls.

Je pensai à Talleyrand et à Lasalle, mais je promis.

— En second lieu, je ne veux ni de votre opinion ni de vos conjectures, et je désire que vous fassiez exactement ce que je vous dirai.

Je m'inclinai.

— Ce qu'il me faut c'est votre épée et non votre cervelle. Vous avez compris ?

— Oui, Sire.

— Vous connaissez le bosquet du Chancelier, dans la forêt ?

Je fis un signe d'assentiment.

IV - Comment le colonel débarrassa l'empereur des frères d'Ajaccio

— Vous connaissez aussi le grand sapin double où se réunit la chasse ?

S'il avait su que je me rencontrais avec une jeune paysanne trois fois par semaine sous ce sapin même, il ne m'aurait pas fait cette question. Je m'inclinai de nouveau sans dire un mot.

Il y avait longtemps que je n'en étais plus à m'étonner de quoi que ce fût. S'il m'avait demandé de prendre sa place sur le trône impérial, je me serais contenté d'incliner mon shako.

— Nous entrerons dans le bois ensemble, continua l'Empereur. Vous aurez votre sabre, mais pas de pistolets. Vous ne m'adresserez point la parole, et de mon côté je ne vous parlerai pas. Nous marcherons en silence. Vous comprenez ?

— Je comprends, Sire.

— Au bout d'un certain temps, nous verrons un homme, ou plus probablement deux hommes, sous un certain arbre. Si je vous fais signe de me défendre, vous tiendrez votre sabre prêt. Si, d'un autre côté, je leur parle, vous attendrez les événements. Mais une fois votre sabre au clair, quand je vous en aurai donné l'ordre, il ne faut pas qu'aucun des deux hommes, s'ils sont deux, nous échappe. Moi-même je vous aiderai.

— Sire, dis-je, ils ne seront pas trop de deux pour mon sabre ; cependant ne vaudrait-il pas mieux que j'amène un camarade, plutôt que de vous mêler à ce combat ?

— Ta, ta, ta, dit l'Empereur, j'ai été soldat avant d'être empereur. Croyez-vous que les artilleurs n'ont pas un sabre tout comme les hussards ? Mais je vous ai donné l'ordre de ne pas discuter. Vous ferez exactement ce que je vous dirai. Si les sabres sont engagés aucun de ces hommes ne doit survivre.

— Ils ne partiront pas vivants, Sire.

— Très bien. Je n'ai pas autre chose à vous dire. Vous pouvez vous retirer.

Je me dirigeai vers la porte, mais au moment de sortir une idée me vint et je me retournai :

— J'ai pensé, Sire... commençai-je timidement.

Il se précipita sur moi comme une bête féroce. Je crus réellement qu'il allait me frapper.

— Pensé ! cria-t-il. Vous avez pensé ! vous ! Est-ce que vous vous imaginez que je vous ai choisi parce que vous êtes capable de penser ? Que je vous entende encore parler ainsi. Vous, le seul homme... Mais en voilà assez... Vous me rejoindrez sous le sapin, à dix heures, ce soir.

Ma parole, je ne fus pas fâché de me retrouver dehors. Quand j'ai un bon cheval entre les jambes et un sabre qui bat contre le fer de mon étrier, je sais où j'en suis. Et pour tout ce qui est fourrage, vert ou sec, avoine, pansage et maniement des escadrons en marche, personne ne m'en apprendra. Mais quand je me trouve compagnie d'un chambellan, d'un maréchal de palais, qu'il me faut chercher mes mots pour parler à un empereur et écouter un tas de gens qui causent par sous-entendus au lieu de vous dire carrément ce qu'ils pensent, je me sens comme un vieux cheval de bataille attelé à une calèche de douairière.

Aussi je fus enchanté d'en avoir fini et je courus tout droit chez moi, comme un écolier qui vient d'échapper à son maître.

Comme j'ouvrais la porte de ma chambre, les premières choses sur lesquelles mes yeux tombèrent furent une paire de jambes bleu ciel avec des bottes de hussard et une petite paire de jambes noires, en culotte courte avec des souliers à boucles. Les possesseurs de ces deux paires de jambes se précipitèrent à ma rencontre.

— Eh bien ! quelles nouvelles, me dirent-ils tous les deux à la fois.

— Aucune, répondis-je.

— L'Empereur a refusé de vous voir ?

— Non, je l'ai vu.

— Et que vous a-t-il dit ?

— Monsieur de Talleyrand, repris-je, je me vois, à regret, obligé de vous informer que je ne dois vous dire quoi que ce soit. J'ai promis le secret à l'Empereur.

IV - Comment le colonel débarrassa l'empereur des frères d'Ajaccio

— Peuh ! peuh ! mon cher ami, dit-il en venant se placer tout près de moi, comme un chat qui cherche une caresse. Nous sommes entre amis, vous comprenez, et cela n'ira pas plus loin que ces quatre murs. En outre l'Empereur n'a jamais eu l'intention de me comprendre dans cette défense.

— Il ne faut qu'une minute pour aller au palais ; si cela ne vous dérange pas trop, je vous demanderai d'aller jusque-là et de me rapporter l'attestation écrite de l'Empereur que vous n'êtes pas compris dans cette prohibition. Je serai alors très heureux de vous dire tout ce qui s'est passé.

Il me montra les dents comme un vieux renard qu'il était.

— Monsieur Gérard me paraît un peu gonflé de son importance, dit-il. Il est trop jeune pour voir les choses sous leur vrai jour. En vieillissant il pourra comprendre qu'il n'est pas toujours bon, pour un officier subalterne, d'opposer des refus aussi catégoriques.

Je ne savais que répondre, mais Lassalle vint à mon aide avec sa brusquerie habituelle.

— Ce garçon a raison, dit-il. Si j'avais su qu'il eût promis le secret, je ne l'aurais pas questionné. Vous savez très bien, monsieur de Talleyrand, que s'il vous avait répondu, vous n'auriez pas eu de lui une plus haute idée que je n'en ai d'une bouteille de bourgogne vide. Quant à moi, je vous promets que le 10e n'aurait pas eu de place pour lui, si je l'avais entendu dévoiler le secret de l'Empereur, et je le regretterais, car nous aurions perdu notre meilleur sabre.

Mais la colère de l'homme d'Etat ne fit qu'augmenter lorsqu'il vit que j'étais soutenu par mon colonel.

— J'ai entendu dire, colonel de Lassalle, répondit-il avec une dignité glaciale, que votre opinion est d'un grand poids quand il s'agit de la cavalerie légère, et si j'avais besoin de renseignements sur cette arme spéciale, je serais heureux de prendre votre avis. Mais cette affaire est du ressort de la diplomatie, et vous me permettrez de conserver mon opinion sur la question. Aussi longtemps que la prospérité de la France et la sécurité de la personne de l'Empereur me seront à charge, j'userai de tous les moyens en mon pouvoir pour remplir la mission qui m'est confiée, fut-ce même à l'encontre du désir temporaire de l'Empereur. J'ai l'honneur de vous saluer, colonel de Lassalle.

Il me lança un regard plein de haine, et, pivotant sur ses talons, il sortit d'un petit pas rapide et sans bruit.

Je pus voir à l'attitude de Lassalle qu'il ne tenait pas à se trouver en opposition avec le puissant ministre. Il lança un juron ou deux, puis prenant son sabre et son bonnet, il dégringola l'escalier avec un grand bruit de ferraille. Je me précipitai vers la fenêtre et les vis tous deux, le grand hussard bleu et le petit homme noir descendre la rue de compagnie. Talleyrand marchait d'un pas vif et raide, et Lassalle lui parlait avec, force gestes : je supposai qu'il essayait de faire la paix avec lui.

L'Empereur m'avait défendu de penser et j'employai tous mes moyens pour lui obéir. Je pris les cartes sur la table où Morat les avait laissées, et je me mis à essayer des combinaisons d'écarté. Mais ne pouvant pas me rappeler quel était l'atout, je jetai les cartes sous la table. Puis je tirai mon sabre et me mis à faire de la pointe jusqu'à ce que je fusse fatigué ; tout fut inutile, mon esprit travaillait malgré moi. Je devais rejoindre l'Empereur à dix heures dans la forêt. De toutes les combinaisons d'événements extraordinaires, celle-ci était assurément la dernière qui se serait présentée à mon esprit, lorsque je m'étais éveillé le matin. Quelle responsabilité – quelle terrible responsabilité, – et personne pour la partager avec moi ! Cela me donnait une sueur froide. J'ai souvent vu la mort en face sur les champs de bataille, mais c'est alors seulement que j'ai su ce que c'était que la peur. Et puis je réfléchis qu'après tout, je n'avais qu'à faire de mon mieux, comme un brave et loyal officier, et surtout suivre à la lettre les ordres que j'avais reçus. Si tout allait bien, c'était sûrement le début de ma fortune. Je passai ainsi cette longue, longue soirée dans des alternatives de crainte et d'espoir, jusqu'au moment où je me préparai à partir.

Je mis mon manteau d'ordonnance, ne sachant pas combien de temps j'aurais à passer en forêt, et je bouclai mon sabre par-dessus. J'enlevai mes bottes de hussard que je remplaçai par une paire de

IV - Comment le colonel débarrassa l'empereur des frères d'Ajaccio

souliers et des guêtres. Puis je pris le chemin de la forêt, l'esprit beaucoup plus libre, car je me sens toujours plus tranquille quand, le temps de la réflexion passé, le moment d'agir est arrivé.

Je passai près de la caserne des chasseurs et devant la ligne des cafés remplis d'officiers de toutes armes. Je reconnus la tenue bleue et or de quelques camarades au milieu de la foule des uniformes sombres de l'infanterie et des dolmans verts des guides. Ils étaient là, assis, buvant et fumant, insouciants, ne songeant guère à la mission dont était chargé leur camarade. Un d'eux, mon chef d'escadron, m'aperçut à la clarté d'un réverbère et sortit dans la rue en criant après moi. Je pressai le pas, faisant semblant de ne pas l'entendre, et il rentra en jurant contre ma surdité.

L'accès de la forêt de Fontainebleau est facile. Les arbres viennent jusque dans les rues comme des tirailleurs sur le front d'une colonne. Je pris un chemin qui conduisait à la lisière du bois, et me dirigeai rapidement vers le vieux sapin. J'avais, comme je vous l'ai dit, de bonnes raisons pour connaître l'endroit, et je remerciai la fortune qui avait permis que ce ne fût pas un des soirs où Léonie devait m'attendre. La pauvre enfant serait morte de terreur à la vue de l'Empereur. Il aurait pu la recevoir mal ou, pis encore, se montrer trop empressé.

La lune brillait et quand j'arrivai au rendez-vous, je constatai que je n'étais pas le premier. L'Empereur faisait les cent pas, les mains derrière le dos, et la tête penchée sur la poitrine. Il avait un grand manteau gris dont le capuchon était relevé sur son chef. Je l'avais vu déjà avec ce vêtement pendant la campagne de Pologne où il portait ce capuchon, disait-on, pour ne pas être reconnu. Il aimait toujours, soit à Paris, soit dans les bivouacs, à se promener la nuit et à écouter les conversations dans les cabarets ou autour des feux. Son allure cependant, la façon de tenir les mains derrière le dos, et sa tête inclinée sur la poitrine lui étaient si familières, qu'on le reconnaissait toujours, et alors on ne disait que ce qu'on croyait lui être agréable.

Ma première pensée fut qu'il allait être irrité contre moi pour l'avoir fait attendre, mais comme je m'approchais, j'entendis la cloche de l'église de Fontainebleau sonner dix heures. Il était donc en avance, lui, et moi tout simplement exact. Je me rappelai son ordre de ne pas prononcer une parole : je m'arrêtai à quatre pas de lui, en faisant sonner mes éperons et mon sabre, la main au shako. Il me jeta un coup d'œil, puis, sans dire un mot, me tourna le dos et se mit à marcher vers la forêt. Je le suivis, toujours à distance régulière. Une fois ou deux, il me sembla qu'il regardait avec appréhension à droite et à gauche comme s'il eût craint que quelqu'un nous observât. Je regardai aussi, et quoique j'aie la vue très perçante, je ne vis rien que les déchirures de la lune à travers les grandes ombres noires des arbres. J'ai l'ouïe aussi fine que la vue, et, à deux reprises, il me sembla entendre craquer une branche ; mais vous savez combien de bruits on croit percevoir la nuit en forêt, et comme il est difficile même de dire de quelle direction ils viennent.

Nous cheminâmes pendant environ un kilomètre et demi, et je sus exactement l'endroit où nous allions longtemps avant notre arrivée. Au centre d'une clairière se trouve le tronc d'un arbre qui dut être autrefois gigantesque. On l'appelle le Chêne de l'Abbé et il court, sur ce séculaire géant des forêts, tant de bruits de sorcellerie, que je connais plus d'un brave soldat qui se soucierait d'y être placé en sentinelle. Mais, tout autant que l'Empereur, je me moquais de ces sottises, aussi nous traversâmes la clairière et nous nous dirigeâmes droit vers cet arbre. Comme nous approchions, je vis deux hommes qui nous attendaient là.

Ils se tenaient un peu en arrière comme s'ils avaient voulu se dérober ; mais, à notre approche, ils sortirent de l'ombre et s'avancèrent à notre rencontre. L'Empereur tourna la tête de mon côté, puis ralentit le pas : je me trouvai ainsi plus près de lui. Vous pensez bien que j'avais mon sabre tout prêt, et que je ne quittais pas de l'œil les deux hommes qui s'approchaient de nous. L'un était très grand, l'autre de taille plutôt au-dessous de la moyenne, avec un air très déterminé. Tous deux portaient un manteau noir dont un pan était relevé par-dessus l'épaule et l'autre pendait, comme les manteaux des dragons de Murat. Ils avaient, sur le chef, un béret noir, comme j'en ai vu depuis en Espagne, et qui, formant visière en avant, laissait leur visage dans l'obscurité ;

j'apercevais, pourtant, leurs yeux qui brillaient au-dessous. Avec la lune derrière eux et précédés de leurs ombres noires et allongées, ils étaient bien les personnages qu'on pouvait s'attendre à rencontrer la nuit près du Chêne de l'Abbé. Je me rappelle qu'ils avaient une façon furtive de marcher et que la lune formait, entre leurs jambes et celles de leurs ombres, comme deux traînées de diamants blancs.

L'Empereur s'était arrêté et les deux étrangers aussi, à quelques pas de nous. Je m'étais rapproché, de sorte que nous étions là tous les quatre, face à face, sans prononcer une parole. Je tenais les yeux fixés plus particulièrement sur le grand, parce qu'il était un peu plus près de moi, et je remarquai qu'il paraissait très agité. Son corps long et amaigri était tout tremblant, et je pouvais entendre sa respiration courte et saccadée, comme celle d'un chien fatigué. Tout à coup, l'un d'eux poussa un sifflement bref. Le plus grand plia le dos et les jambes comme un plongeur qui prend son élan, mais avant qu'il ait pu faire un autre mouvement, je me jetai au-devant lui, le sabre nu. Au même instant, son compagnon bondit et enfonça un long poignard dans le cœur de l'Empereur.

Ah ! mes amis, quel terrible moment ! Je me demande comment je ne tombai pas moi-même. Je vis, comme en un rêve, le manteau gris tournoyer dans un mouvement convulsif, et, à la clarté de la lune, le manche du poignard briller entre les deux épaules. Puis l'Empereur tomba sur l'herbe avec un gémissement sourd, et l'assassin, laissant l'arme plantée dans le dos de sa victime, se mit à lever les bras en l'air et à pousser des cris de joie. Je me jetai sur lui, et lui passai mon sabre au travers du corps avec une telle frénésie, que le choc de la garde contre le sternum du bandit l'envoya rouler à six pas plus loin, laissant mon sabre prêt pour attaquer l'autre. Je me retournais pour m'élancer sur lui, altéré de son sang comme une bête féroce, quand je vis l'éclair d'une lame passer devant mes yeux ; je sentis le froid du fer sur mon cou et le poignet de l'homme s'abattre sur mon épaule. Je ramenai mon sabre en arrière, mais il fit un saut de côté et prit sa course, bondissant comme un daim, sous la lune, à travers la clairière. Mais il ne m'échapperait pas ainsi.

Je savais que le poignard de l'assassin avait fait son œuvre. Tout jeune que j'étais, j'avais assez d'expérience de la guerre pour reconnaître une blessure mortelle. Je me baissai pour toucher la main déjà froide de l'Empereur.

— Sire ! Sire ! m'écriai-je.

Aucune réponse ; pas un mouvement. Je compris que tout était bien fini. Je me relevai fou de désespoir ; j'enlevai mon manteau et me mis à courir de toutes mes forces après l'assassin.

Combien je me félicitai de la précaution que j'avais prise de me défaire de mes bottes, pour venir en souliers et en guêtres, et aussi de m'être débarrassé de mon manteau ! Il ne put se défaire du sien, le misérable, ou bien il était trop effrayé pour y penser. Aussi je gagnai rapidement sur lui. Il devait avoir perdu la tête, car il n'essaya pas d'atteindre les parties retirées du bois ; il continua sa course de clairière en clairière, et arriva enfin à la grande carrière de Fontainebleau. Là, il m'était impossible de le perdre de vue, et je savais qu'il ne pouvait plus m'échapper. Ah ! il courait bien, c'est vrai, comme un lâche sait courir quand sa vie est en danger. Mais je le suivais, comme la Destinée sur les talons d'un homme ! Je le tenais presque. Il chancelait, il haletait. Je pouvais entendre déjà sa respiration sifflante et saccadée. Tout à coup le gouffre s'ouvrit devant lui, et, me jetant un coup d'œil par-dessus son épaule, il poussa un cri de désespoir. L'instant d'après, il avait disparu dans la carrière.

Disparu complètement, comprenez-vous ? Je me hâtai et cherchai à distinguer dans le trou noir et béant. S'y était-il précipité ? Je commençais à le croire, quand je perçus dans l'obscurité, au-dessous de moi, un bruit insolite mais régulier. Je reconnus sa respiration. Il était caché dans la hutte aux outils.

Sur le bord de la carrière et un peu en contre-bas de la lande, il y avait une petite plate-forme où les ouvriers avaient construit une cabane en bois pour y ramasser leurs outils. C'était sur cette plate-forme qu'il avait sauté, s'imaginant probablement, le niais, que dans l'obscurité je ne me risquerais pas à l'y suivre. Il ne connaissait pas Etienne Gérard.

IV - Comment le colonel débarrassa l'empereur des frères d'Ajaccio

D'un bond je fus sur la plateforme, j'entrai dans la hutte et, l'entendant remuer dans un coin, je me précipitai sur lui.

Il se débattit comme un chat sauvage, mais avec son court poignard la lutte était inégale, et je dus le transpercer du premier coup, car il parut frapper au hasard, et bientôt son arme tomba. Je m'assurai qu'il était bien mort ; je remontai sur la lande et me mis à marcher à l'aventure sans savoir où j'allais, mon sabre à la main et le sang me bourdonnant dans les oreilles. Tout à coup, en regardant autour de moi, je me retrouvai dans la clairière du Chêne-de-l'Abbé, et j'aperçus, à quelques pas, le tronc brisé, qui s'associe toujours, dans mon souvenir, avec le moment le plus terrible de ma vie. Je m'assis sur un arbre abattu, mon sabre en travers de mes genoux, la tête entre les mains, et j'essayai de penser à ce qui s'était passé et aux conséquences qu'allait amener la mort de l'Empereur.

L'Empereur s'était confié à ma garde. L'Empereur était mort. Telles étaient les deux idées qui se combattaient dans ma tête ; il me fut impossible de penser à autre chose. Il était venu avec moi et il était mort ; j'avais exécuté les ordres qu'il m'avait donnés vivant ; je l'avais vengé mort. Mais que résulterait-il de tout cela ? Je pouvais être considéré comme responsable. N'irait-on pas croire même que c'était moi qui l'avais assassiné. Comment prouver que j'étais innocent ? Quel témoin avais-je ? Je pouvais passer pour le complice de ces misérables ? Oui, oui, j'étais à jamais déshonoré, j'étais l'homme le plus méprisable de la France entière. C'en était fait de mes belles ambitions militaires, de l'espoir de ma mère. Que faire maintenant ? Aller à Fontainebleau, donner l'alarme au palais et annoncer que l'Empereur avait été assassiné à deux pas de moi ? Non, ce n'était pas possible. Il n'y avait qu'un parti à prendre pour un loyal officier que le destin avait placé dans une situation aussi cruelle : me jeter sur mon sabre et partager ainsi le sort de l'Empereur, sort que je n'avais pu éviter. Je me levai pour mettre cette idée à exécution, quand un spectacle inoubliable vint arrêter ma respiration. L'Empereur était debout devant moi.

Il était là, à dix mètres à peine ; la lune tombait droit sur sa figure pâle et glaciale. Son manteau gris, dont il avait rabattu le capuchon, était ouvert, de sorte que je pus voir qu'il portait l'uniforme vert des guides et la culotte blanche. Il avait les mains derrière le dos et son menton était penché sur sa poitrine, à sa façon habituelle.

— Eh bien, dit-il, de sa voix la plus dure, comment cela s'est-il passé ?

Je crois que s'il était resté une minute encore sans parler, je serais devenu complètement fou. Mais ce ton militaire et rude était exactement ce qu'il fallait pour me faire revenir à moi. Vivant ou mort, l'Empereur était là, et il me parlait. Je fus sur pied d'un bond et je saluai.

— Vous en avez tué un, dit-il, en indiquant le chêne d'un mouvement de tête.

— Oui, Sire.

— L'autre a réussi à s'échapper ?

— Non, Sire, je l'ai tué aussi.

— Quoi ? s'écria-t-il. Vous les avez tués tous les deux ?

Il s'approcha de moi avec un sourire qui laissa briller ses dents sous le clair de lune.

— Un des cadavres est là, Sire, répondis-je. L'autre est dans la hutte aux outils sur le bord de la carrière.

— Alors, les frères d'Ajaccio ne sont plus, dit-il, comme se parlant à lui-même. L'ombre en a disparu pour toujours.

Puis il se pencha et posant sa main sur mon épaule :

— Vous vous êtes bien conduit, mon jeune ami, dit-il. Vous avez été à la hauteur de votre réputation.

C'était donc bien l'Empereur en chair et en os. Je sentais sa petite main grasse appuyée sur moi. Et cependant, je ne pouvais m'ôter de l'idée ce que je venais de voir ; je le regardais avec des yeux si étonnés qu'il se remit à sourire.

— Non, non, monsieur Gérard, dit-il, je ne suis pas un revenant. Venez avec moi, vous allez comprendre.

Et il m'emmena vers le tronc de chêne. Les deux cadavres gisaient encore sur le sol et deux hommes se tenaient non loin. Lorsque nous fûmes plus près, je les reconnus à leurs turbans : c'étaient Roustan et Mustapha, les deux mameluks de l'Empereur. Celui-ci s'arrêta devant

IV - Comment le colonel débarrassa l'empereur des frères d'Ajaccio

le manteau gris, et relevant le capuchon qui cachait les traits, il découvrit un visage entièrement différent du sien.

— Ici repose un fidèle serviteur qui a donné sa vie pour son maître, dit-il. M. de Goudin, vous le voyez, a une certaine ressemblance avec moi comme manières et comme ensemble.

Quel délire de joie, à ces paroles, qui m'expliquaient tout ! Je m'avançai les bras tendus pour l'embrasser, mais il sourit et recula d'un pas comme s'il eût deviné l'impulsion qui me faisait agir.

— Vous n'êtes pas blessé ? me demanda-t-il.

— Non, Sire, mais un instant de plus, dans mon désespoir, j'allais…

— C'est bon, c'est bon ! dit-il. Vous vous êtes vaillamment conduit. Mais il aurait dû se tenir sur ses gardes, lui. J'ai vu tout ce qui s'est passé.

— Vous étiez là, Sire ?

— Vous ne m'avez donc pas entendu vous suivre à travers le bois ? Je ne vous ai pas perdu de vue, dès l'instant où vous avez quitté votre chambre, jusqu'au moment où de Goudin est tombé. Le faux empereur était devant vous, le vrai, derrière. Vous allez, maintenant, m'accompagner au palais.

Il donna, à voix basse, un ordre à ses mameluks, qui saluèrent sans un mot. Je suivis l'Empereur ; mon dolman craquait de l'orgueil dont j'étais rempli. Ma parole, j'ai toujours eu l'allure que doit avoir un hussard, mais Lassalle lui-même ne s'est jamais redressé et n'a jamais balancé sa pelisse comme je le fis ce soir-là. Ah ! comme je faisais sonner mes éperons et mon sabre, moi, Etienne Gérard, le confident de l'Empereur, le premier sabre de la cavalerie légère, moi qui venais de tuer les misérables qui voulaient assassiner l'Empereur. Mais il remarqua mes gestes, et se retournant brusquement vers moi :

— Que signifient ces manières ? me cria-t-il entre ses dents, et en me fixant de ses yeux d'acier. Sont-ce là des façons de se tenir quand on est chargé d'une mission secrète ? C'est ainsi que vous voulez faire croire à vos camarades qu'il ne s'est rien passé de remarquable ? Veuillez prendre un air moins conquérant, Monsieur, ou bien je vous fais passer aux pontonniers, où vous trouverez un peu plus de besogne et une tenue moins brillante.

Voilà comment agissait l'Empereur. S'il pensait que quelqu'un put se croire des droits à ses faveurs, il prenait la première occasion de lui montrer le gouffre qui le séparait de lui. Je saluai en silence, mais je dois avouer que je fus blessé, après tout ce qui s'était passé entre nous. Nous continuâmes à marcher jusqu'au palais où nous pénétrâmes par la porte privée, et nous entrâmes dans son cabinet. Deux grenadiers se tenaient sur l'escalier et, sous leurs bonnets à poil, leurs yeux s'écarquillèrent, je vous le certifie, quand ils virent un jeune lieutenant entrer dans les appartements de l'Empereur, à minuit. Je restai debout près de la porte, comme je l'avais fait dans l'après-midi, tandis qu'il se jetait dans un fauteuil où il resta silencieux et si longtemps, que je crus qu'il m'avait oublié. À la fin, je me risquai à tousser un peu pour lui rappeler que j'étais là.

— Ah ! Monsieur Gérard, dit-il, vous êtes curieux sans doute de savoir ce que tout cela signifie ?

— Je suis satisfait, Sire, même si vous jugez bon de ne rien me dire, répondis-je.

— Peuh ! peuh ! ce ne sont que des mots cela ! Dès que vous serez sorti, vous allez vous mettre la cervelle à l'envers pour tâcher de trouver des explications. Dans deux jours tous vos camarades auront vent de l'affaire, dans trois jours elle aura fait le tour de Fontainebleau et, le quatrième, elle sera à Paris. Maintenant, si je vous en dis assez pour satisfaire votre curiosité, puis-je conserver espoir que vous garderez cela pour vous ? Décidément, il ne me connaissait pas, cet empereur, et cependant je ne pus que saluer et me taire.

— Quelques mots vous feront tout comprendre, dit-il, en parlant très vite, et en arpentant la pièce. C'étaient des Corses, ces deux hommes. Je les avais connus quand j'étais jeune. Nous avions appartenu à la même société, – les frères d'Ajaccio, – comme nous nous intitulions. Cette société avait été fondée du temps du vieux Paoli, vous comprenez, et nous avions édicté des règles très sévères que l'on ne pouvait violer sans impunité.

IV - Comment le colonel débarrassa l'empereur des frères d'Ajaccio

Une grimace passa sur son visage comme il parlait, et il me sembla que tout ce qu'il pouvait y avoir en lui de Français avait disparu, et que c'était maintenant le vrai Corse, l'homme des fortes passions et des vendettas que j'avais devant moi. Ses souvenirs s'étaient reportés aux jours de sa jeunesse et, pendant quelques instants, il continua d'aller et venir de son petit pas rapide de tigre, enfoncé dans ses pensées. Puis, d'un geste impatient il sembla chasser loin de lui ces souvenirs et revint au présent, à son palais et à moi.

— Les règles d'une pareille société, continua-t-il, peuvent fort bien être suivies par un simple citoyen. Autrefois, il n'y eut pas de « frère » plus loyal que moi. Mais les circonstances ont changé, et il ne serait ni de mon intérêt ni de celui de la France que je m'y soumette maintenant. Ces hommes ont voulu me contraindre à y rester fidèle : ils ont causé leur propre perte. C'étaient les deux chefs de l'ordre. Ils étaient venus de Corse pour me donner rendez-vous à cet endroit, qu'ils avaient désigné. Je savais ce que signifiait pareille convocation. Aucun homme n'en est jamais revenu. D'un autre côté, si je n'avais pas obéi à leur ordre, je savais que je n'aurais pu échapper à leur pouvoir. J'appartiens à cette société des frères d'Ajaccio et je connais leur façon de faire.

Un pli dur contracta sa bouche et son œil lança un regard froid.

— Vous voyez le dilemme, Monsieur Gérard, continua-t-il, qu'auriez-vous fait dans ces circonstances ?

— J'aurais chargé de l'affaire le 10e hussard, Sire, lui dis-je. Des patrouilles auraient parcouru la forêt dans tous les sens et amené à mes pieds les deux coquins.

Il sourit et secoua la tête.

— J'avais d'excellentes raisons pour ne pas les prendre vivants, dit-il. Vous comprenez que la langue d'un assassin peut être aussi dangereuse que son poignard. Je ne vous cacherai pas que je voulais à tout prix éviter le scandale. C'est pour cela que je vous ai donné l'ordre de ne pas prendre de pistolets. C'est pour cela aussi que mes mameluks vont faire disparaître toutes traces de cette affaire, dont personne n'entendra parler. J'ai pensé à tous les moyens possibles et je suis convaincu que j'ai choisi le meilleur. Si j'avais envoyé plusieurs hommes dans la forêt avec de Goudin, les frères ne se seraient pas montrés. Mais j'étais sûr qu'ils ne changeraient pas leurs plans, et qu'ils ne manqueraient pas l'occasion malgré même la présence d'un étranger. C'est aussi la présence accidentelle de Lassalle, au moment où j'ai reçu leur ordre, qui m'a fait prendre un de ses hussards pour cette mission. Je vous ai choisi, Monsieur Gérard, parce que j'avais besoin d'un homme qui sût tenir un sabre et qui ne cherchât pas à approfondir l'affaire plus que je ne voulais. Je pense que, sous ce dernier rapport, vous justifierez mon choix, comme vous l'avez fait par votre bravoure et votre habileté.

— Sire, répondis-je, vous pouvez compter sur moi !

— Aussi longtemps que je vivrai, pas un mot de tout ceci, n'est-ce pas ?

— J'en efface entièrement le souvenir de mon esprit, Sire et je vous donne ma parole que je sortirai de ce cabinet tel que j'y suis entré à quatre heures.

— Non pas ! dit l'Empereur en souriant. Vous étiez lieutenant alors. Vous me permettrez de vous souhaiter le bonsoir, capitaine.

V

COMMENT LE COLONEL VISITA LE CHÂTEAU DES HORREURS

Vous faites bien, mes amis, de me traiter avec quelque respect car, en m'honorant, vous honorez la France et vous-mêmes. Ce n'est pas seulement un vieux soldat à moustache grise que vous avez devant vous, en train de vider tranquillement son verre, mais bien une page d'histoire, et de l'histoire la plus glorieuse qu'aucun pays, même le nôtre, ait jamais eue. Vous voyez en moi l'un des survivants de ces hommes extraordinaires qui avaient appris à manier le sabre avant le rasoir, qui étaient déjà de vieux soldats lorsqu'ils n'étaient encore que des enfants, et qui, dans cent batailles, n'ont pas une seule fois laissé voir à l'ennemi la couleur de leur havre sac. Pendant vingt ans, nous avons appris à l'Europe comment on se bat, et même quand elle eut profité des leçons que nous lui avions données, ce fut le thermomètre seul, et non la baïonnette, qui eut raison de la Grande-Armée. Les palais de Berlin, Naples, Vienne, Madrid, Lisbonne, Moscou, ont servi d'écuries à nos chevaux. Oui, mes amis, je le répète, vous faites bien de m'envoyer vos enfants avec des fleurs, car mes oreilles ont entendu sonner les trompettes de la France, et mes yeux ont vu flotter son drapeau dans des pays où jamais peut-être on ne les entendra désormais, où jamais on ne reverra ses trois couleurs.

Encore aujourd'hui, quand je m'assoupis dans mon fauteuil, je les vois défiler devant moi, ces guerriers héroïques : les chasseurs avec leurs uniformes verts, les cuirassiers géants, les lanciers de Poniatowski, les dragons à manteaux blancs, les grenadiers à cheval avec leurs bonnets à poils qui s'inclinent à chaque pas de leurs montures. Puis j'entends le roulement nourri des tambours et, à travers, la poussière et

V - Comment le colonel visita le château des horreurs

la fumée, je distingue les rangs de hauts shakos, le balancement des longs plumets rouges au milieu des lignes d'acier. Et c'est Ney qui arrive au galop avec sa tête rousse, Lefebvre avec sa mâchoire de bouledogue, Lannes avec un air de conquérant ; enfin, au milieu du scintillement des cuivres et de l'envolement des panaches que le vent ébouriffe, je l'aperçois, Lui, l'homme au sourire pâle, aux épaules voûtées, au regard perdu dans le lointain. Alors c'est fini de mon rêve, mes amis ; je m'élance de mon fauteuil, en criant d'une voix brisée, mes mains tremblantes tendues en avant, et Mme Titaux se moque encore une fois du pauvre vieux qui vit au milieu des ombres.

Bien que je fusse colonel quand les guerres prirent fin, et que j'eusse tout espoir d'être bientôt nommé général de brigade, c'est surtout au début de ma carrière que je me reporte quand je veux vous parler des gloires et des épreuves de la vie du soldat. Vous comprenez bien que lorsqu'un officier a sous ses ordres un aussi grand nombre d'hommes et de chevaux, il a l'esprit si rempli de ces mots : recrues, remontes, rations, fourrages, cantonnements, que, même quand il n'est plus en face de l'ennemi, il ne manque pas encore de préoccupations. Mais un simple lieutenant ou un capitaine n'a guère d'autre fardeau à porter que ses épaulettes, de sorte qu'il peut faire sonner ses éperons, balancer sa pelisse, vider son verre et choyer sa maîtresse, sans penser à autre chose qu'à jouir de cette vie glorieuse. C'est le temps où il a quelques chances de courir des aventures, c'est aussi dans cette période de ma carrière militaire que j'irai chercher les histoires que je vous réserve. Je vais donc vous raconter, ce soir, ma visite au château des Horreurs, l'étrange mission du sous-lieutenant Duroc, et l'horrible affaire de l'homme connu d'abord sous le nom de Jean Carabin, et ensuite de baron Straubenthal.

Dans le courant de février 1807, aussitôt après la prise de Dantzig, nous reçûmes l'ordre, le major Le Gendre et moi, d'amener quatre cents chevaux de remonte de Prusse en Pologne.

Le froid et surtout la grande bataille d'Eylau avaient tué tant de chevaux, que nous avions pu craindre de voir notre beau 10e hussards se transformer en un bataillon d'infanterie légère. Aussi savions-nous, le major et moi, que nous serions les bienvenus en arrivant au camp avec des chevaux frais. Nous n'avancions que lentement, cependant, car la neige était épaisse, les routes détestables, et nous n'avions avec nous que vingt invalides qui rejoignaient l'armée. En outre, il n'est possible d'aller qu'au pas quand on ne peut donner aux chevaux qu'une ration de fourrage par jour – quelquefois même, ils ne l'avaient pas, cette ration. Dans les livres d'histoire, d'ordinaire, on dépeint toujours la cavalerie au galop de charge ; pour ma part, après douze campagnes, je me déclarerais très satisfait si mon régiment était toujours en état d'aller au pas, en marche, et de prendre le trot en présence de l'ennemi. Je parle des hussards et des chasseurs, remarquez ; c'est donc loin d'être le cas pour les cuirassiers et les dragons.

J'aime beaucoup les chevaux et c'était un réel plaisir pour moi d'en avoir entre les mains près de quatre cents de toutes robes, de tout âge et de tout caractère. Ils venaient en grande partie de Poméranie, bien qu'il y en eût quelques-uns provenant de Normandie et d'Alsace, et ils différaient de caractère tout autant que les gens de ces provinces. Nous fîmes aussi cette remarque que le tempérament d'un cheval peut varier avec sa couleur : depuis le bai clair, coquet, fantasque et tout nerfs, jusqu'au bai châtain, grand et robuste ; depuis le rouan, docile, jusqu'au noir, entêté comme un mulet. Tout ceci sort de mon sujet, mais comment voulez-vous qu'un officier de cavalerie puisse poursuivre un récit sans se laisser écarter quelque peu, quand il vient à parler des quatre cents chevaux de son régiment. C'est une habitude, chez moi, de parler de ce qui m'intéresse moi-même, pensant que cela peut vous inspirer le même intérêt.

Nous passâmes la Vistule, en face de Marienwerder ; nous avions atteint Riensenberg, quand le major Le Gendre vint me trouver dans ma tente ; il tenait à la main un papier déplié.

— Nous allons nous séparer, me dit-il, avec un air chagrin.

Je ne fus point fâché de cet incident, à vrai dire, car il était, si je puis m'exprimer ainsi, indigne de commander à un officier tel que moi.

Cependant je saluai sans dire un mot.

V - Comment le colonel visita le château des horreurs

— Ordre du général Lassalle, poursuivit-il : vous vous rendrez directement à Kossel, et vous vous présenterez au quartier général.

Rien au monde ne pouvait me faire plus plaisir. Mes chefs avaient déjà de moi une très bonne opinion, quoique aucun ne m'eût rendu entièrement justice. « Evidemment, me dis-je, mon régiment va reprendre un service actif et Lassalle comprend que mon escadron serait incomplet si je n'étais pas là. » Cet ordre m'arrivait, toutefois, à un moment inopportun, car le maître de poste avait une fille, une de ces jeunes et jolies Polonaises au teint d'ivoire et aux cheveux noirs, avec laquelle j'espérais bien faire plus ample connaissance. Mais il me fallait obéir ; je fis seller mon grand cheval noir Rataplan, et je me mis en route sur-le-champ.

C'était une véritable fête, je vous assure, pour ces pauvres Juifs polonais, dont rien ne vient égayer la vie d'ordinaire si triste, que le spectacle de ces chevaux. Les flancs et la croupe de Rataplan luisaient sous le froid piquant du matin qui lui fouettait le sang et activait son feu naturel. Il se cabrait et caracolait sous l'éperon. Ses sabots claquaient sur la route durcie, et son mors tiquait à chaque mouvement de tête. Vous devez vous faire une idée de ce que je pouvais être à vingt-cinq ans, moi, Etienne Gérard, le plus beau cavalier et la plus fine lame des dix régiments de hussards. Le bleu était notre couleur au 10e : dolman bleu de ciel et pelisse avec parements rouge écarlate ; on disait de nous, dans l'armée, que nous étions capables de soulever toute une population ; du plus loin qu'on nous apercevait, les femmes accouraient vers nous et les hommes se sauvaient.

Il y avait, ce matin-là, bien des yeux aux fenêtres de Rieusenberg, et qui semblaient me prier de retarder mon départ. Mais que faire en pareil cas ? Envoyer un baiser du bout des doigts, et poursuivre son chemin. C'était une bien triste saison pour voyager à travers ce pays, le plus pauvre et le plus laid de l'Europe ; mais le ciel était pur, et un soleil clair faisait miroiter la neige sur la campagne tout autour de moi. Mon haleine fumait dans l'air glacial, deux panaches de vapeur sortaient des naseaux de Rataplan et des glaçons pendaient de chaque côté de sa bride. Je le laissais trotter pour se réchauffer ; quant à moi, j'étais trop préoccupé pour songer au froid. Au nord et au sud s'étendaient de vastes plaines, toutes blanches, où quelques rares bouquets de pins et de mélèzes faisaient des taches sombres. Çà et là une ou deux chaumières, mais il y avait à peine trois mois que la Grande Armée avait passé là, et vous savez ce que cela veut dire pour un pays. Les Polonais étaient nos amis, c'est vrai, mais sur cent mille hommes, il n'y avait que les soldats de la garde qui eussent leurs fourgons, et le reste devait vivre comme il pouvait. Aussi ne fus-je pas surpris de ne trouver aucune trace de bétail, et de ne voir aucune fumée sortir des cheminées. La marque du passage de la Grande Armée restait dans le pays, où les rats eux-mêmes, disait-on, mouraient de faim là où l'Empereur avait conduit ses hommes.

Vers le milieu du jour, j'arrivai au village de Saalfeldt, mais lorsque je fus sur le chemin d'Osterode, où l'Empereur avait établi ses quartiers d'hiver, et où se tenait le camp des sept divisions d'infanterie, je trouvai la route encombrée de voitures et de fourgons. Avec les caissons d'artillerie, les voitures d'approvisionnements, les estafettes qui allaient et venaient, la foule des recrues et des traînards, il me fut impossible d'avancer. Les plaines étaient couvertes d'une couche de neige d'au moins cinq pieds, et il ne fallait pas songer à s'y engager. Force me fut donc de continuer au pas. Aussi ce fut avec joie que je trouvai une autre route qui bifurquait et allait vers le nord à travers des bois de sapins. Il y avait, à la bifurcation, une petite auberge où une patrouille du 3e hussards de Conflans – le régiment même dont je fus plus tard colonel – s'apprêtait à monter à cheval. Sur le seuil se tenait leur officier, un jeune homme au teint pâle, qui avait plutôt l'air d'un séminariste que du chef appelé à commander les démons qu'il avait devant lui.

— Bonjour, Monsieur, dit-il, en me voyant arrêter mon cheval.
— Bonjour, répondis-je. Je suis le lieutenant Gérard du 10e.

Je vis, à l'expression de sa physionomie, qu'il avait entendu parler de moi. Tout le monde me connaissait depuis mon duel avec les six maîtres d'armes. Mes manières, d'ailleurs, ne tardèrent pas à le mettre à l'aise.

V - Comment le colonel visita le château des horreurs

— Je suis le sous-lieutenant Duroc, du 3ᵉ, me dit-il.
— Vous venez de rejoindre ? demandai-je.
— La semaine dernière.

Je m'en étais douté, en voyant sa figure pâle et la façon dont ses hommes se tenaient à cheval. Il n'y avait pas si longtemps que j'avais appris par moi-même comment cela se passe quand un écolier est appelé à commander à de vieux troupiers. Je me rappelle que je ne pouvais m'empêcher de rougir, les premières fois qu'il me fallut, d'une voix brève, crier des commandements à des hommes qui avaient vu plus de batailles que je ne comptais d'années, et il m'aurait semblé tout naturel de leur dire : « Avec votre permission, nous allons maintenant doubler les files, » ou bien : « Si vous le jugez bon, nous allons prendre le trot. Toutefois je n'en eus pas moins bonne opinion de ce jeune officier, malgré la tenue de ses hommes, et je jetai à ceux-ci un coup d'œil qui les fit se redresser et rectifier leur position en selle.

— Puis-je vous demander, Monsieur, où vous allez par cette route, lui dis-je.

— J'ai l'ordre de pousser une reconnaissance jusqu'à Arendorf.

— Alors j'irai jusque-là avec vous, si vous le permettez, continuai-je. Au bout du compte, c'est encore par le chemin le plus long que j'arriverai le plus vite.

Et en effet c'est ce qui eut lieu, car la route que nous prîmes traversait un pays abandonné aux Cosaques et aux maraudeurs et elle était aussi déserte que l'autre était encombrée. Duroc et moi, nous allions devant ; nos six hussards trottaient derrière. C'était un charmant garçon, ce Duroc, avec la tête pleine de tout le fatras qu'on apprend à Saint-Cyr, plus ferré sur Alexandre et Pompée que sur la façon de mêler la ration d'un cheval ou de soigner une jambe malade.

Malgré tout, c'était un brave garçon et que les camps n'avaient pas encore gâté. C'était un plaisir de l'entendre me causer de sa mère et de sa sœur Marie qui habitaient Amiens. Nous atteignîmes bientôt le village de Haguenau.

Duroc alla jusqu'au relai de poste et interrogea le maître qui était sorti à notre approche.

— Pouvez-vous me dire, lui demanda-t-il, s'il n'y a pas dans le voisinage un homme qui s'appelle le baron Straubenthal ?

Le maître de poste secoua la tête négativement et nous continuâmes notre route. Je n'avais prêté aucune attention à ceci, mais quand, au village suivant, mon camarade répéta sa question avec le même résultat, je ne pus m'empêcher de lui demander qui était ce baron Straubenthal.

— C'est un homme pour lequel j'ai un message important, me répondit Duroc.

Et un flux de sang lui monta au visage.

Cela n'était guère explicite, mais je vis à l'attitude de mon compagnon qu'il serait indiscret d'insister. Cependant Duroc continuait à demander à chaque paysan que nous rencontrions s'il connaissait le baron Straubenthal.

Pour moi je m'occupais, comme doit le faire tout officier de cavalerie légère, à me former une idée du pays, à noter la direction des cours d'eau et à en reconnaître les endroits guéables. Chaque pas nous éloignait du camp que nous avions contourné. Bien loin dans le sud, quelques panaches de fumée grise indiquaient la position de nos avant-postes. Vers le nord il n'y avait rien entre nous et le camp russe. Deux fois je pus apercevoir à l'horizon un scintillement d'acier, et je le fis remarquer à mon camarade. C'était trop loin pour que nous puissions en distinguer la cause, mais cela provenait sans doute des pointes de lances des maraudeurs cosaques.

Le soleil se couchait quand, après avoir atteint le sommet d'une côte, nous vîmes sur notre droite un petit village et sur notre gauche un grand château noir qui émergeait des bois de pins. Un paysan venait à notre rencontre conduisant une charrette ; c'était un petit homme aux cheveux embroussaillés, à l'air triste, vêtu d'une veste en peau de mouton.

— Quel est ce village, lui demanda Duroc.

— C'est Arensdorf, répondit l'homme dans son barbare dialecte allemand.

— Alors, c'est ici que je dois m'arrêter cette nuit, me dit Duroc.

V - Comment le colonel visita le château des horreurs

Puis, se tournant vers le paysan il lui fit encore cette question :

— Pouvez-vous me dire où habite le baron Straubenthal ?

— Mais c'est lui le propriétaire du château des Horreurs, répondit l'homme, en montrant du doigt les sombres tourelles qui se dressaient au-dessus du bois de sapin.

Duroc poussa un cri comme un chasseur qui voit se lever devant lui le gibier qu'il poursuit. Le jeune garçon semblait avoir perdu la tête ; ses yeux brillaient, son visage était devenu si pâle et sa bouche se contracta à tel point que le paysan recula d'un pas. Je vois encore Duroc, penché en avant sur son cheval, l'œil fixé sur la grande tour noire.

— Pourquoi appelez-vous ce château « le château des Horreurs » ? demandai-je au paysan.

— C'est le nom qu'on lui donne par ici, répondit-il. Il s'est passé là, dit-on, de vilaines choses. Ce n'est pas sans motif que le plus grand scélérat de toute la Pologne y habite depuis quatorze ans.

— Un noble Polonais ? demandai-je.

— Non, la Pologne ne donne pas le jour à des hommes comme celui-là.

— C'est un Français, alors ? cria Duroc.

— On dit qu'il est venu de France.

— Il a les cheveux rouges ?

— Comme un renard.

— Oui, oui, c'est mon homme, se mit à crier mon camarade, tout tremblant d'agitation. C'est la Providence qui m'a conduit ici. Qui donc dira qu'il n'y a pas de justice en ce monde ? Partons, Monsieur Gérard, car il faut que je m'occupe de mes hommes avant de régler cette affaire personnelle.

Il éperonna son cheval et dix minutes après nous étions à la porte de l'auberge d'Arendorf où sa troupe devait être cantonnée pour la nuit.

Tout cela ne me regardait guère et j'avais à rejoindre mon régiment. Rossel était loin, je résolus de continuer ma route quelques heures encore et de profiter de la première grange sur le chemin pour y passer la nuit, avec Rataplan. Je m'étais donc remis en selle après avoir vidé un verre de vin, quand le jeune Duroc sortit de l'auberge et, accourant vers moi, posa la main sur mon genou.

— Monsieur Gérard, me dit-il d'une voix haletante, je vous prie de ne pas m'abandonner ainsi.

— Cher Monsieur, repris-je, si vous vouliez me faire connaître ce que vous attendez de moi, je vous dirai volontiers si je puis vous être utile.

— Vous pouvez m'être très utile. En vérité, d'après ce que je sais de vous, Monsieur Gérard, vous êtes le seul homme que je désirerais avoir près de moi cette nuit.

— Vous oubliez que je vais rejoindre mon régiment.

— Vous ne pouvez pas arriver ce soir. Demain vous serez à Rossel. En restant avec moi vous me rendrez le plus grand service, et vous m'aiderez dans une affaire qui concerne mon bonheur et l'honneur de ma famille. Je suis pourtant obligé de vous avouer qu'elle peut comporter des dangers personnels.

Ces derniers mots étaient adroits. Naturellement je mis pied à terre et confiai mon cheval au valet d'écurie.

— Entrons ici, dis-je et dites-moi exactement ce que je puis faire pour vous.

Nous pénétrâmes dans une salle réservée, dont il ferma la porte afin que personne ne vînt nous déranger.

C'était un beau garçon, et lorsque je le vis là, debout sous la clarté de la lampe qui tombait sur son visage sérieux, dans une attitude pleine de résolution et bien campé dans son uniforme gris argent, je me sentis pris d'affection pour ce jeune homme. Je n'irai pas jusqu'à dire qu'il était d'aussi belle prestance que moi lorsque j'avais son âge, il y avait cependant une certaine ressemblance qui m'attira vers lui.

— Je vais m'expliquer en quelques mots, me dit-il. Si je n'ai pas déjà satisfait votre curiosité, bien naturelle, c'est que le sujet est pénible pour moi. Je ne puis pas pourtant réclamer votre concours, sans vous donner des explications.

V - Comment le colonel visita le château des horreurs

Vous saurez donc que mon père était le banquier bien connu, Christophe Duroc, qui fut assassiné par le peuple pendant les troubles de Septembre. La populace s'empara des prisons, nomma trois pseudo-juges pour condamner les malheureux aristocrates qu'elle massacra aussitôt qu'ils furent délivrés. Mon père avait fait, toute sa vie, beaucoup de bien aux pauvres, et un grand nombre d'entre eux plaidèrent en sa faveur. Il avait la fièvre et c'est sur une couverture qu'il fut apporté devant les juges. Deux de ceux-ci votèrent son acquittement ; le troisième, un jeune jacobin que sa taille gigantesque et sa cruauté avaient fait choisir pour chef par ces misérables, de ses propres mains l'enleva de la couverture et le jeta dans la rue, où en un instant il fut massacré dans des circonstances trop horribles à détailler. C'était, vous le voyez, un assassinat, même avec leurs propres lois illégales, puisque deux des juges s'étaient prononcés en faveur de mon père.

L'ordre rétabli, mon frère aîné se mit à la recherche de cet homme. Je n'étais qu'un enfant alors, mais c'était une affaire de famille et on en parlait ouvertement en ma présence. Le nom du brigand était Carabin. C'était un des gardes de Santerre et un duelliste renommé. Une dame étrangère, la baronne Straubenthal, ayant été traînée devant les Jacobins, il lui avait fait obtenir sa liberté, à la condition qu'elle serait à lui avec sa fortune et ses propriétés. Il l'avait épousée, avait pris son nom et son titre, et s'était enfui de France après la chute de Robespierre. Depuis, nous n'avions pu savoir ce qu'il était devenu.

Vous pensez sans doute qu'il devait être facile de le retrouver, puisque nous connaissions son nom et son titre. Mais nous avions été ruinés par la Révolution, et, sans argent, il est difficile de faire des recherches. Puis vint l'Empire, et les difficultés grandirent, puisque, vous le savez, le 18 brumaire régla tous les comptes et jeta un voile sur le passé. Néanmoins nous ne perdîmes pas l'espoir de retrouver l'assassin de notre père.

Mon frère s'engagea et parcourut toute l'Europe méridionale, cherchant partout le baron Straubenthal. Il fut tué en octobre dernier à Iéna, sans avoir pu accomplir sa mission. Alors ce fut mon tour. C'est ainsi que j'ai la chance d'entendre parler de l'homme même que je cherche dans un des premiers villages polonais que je visitai et à peine quinze jours après mon arrivée au régiment. Pour comble de bonheur, je me trouve en compagnie d'un camarade dont le nom n'est jamais cité dans l'armée qu'à l'occasion de quelque action généreuse et héroïque.

Tout cela était très bien, et j'écoutais avec le plus grand intérêt, mais le jeune Duroc ne me disait pas ce qu'il attendait de moi.

— Et en quoi puis-je vous servir ?

— En venant avec moi.

— Au château ?

— Précisément.

— Quand ?

— À l'instant même.

— Que voulez-vous faire ?

— Je ne sais encore, mais je désire que vous m'accompagniez.

Ma foi, il n'a jamais été dans mon caractère d'éviter une aventure, et, à vrai dire, ce jeune homme avait su gagner ma sympathie. Il est beau de pardonner à ses ennemis, mais on aime bien aussi à leur fournir l'occasion d'être généreux. Je tendis la main à Duroc.

— Il faut que je sois en route pour Rossel demain matin, lui dis-je, mais ce soir je suis à vous.

Nous laissâmes nos hussards bien cantonnés pour la nuit, et comme il n'y avait que deux kilomètres jusqu'au château, nous ne dérangeâmes pas nos chevaux. Certes, je n'aime pas voir un cavalier aller à pied : autant il est brillant, à mon avis, quand il a un cheval entre les jambes, autant c'est l'être le plus gauche quand il s'en va, embarrassé de son sabre et de sa sabretache, et se dandinant, les pieds en dedans, pour ne pas s'empêtrer dans ses éperons. Duroc et moi, cependant, nous étions à un âge où le succès est facile, même pour un cavalier à pied, et je suis bien sûr que pas une femme n'aurait manqué de trouver qu'ils avaient vraiment bonne mine, ces deux jeunes hussards, l'un en bleu, l'autre en gris qui, ce soir-là, quittèrent l'auberge d'Arendorf. Nous prîmes nos sabres et, pour ma part, je saisis un pistolet dans mes

V - Comment le colonel visita le château des horreurs

fontes et le cachai dans la poche de ma pelisse : nous pouvions en avoir besoin.

Le chemin conduisant au château traversait un bois de sapin noir comme la poix, où l'on ne voyait absolument rien, si ce n'est de temps à autre un coin de ciel étoilé au-dessus de nos têtes. Tout à coup nous aperçûmes le château devant nous, à une portée de fusil, au milieu d'une éclaircie du bois. C'était une énorme et lourde construction, d'aspect très ancien, avec des tourelles à chaque angle et une grande cour carrée devant. Dans cette grande masse noire, une seule fenêtre était éclairée. On n'entendait aucun bruit. Il y avait dans le silence qui régnait autour de cette demeure quelque chose de terrible qui s'accordait bien avec son nom sinistre. Mon compagnon pressa le pas, et je le suivis le long de l'allée, assez mal entretenue, qui conduisait à la porte d'entrée.

Ni cloche ni marteau sur cette grande porte bardée de fer, et ce ne fut qu'en frappant du pommeau de nos sabres que nous réussîmes à attirer l'attention. À la fin, un homme de fort mauvaise mine, à figure d'oiseau de proie, avec de la barbe noire jusque dans les yeux vint ouvrir. Il portait une lanterne d'une main et, de l'autre, tenait en laisse un énorme bouledogue. Son premier abord fut menaçant ; la vue de nos uniformes le calma.

— Le baron Straubenthal ne reçoit pas de visites à une heure aussi tardive, dit-il, en excellent français.

— Prévenez le baron Straubenthal que j'ai fait huit cents lieues pour le trouver et que je ne partirai pas sans l'avoir vu, dit mon compagnon.

Je n'aurais pas dit mieux moi-même.

L'homme nous regarda du coin de l'œil et tirant sa barbe d'un air perplexe.

— Pour vous dire la vérité, Messieurs, répondit-il, le baron a bu, ce soir, un verre ou deux de trop, et vous le trouveriez certainement en plus belle humeur si vous vouliez revenir demain matin.

Il avait ouvert la porte davantage en parlant et je pus apercevoir, à la lueur de la lampe, trois autres individus dans le vestibule ; l'un d'eux tenait un autre de ces redoutables bouledogues. Duroc dut apercevoir aussi ces hommes, mais cela ne changea pas sa résolution.

— Assez causé ! dit-il, en pénétrant dans le vestibule. C'est à votre maître que j'ai affaire.

Tous s'écartèrent pour le laisser passer, tant il est vrai qu'un homme résolu en impose toujours.

Mon compagnon frappa sur l'épaule de l'un d'eux avec autant d'assurance que s'il eût été son maître.

— Conduisez-moi au baron, lui dit-il.

Le domestique haussa les épaules et répondit quelques mots en polonais. Le cerbère à mine patibulaire qui avait refermé et verrouillé la porte, semblait être le seul qui parlât français.

— C'est vous qui l'aurez voulu, dit-il, avec un sourire sinistre. Vous allez voir le baron. Vous regretterez peut-être, de n'avoir pas écouté mon conseil.

Nous le suivîmes dans le vestibule spacieux dont les dalles étaient recouvertes de grandes peaux d'ours, et les murs garnis de têtes d'animaux sauvages et de trophées de chasse.

À l'extrémité, il ouvrit une porte et nous entrâmes.

C'était une petite pièce sommairement meublée et présentant le même aspect de délabrement que l'extérieur. Les murs étaient tendus d'une tapisserie passée dont un coin pendait, laissant voir la nudité du mur derrière. Une seconde porte masquée par un rideau faisait face à celle par laquelle nous étions entrés. Entre les deux portes était une table carrée, couverte d'assiettes sales contenant encore les restes d'un repas, et de nombreuses bouteilles. À cette table, et en face de nous, était assis une sorte d'hercule avec une tête de lion et une épaisse crinière de cheveux roux. Sa barbe était du même roux ardent, embroussaillée et rude comme une crinière de cheval. J'ai vu d'étranges faces dans mon temps, mais je n'en ai jamais rencontré de plus brutale que celle-là. Avec ses petits yeux bleus pleins de vices, ses joues ridées, et ses grosses lèvres pendantes qui s'avançaient sur son horrible barbe, cet homme balançait la tête en fixant sur nous le regard vague et voilé

V - Comment le colonel visita le château des horreurs

d'un ivrogne. Il n'était pas ivre cependant au point qu'il ne reconnût nos uniformes.

— Eh bien ! mes braves garçons, dit-il entre deux hoquets, quelles sont les dernières nouvelles de Paris ? Vous venez dans la libre Pologne, à ce que j'entends dire, et pourtant vous êtes esclaves vous-mêmes, esclaves d'un petit aristocrate qui porte un manteau gris et un petit chapeau à cornes. Il n'y a plus de citoyens maintenant, rien que des « Monsieurs » et des « Madames ». Ah ! il faudra faire rouler encore quelques têtes dans la sciure de bois, un de ces jours.

Duroc s'avança tout près du scélérat.

— Jean Carabin, dit-il.

Le baron sursauta, et le voile de l'ivresse sembla tomber de ses yeux.

— Jean Carabin ! répéta Duroc.

Il se redressa dans son fauteuil dont il empoigna le bras.

— Que voulez-vous dire en répétant ce nom, jeune homme ? demanda-t-il.

— Jean Carabin, il y a longtemps que je désire vous rencontrer.

— À supposer que j'aie jamais porté ce nom, en quoi cela peut-il vous intéresser... car vous ne deviez être qu'un enfant quand je le portais ?

— Je m'appelle Duroc.

— Le fils de...

— Le fils de l'homme que vous avez assassiné !

Le baron essaya de rire, mais ses yeux exprimaient la terreur.

— Laissons le passé où il est, jeune homme, dit-il. C'était notre vie ou la leur qui était en jeu à cette époque ; d'un côté les aristocrates, de l'autre le peuple. Votre père était de la Gironde : il est tombé. J'étais de la Montagne : la plupart de mes camarades sont tombés aussi. C'est la fortune de la guerre. Il faut oublier cela et apprendre à nous mieux connaître, vous et moi.

Et il tendit sa grosse main rouge.

— Assez, dit le jeune Duroc. Si je vous passais mon sabre au travers du corps en ce moment même, je ne ferais qu'accomplir un acte de justice ; mais je déshonorerais mon épée en la croisant avec la vôtre. Cependant vous êtes Français et vous avez servi sous le même drapeau que moi. Debout donc et défendez-vous.

— Allons ! s'écria le baron, c'est très bien pour un sang jeune et bouillant comme le vôtre de…

Duroc perdit patience. De sa main ouverte il souffleta violemment le reître… Je vis la lèvre de celui-ci se teinter de sang. Un éclair de colère passa dans ses yeux bleus.

— Vous allez payer ce coup de votre vie.

— Ah ! j'aime mieux cela, dit Duroc.

— Mon sabre, cria le baron. Je ne vous ferai pas attendre, je vous le promets.

Et il sortit précipitamment de la chambre.

J'ai dit qu'il y avait une seconde porte masquée par un rideau. À peine le baron était-il sorti, que de derrière ce rideau surgit une femme jeune et admirablement belle. Elle était entrée si rapidement et si doucement que ce fut le mouvement du rideau qui nous apprit d'où elle venait.

— J'ai tout vu, s'écria-t-elle. Oh ! monsieur, vous avez été magnifique !

Elle saisit la main de mon compagnon et la baisa à plusieurs reprises avant qu'il pût se dégager.

— Eh ! quoi, madame, dit-il, pourquoi me baisez-vous ainsi la main ?

— Parce que c'est la main qui a frappé cette face vile, et que cette main, peut-être, vengera ma mère. Je suis la belle-fille de cet homme. Je le hais, je le crains. Ah ! j'entends son pas !

Elle avait disparu aussi soudainement qu'elle était survenue. Un moment après, le baron rentra avec un sabre à la main et suivi de l'homme qui nous avait ouvert la porte.

— C'est mon secrétaire, dit-il. Il sera mon témoin dans cette affaire. Mais nous n'avons pas assez de place ici. Voulez-vous venir dans un autre appartement où nous aurons plus de champ ?

V - Comment le colonel visita le château des horreurs

Il était évidemment impossible de se battre dans cette petite chambre encombrée d'une grande table. Nous le suivîmes donc dans le vestibule faiblement éclairé. À l'autre extrémité, une lumière brillait à travers une porte ouverte.

— Nous serons à notre aise ici, dit l'homme à la barbe noire.

C'était une grande pièce vide avec des rangées de barils et des caisses le long des murs. Une énorme lampe était posée sur une étagère d'encoignure. Le sol était uni, et il eût été difficile de trouver mieux. Duroc tira son sabre et entra. Le baron s'effaça avec un salut et me fit signe de passer devant. Mais j'avais à peine quitté le seuil, que la lourde porte se referma avec bruit sur nous et la clef tourna dans la serrure.

Nous restâmes un instant sans comprendre. Une bassesse aussi incroyable dépassait tout ce que nous pouvions concevoir. Puis, quand nous nous rendîmes compte de la sottise que nous avions faite en nous fiant à ce misérable, la colère nous prit à la pensée de notre stupidité et de sa scélératesse. Nous nous élançâmes ensemble sur la porte, cherchant à l'enfoncer. Le bruit de nos coups et nos jurons devait résonner par tout le château. Nous prodiguâmes à ce bandit toutes les injures capables de remuer son âme endurcie. Mais la porte était énorme, – une porte comme on en trouve dans les châteaux du moyen âge – faite de grosses poutres reliées par des barres de fer. Autant valait enfoncer un carré de la Vieille Garde. Nos cris semblaient aussi inutiles que nos coups, car ils ne nous apportaient pour réponse que l'écho répercuté par la haute voûte au-dessus de nos têtes.

Quand on a quelque habitude de la guerre, on apprend vite à accepter ce qu'on ne peut éviter. Aussi je fus le premier à reprendre mon calme, et je décidai Duroc à se joindre à moi pour examiner la pièce qui était devenue notre prison.

Il n'y avait qu'un soupirail sans vitres et si étroit, qu'on pouvait à peine y passer la tête. Il était placé très haut et Duroc fut obligé de monter sur un baril pour voir au travers.

— Que voyez-vous ? lui demandai-je.

— Des sapins, une avenue blanche de neige... Ah !

Et il poussa un cri de surprise.

Je sautai à côté de lui sur le baril. Il y avait, comme il le disait, une longue bande de neige qui s'étendait entre deux rangs de sapins. Un homme à cheval descendait cette avenue au galop. Nous le suivîmes des yeux, et nous le vîmes diminuer, diminuer, et, enfin, disparaître dans l'ombre noire de la forêt.

— Qu'est-ce que cela veut dire ? demanda Duroc.

— Rien de bon pour nous, répondis-je ; il doit aller chercher quelques brigands pour nous assassiner. Il faut tâcher de sortir de cette souricière avant que le chat arrive.

Par bonheur, nous avions la lampe. Elle était presque pleine d'huile et pouvait durer jusqu'au matin. À sa lueur, nous examinâmes les caisses empilées le long des murs, et qui, en certains endroits, allaient jusqu'à la voûte. Nous étions, paraît-il, dans le magasin aux provisions du château, car nous trouvâmes une quantité de fromages, des légumes de toutes sortes, des caisses de fruits secs et une rangée de barriques de vin. Il y en avait même une en perce, et comme je n'avais rien mangé de la journée, ce fut avec bonheur que je bus un verre de bordeaux et pris un peu de nourriture. Quant à Duroc, il ne voulut rien goûter et continua à arpenter la cave en jurant et eh tempêtant.

— Ce n'est pas fini, criait-il, je le rattraperai, il ne m'échappera pas !

Tout cela était très bien ; mais il me semblait, à moi, tout en mangeant mon souper improvisé, assis sur un gros fromage rond, que ce jeune homme pensait beaucoup trop à ses affaires personnelles, et pas assez au mauvais pas dans lequel il m'avait entraîné. Après tout, son père était mort depuis quatorze ans, et il ne le ressusciterait pas. Mais moi, Etienne Gérard, le plus beau lieutenant de toute la Grande Armée, j'étais là en grand danger de disparaître dès le début de ma brillante carrière. Jusqu'où aurais-je pu atteindre, si je n'avais été assommé dans ce trou à rats, pour une affaire qui n'avait rien à voir ni avec la France ni avec l'Empereur ! Je me disais que j'avais été bien sot de m'embarquer comme un écervelé dans une expédition de la sorte, quand j'avais devant moi la perspective d'une belle campagne ; comme

V - Comment le colonel visita le château des horreurs

si ce n'était pas assez d'avoir trois cent mille Russes à combattre sans me fourrer encore dans toutes sortes de querelles particulières.

— Tout cela est bel et bien, dis-je à Duroc, qui continuait de jurer et de menacer. Vous pourrez lui faire tout ce que vous voudrez quand vous le tiendrez, mais pour l'instant, c'est lui qui nous tient.

— Qu'il fasse ce qu'il voudra. Moi, j'ai un devoir à remplir envers mon père.

— C'est de la folie, tout simplement. Si vous avez un devoir à remplir envers votre père, moi j'en ai un envers ma mère : c'est de sortir d'ici sain et sauf.

— J'ai trop pensé à moi-même, me dit-il, et je vous prie de me pardonner, Monsieur Gérard. Je suis prêt à faire ce que vous me conseillerez.

— Eh bien ! dis-je, ce n'est certes pas dans l'intérêt de notre santé que ces brigands nous ont enfermés ici au milieu des fromages. Ils veulent nous supprimer, c'est évident. Personne ne soupçonne notre présence ici et ils espèrent que l'on ne retrouvera pas nos traces. Vos hussards savent-ils où vous êtes allé ?

— Je n'ai rien dit.

— Hum ! En tout cas nous ne mourrons pas de faim. Il leur faudra forcer la porte pour se débarrasser de nous. Derrière une barricade nous pouvons tenir contre les cinq bandits que nous avons vus. C'est probablement pour cela qu'ils ont envoyé chercher du renfort.

— Il faut sortir d'ici avant qu'on revienne.

— Assurément, si nous le pouvons.

Si nous mettions le feu à la porte ?

— Rien de plus facile, nous avons là, dans ce coin, plusieurs barils d'huile. Ma seule objection, c'est que nous serions nous-mêmes rôtis comme deux petits pâtés.

— Avez-vous une idée ? Tiens ! qu'est-ce que cela ?

Un léger bruit se fit entendre devant le soupirail, une ombre s'interposa entre les étoiles et nous. Et une petite main blanche apparut dans l'ouverture, tenant entre les doigts quelque chose qui brillait.

— Vite ! vite ! cria une voix de femme.

En un clin d'œil nous fûmes sur le baril.

— Ils ont envoyé prévenir les Cosaques ! Votre vie est en danger ! Ah ! mon Dieu ! je suis perdue !

Nous entendîmes un bruit de pas précipités, des jurons, des coups, suivis d'un cri étouffé, et les étoiles reparurent de nouveau dans l'encadrement du soupirail. Une porte claqua avec un grand fracas, quelque part, dans la nuit silencieuse.

— Ces bandits l'ont surprise et vont la tuer ! m'écriai-je.

Duroc sauta à bas du baril, en poussant des cris inarticulés comme quelqu'un qui a perdu la raison. Il se mit à frapper sur la porte avec une telle force qu'à chaque coup il laissait une grosse tache de sang.

— Voici la clef, criai-je, eu ramassant un objet sur le sol. Cette pauvre femme a dû la jeter là au moment où elle-même a été surprise près du soupirail.

Mon compagnon me l'arracha des mains avec un cri de joie, et se précipita vers la porte ; malheureusement cette clef était si petite qu'elle se perdait dans l'énorme serrure. Duroc se laissa tomber sur une caisse, la tête entre les mains. Il sanglotait de désespoir ; j'aurais pleuré aussi, en pensant à la malheureuse femme que nous étions impuissants à secourir.

Toutefois je ne me laissais pas abattre. « Après tout, me disais-je, cette clef nous a été jetée dans un but quelconque » ; la dame n'avait pu nous apporter celle même de la porte que son ignoble beau-père devait évidemment avoir gardée dans sa poche, mais elle n'aurait pas risqué sa vie pour nous faire parvenir une ferraille inutile. Si nous ne pouvions pas en tirer parti, c'est que nous n'étions guère avisés. Je me mis donc à l'œuvre, déblayant les caisses, et Duroc, reprenant espoir, m'aida de toutes ses forces. Ce n'était pas une petite besogne, car il y en avait de lourdes. Nous travaillâmes comme des enragés, jetant barils, fromages, caisses pêle-mêle au milieu de la pièce, si bien qu'à la fin il ne resta plus qu'un grand tonneau de vodki dans un coin. En unissant nos forces, nous réussîmes à le déplacer, et derrière, nous vîmes une petite

V - Comment le colonel visita le château des horreurs

porte en bois. La clef s'y adaptait : nous poussâmes un cri de joie en la voyant s'ouvrir devant nous. Je pris la lampe et, suivi de mon compagnon, me glissai par l'ouverture.

Nous étions dans le magasin à poudre du château ; c'était une cave circulaire avec des barils tout autour ; l'un d'eux était défoncé et la poudre s'était répandue sur le sol, en un tas noir. De l'autre côté, il y avait une seconde porte, mais elle était fermée.

— Nous ne sommes pas plus avancés qu'avant, dit Duroc. Nous n'avons pas la clef de cette porte.

— Nous en avons une douzaine, lui criai-je.

— Où ?

Je lui montrai du doigt la rangée de barils de poudre.

— Vous allez faire sauter cette porte ?

— Justement.

— Mais vous allez faire sauter aussi le magasin !

C'était vrai, mais je n'étais pas à court d'idées.

— Faisons sauter la porte du magasin aux provisions, lui dis-je.

Je pris une boîte de fer-blanc qui contenait des chandelles ; elle était à peu près de la dimension de mon shako, et pouvait tenir sept livres de poudre. Duroc la remplit, pendant que je coupais une chandelle en deux. Quand nous eûmes fini nos préparatifs, nous avions entre les mains un pétard qui aurait sans contredit fait l'admiration d'un colonel de pontonniers. Je plaçai trois fromages l'un sur l'autre jusqu'au niveau de la serrure.

Puis nous allumâmes le bout de chandelle et nous courûmes nous mettre à l'abri dans le magasin à poudre dont nous refermâmes la porte derrière nous.

Ce n'est pas une position bien agréable, croyez-le, mes amis, que d'être couché au milieu de barils de poudre, en songeant que si la flamme de l'explosion pénètre à travers une mince cloison de bois, vos membres noircis vont sauter plus haut que la tour du château. Qui aurait cru qu'un demi-pouce de chandelle mettait si longtemps à brûler ! Je prêtais l'oreille pendant tout ce temps pour écouter si je n'entendais pas le galop des Cosaques. J'étais déjà convaincu que la chandelle devait s'être éteinte, quand un fracas épouvantable, comme le bruit d'une bombe qui éclate, nous assourdit : la porte vola en éclats et des morceaux de fromage avec une pluie de navets, de pommes et de débris de caisses tombèrent sur nous. Nous nous précipitâmes au milieu de la fumée, trébuchant parmi toutes sortes de débris, mais nous vîmes un carré de lumière là où était la porte noire : le pétard avait fait son œuvre.

En réalité, il l'avait mieux faite même que nous ne l'avions espéré et avait démoli prison et geôliers. La première chose que je vis en pénétrant dans le vestibule, ce fut un homme étendu sur le dos, une blessure béante au front et tenant encore une hache à la main, puis un chien énorme se traînant par terre, avec deux pattes brisées. Au même moment, j'entendis un cri et j'aperçus Duroc acculé contre le mur et se débattant contre un autre chien qui lui avait sauté à la gorge. Il le repoussait de la main gauche et de la droite lui passait et repassait son sabre à travers le corps. Je brisai la tête de l'animal d'un coup de pistolet, ses mâchoires se détendirent et il tomba comme une masse.

Nous n'avions pas de temps à perdre. Un cri de femme, un cri qui exprimait une terreur mortelle nous dit que nous arriverions trop tard peut-être. Il y avait bien deux autres hommes dans le vestibule, mais ils s'empressèrent de déguerpir devant nos sabres et notre air furieux. Le sang coulait de la gorge de Duroc et teignait de rouge la fourrure grise de sa pelisse. Telle était cependant l'ardeur de ce garçon, qu'il me dépassa et c'est par-dessus son épaule que je pus voir ce qui se passait dans la chambre où nous avions d'abord été reçus par le maître du château des Horreurs.

Le baron était debout, à la même place, avec sa crinière hérissée comme celle d'un lion furieux. C'était, je vous l'ai dit, un homme d'une taille énorme, et, en le voyant là, debout, la figure contractée par la colère, et le sabre à la main, je ne pus m'empêcher, en dépit de ses scélératesses, d'admirer le beau grenadier qui était en lui. La dame était toute tremblante, affaissée sur une chaise derrière lui. Une marque rouge en travers de son bras blanc et un fouet sur le plancher, indiquaient que nous étions arrivés juste à temps pour la sauver des mains de cette brute. En nous voyant entrer, il poussa un hurlement de

V - Comment le colonel visita le château des horreurs

fauve, et, en un instant, fut sur nous, pointant, sabrant et accompagnant de jurons chaque coup qu'il portait.

J'ai déjà dit que la chambre n'offrait guère de place pour un combat au sabre. Mon jeune camarade était devant moi dans l'étroit espace entre le mur et la table, et je ne pouvais que le regarder sans l'aider. Il maniait bien son arme, le jeune officier, et il était vif comme un chat. Mais dans un espace aussi restreint, la taille et la force du géant rendaient la lutte inégale. De plus, il tirait admirablement. Ses parades et ses ripostes arrivaient rapides comme l'éclair. Deux fois il toucha Duroc à l'épaule, et, celui-ci ayant glissé en se fendant, il fit tournoyer son arme pour l'achever avant qu'il reprît son équilibre. Mais je fus plus prompt que lui et je reçus le coup sur le pommeau de mon sabre.

— Excusez-moi, mais vous avez encore à passer par les mains d'Etienne Gérard, lui criai-je.

Il recula d'un pas et s'appuya contre la tapisserie, la respiration courte et haletante.

— Reprenez haleine, lui dis-je. J'attendrai votre bon plaisir.

— Vous n'avez aucun motif pour vous battre contre moi, dit-il. Que vous ai-je fait ?

— Je vous dois bien quelque chose pour m'avoir enfermé dans votre cave. Et puis, à défaut d'autre raison, j'en vois une suffisante sur le bras de Madame.

— Comme vous voudrez, grogna-t-il.

Et il sauta sur moi comme un fou. Pendant une minute je ne vis que ses yeux bleus qui étincelaient de colère, et la lame teintée de rouge, qui pointait, sabrait à droite, à gauche, toujours sur ma gorge, sur ma poitrine. On ne se servait pas mieux d'un sabre à Paris, aux jours de la Révolution. Mais il dut s'apercevoir bientôt que j'étais son maître. Il lut sa mort dans mes yeux, et je vis bien qu'il se sentait perdu. Son visage devenait plus pâle, sa respiration plus courte. Cependant il continua à se défendre et il sabrait encore quand il reçut le coup fatal.

Il mourut avec un juron aux lèvres, pendant qu'un flot de sang inondait sa barbe rousse.

Moi qui vous parle, j'ai vu bien des batailles, tant de batailles que ma vieille mémoire a peine à en garder les noms ; eh bien, de tous les spectacles horribles, dont j'ai été le témoin, il ne m'est pas de pire souvenir que celui de cette barbe rousse d'où je retirai la pointe de mon sabre ensanglanté.

L'énorme corps était à peine tombé sur le plancher que la femme, qui, pendant le combat, s'était tenue accroupie dans un coin, se dressa en battant des mains, et se mit à pousser des cris de joie. J'eus une expression de dégoût en voyant cette femme montrer un tel plaisir dans un moment aussi terrible, et j'allais lui imposer rudement silence, quand une odeur étrange, suffocante arrêta la parole dans ma gorge, et une lueur soudaine éclaira vivement les personnages contre la tapisserie fanée.

— Duroc, Duroc ! criai-je en tirant mon camarade par l'épaule, le feu est au château !

Le pauvre garçon, épuisé par ses blessures, gisait évanoui sur le plancher. Je me précipitai dans le vestibule pour voir d'où venait le danger : notre explosion avait mis le feu aux montants de la porte ; dans le magasin aux provisions, quelques-unes des caisses étaient déjà en flammes, et mon sang ne fit qu'un tour en apercevant, tout au fond, la rangée de barils avec le tas de poudre par terre. Dans quelques minutes, dans quelques secondes, les flammes allaient l'atteindre.

****

Je n'ai pas un souvenir bien exact de ce qui survint ensuite. Je me rappelle vaguement que je rentrai dans la chambre, que je saisis Duroc par un bras et le traînai dans le vestibule, pendant que la jeune femme le tirait par l'autre bras. Nous descendîmes ainsi l'allée en courant jusqu'à la lisière de la forêt. À ce moment j'entendis un grand fracas derrière moi, et je vis une énorme colonne de feu jaillir vers le ciel brumeux.

V - Comment le colonel visita le château des horreurs

Un instant après une détonation plus forte encore que la première se fit entendre. Les sapins et les étoiles semblaient tourner autour de moi et je tombai sur le corps de mon ami.

****

Quelques semaines plus tard je revins à moi dans l'auberge d'Arensdorff ; Duroc, déjà sur pied, vint près de mon lit, et m'apprit ce qui s'était passé. Il me dit comment un débris de poutre m'avait atteint à la tête et renversé presque mort sur le sol. Par lui aussi j'appris comment la jeune Polonaise avait couru, à Arensdorff, donner l'alarme aux hussards, et comment ceux-ci étaient arrivés juste à temps pour nous arracher des mains des Cosaques, prévenus par ce même secrétaire à barbe noire que nous avions vu galopant sur la neige de l'avenue. Quant à la brave femme qui nous avait deux fois sauvé la vie, je ne pus à ce moment apprendre grand'chose d'elle de la bouche de Duroc ; mais lorsque, deux ans après, je rencontrai mon ami par hasard à Paris, après la campagne de Wagram, je ne fus pas surpris de n'avoir nul besoin d'être présenté à sa femme. Par un de ces singuliers retours de fortune il avait le droit de porter lui-même, s'il lui plaisait, le nom et le titre de baron Straubenthal ; c'était à lui qu'appartenaient maintenant les ruines noircies du *château des Horreurs*.

VI

COMMENT LE COLONEL FIT CAMPAGNE CONTRE LE MARECHAL MILLEFLEURS

Masséna était un petit homme maigre à l'air grognon, qui avait perdu un œil à la suite d'un accident de chasse ; mais, quand de l'œil qui lui restait il examinait un champ de bataille, il ne lui échappait pas grand'chose. Il pouvait se tenir sur le front d'un bataillon, le parcourir de cet œil unique et vous dire s'il manquait une boucle à un havresac ou un bouton à une guêtre. Il n'avait l'affection ni des officiers ni des hommes, car il était, comme vous le savez, d'une avarice excessive, et les soldats aiment que leurs chefs aient facilement la main ouverte. Toutefois, quand il s'agissait de se battre, ils avaient pour lui le plus grand respect et ils préféraient aller au feu avec lui qu'avec n'importe qui, si ce n'est l'Empereur lui-même et Lannes, quand il vivait. Après tout, s'il était vrai qu'il sût bien garder ses écus, il y eut un jour aussi, vous vous le rappelez, où il sut garder Zürich et Gênes. Il conservait ses positions tout comme son coffre-fort et bien habile qui les lui aurait fait lâcher.

Quand j'eus reçu son ordre, ce fut avec plaisir que je me rendis à son quartier général, car j'étais dans les meilleurs termes avec lui, et il avait de moi la plus haute opinion. Ce qu'il y avait d'agréable au service de ces vieux généraux, c'est qu'ils savaient distinguer un bon soldat quand ils le rencontraient sur leur chemin.

Masséna était assis, seul sous sa tente, le menton dans la main, et les sourcils froncés comme si on venait de lui présenter une liste de souscription. Il sourit, cependant, quand il me vit.

— Bonjour, colonel Gérard.

VI – Comment le colonel fit campagne contre le Maréchal Millefleurs

— Bonjour maréchal.

— Comment se porte le 3ᵉ hussards ?

— Sept cents hommes incomparables sur sept cents chevaux admirables.

— Et vos blessures… sont-elles guéries ?

— Mes blessures ne sont jamais guéries, maréchal.

— Et pourquoi ?

— Parce que j'en ai toujours de nouvelles.

— Le général Rapp devra veiller sur ses lauriers, me dit-il, avec un rire qui lui rida toute la figure. Il a reçu dans le corps vingt-trois balles de l'ennemi et autant de coups de bistouri de Larrey[4]. Comme je vous savais blessé, colonel, je vous ai épargné ces derniers temps.

— C'est ce qui m'a blessé le plus grièvement, maréchal.

— Allons, allons ! Depuis que les Anglais sont venus prendre position derrière ces maudites lignes de Torres-Vedras, nous n'avons pas eu grand-chose à faire. Vous n'avez pas perdu beaucoup pendant votre emprisonnement à Dartmoor. Mais la danse va bientôt recommencer.

— Nous marchons en avant ?

— Non, nous battons en retraite.

Mon dépit dut se manifester sur mon visage. Quoi, battre en retraite devant ce maudit chien de Wellington, celui qui avait écouté mes paroles sans un signe d'émotion et m'avait envoyé dans son vilain pays de brouillards.

— Que voulez-vous, continua Masséna, avec un geste d'impatience, quand on est tenu en échec il faut bien déplacer le roi.

— Pour le pousser en avant, dis-je.

Il secoua sa tête grisonnante.

— Il ne faut pas songer à forcer les lignes, dit-il. J'ai déjà perdu le général Sainte-Croix, et plus d'hommes que je n'en puis remplacer. D'un autre côté, voici près de six mois que nous sommes à Santarem.

---

[4] Médecin en chef des armées impériales.

Il n'y a plus une livre de farine, plus une cruche de vin dans le pays. Je suis obligé de battre en retraite.

— Mais, il y a de la farine et du vin à Lisbonne.

— Bah ! vous parlez comme si une armée était un régiment de hussards : une charge et vous voilà dans la place, une charge encore et vous voilà dehors. Si Soult était ici avec ses trente mille hommes… mais il ne viendra pas. Je vous ai fait appeler, colonel, pour vous dire que j'ai une mission particulière et très importante à vous confier.

Je dressai l'oreille, comme vous pensez. Le maréchal déroula une grande carte du pays, l'étendit sur la table et l'aplanit avec ses petites mains couvertes de poils.

— Voici Santarem, dit-il, indiquant l'endroit avec son doigt.

Je fis un signe de la tête.

— Et là, à trente-cinq kilomètres dans l'est, voilà Almeixal, célèbre par ses vignobles et sa grande abbaye.

Je fis un nouveau signe de tête. Je ne savais pas où il voulait en venir.

— Avez-vous entendu parler du maréchal Millefleurs ? me demanda Masséna.

— J'ai servi sous tous les maréchaux, mais je n'en connais pas un de ce nom.

— C'est un surnom que les soldats lui ont donné, continua-t-il. Si vous n'aviez pas été absent pendant plusieurs mois, je n'aurais pas besoin de vous le faire connaître. C'est un Anglais, et un homme d'excellentes manières. C'est justement à cause de ses manières distinguées qu'on lui a donné ce nom. Je vous charge d'aller trouver cet Anglais.

— Oui, maréchal.

— Et de le pendre au premier arbre que vous rencontrerez.

— Oui, maréchal.

Je saluai et pivotai sur mes talons ; mais Masséna me rappela.

— Attendez, colonel, dit-il ; il faut que vous sachiez dans quelles conditions vous avez à opérer. Je dois vous dire que ce maréchal Millefleurs, dont le vrai nom est Alexis Morgan, est un homme de la

VI – Comment le colonel fit campagne contre le Maréchal Millefleurs

plus grande bravoure et d'une grande fertilité de ressources. Officier dans les Gardes anglaises, il s'est fait chasser de l'armée pour avoir triché aux cartes.

Il est parvenu à grouper autour de lui une troupe de déserteurs anglais avec lesquels il a pris la montagne ; des déserteurs français et des brigands portugais se sont joints à lui, et il s'est trouvé à la tête de cinq cents hommes. Avec cette bande, le coquin s'est emparé de l'abbaye d'Almeixal, a envoyé les moines à leurs patenôtres, fortifié la place et entassé là le butin de tout le pays.

— Alors il est grand temps qu'on le pende, dis-je, en me dirigeant de nouveau vers la porte.

— Un instant, cria le maréchal, en souriant de mon impatience. Ce n'est pas encore tout. Pas plus tard que la semaine dernière, la comtesse douairière de la Ronda, la femme la plus riche d'Espagne, a été prise par ces bandits, dans les défilés, comme elle revenait de voir son petit-fils à la cour du roi Joseph. Elle est aujourd'hui prisonnière à l'Abbaye et elle n'est protégée que par…

— Sa qualité de grand'mère… suggérai-je.

— L'espoir qu'ont ces brigands d'en tirer une forte rançon. Vous avez en réalité trois missions : délivrer cette noble dame, punir le bandit, et, si possible, détruire ce repaire de brigands. Comme preuve de la confiance que j'ai en vous, je ne vous laisse qu'un demi-escadron pour faire tout cela.

Ma parole ! C'est à peine si je pus en croire mes oreilles. Moi qui comptais prendre au moins mon régiment !

— Je voudrais pouvoir vous donner un plus grand nombre d'hommes, mais je commence ma retraite aujourd'hui et Wellington est si bien monté en cavalerie, que chaque combattant a son importance. Il m'est impossible de vous en laisser un de plus. Vous verrez ce que vous pourrez faire et vous me rejoindrez à Abrantès pas plus tard que demain soir.

C'était très flatteur qu'il eût une si haute idée de moi, mais aussi bien embarrassant. J'étais chargé de délivrer une vieille dame, de pendre un Anglais et de détruire une bande de cinq cents assassins, tout cela avec cinquante hommes. Mais, après tout, ces hommes étaient des hussards de Conflans, et ils avaient un Etienne Gérard à leur tête.

Lorsque je me retrouvai dehors, sous le chaud soleil portugais, la confiance me revint, et je me dis que la croix méritée depuis si longtemps m'attendait peut-être à Almeixal.

Je puis vous assurer que je ne choisis pas mes cinquante hommes au hasard. C'étaient tous de vieux soldats des guerres d'Allemagne avec deux chevrons, la plupart avec trois. Je pris, pour les encadrer, Oudet et Papilete, deux des meilleurs sous-officiers du régiment. Quand je les vis devant moi par files de quatre, dans leur uniforme gris argent et bien en selle sur leurs chevaux marron, avec leurs shabraques en peau de léopard et leurs petits panaches rouges, mon cœur ne put s'empêcher de battre. Je ne pus regarder leurs faces bronzées avec leurs moustaches grises qui coupaient la jugulaire, sans me sentir plein de confiance, et, entre nous, ce fut sans aucun doute ce qu'ils ressentirent eux-mêmes quand ils virent à leur tête leur jeune colonel, bien campé sur son grand cheval noir.

Lorsque nous eûmes quitté le camp et passé le Tage, je détachai des éclaireurs sur les devants, sur les flancs, et je restai moi-même à la tête du corps principal. En regardant derrière les collines qui entourent Santarem, nous pouvions apercevoir les lignes sombres de l'armée de Masséna, le scintillement des sabres et des baïonnettes des régiments prenant leurs positions de retraite. Au sud étaient les avant-postes anglais, et au delà, la fumée grise qui montait du camp de Wellington, fumée épaisse qui semblait apporter à nos pauvres soldats, mourant de faim, comme une odeur réconfortante de marmites bien garnies. Au loin, dans l'ouest, s'étendait une ligne courbe de mer bleue sur laquelle les voiles des vaisseaux anglais faisaient de larges taches blanches.

En marchant vers l'est, nous nous éloignions des deux armées, mais nos maraudeurs et les éclaireurs anglais couvraient le pays, et il était nécessaire, avec ma petite troupe, que je prisse toutes les précautions possibles. Durant tout le jour nous avançâmes parmi les collines désolées dont les sommets gris et déchiquetés se profilaient tristement sur l'horizon. Des torrents traversaient notre route, courant

VI – Comment le colonel fit campagne contre le Maréchal Millefleurs

à l'ouest vers le Tage, et à un moment nous nous trouvâmes devant une rivière large et profonde qui nous aurait arrêtés, si je n'avais reconnu le gué, aux deux groupes de maisons bâties en vis-à-vis sur les deux rives opposées.

Le jour commençait à baisser quand nous arrivâmes à une vallée toute bordée d'énormes chênes. Nous devions être à quelques kilomètres d'Almeixal ; aussi je jugeai bon de rester sous bois, car, à ce commencement de printemps, les feuilles étaient déjà assez épaisses pour masquer notre troupe. Nous marchions donc au milieu des gros troncs, quand un de mes éclaireurs arriva au galop.

— Il y a des Anglais dans la vallée, colonel, me dit-il en saluant.

— Cavalerie ou infanterie ?

— Dragons, colonel ; j'ai vu luire leurs casques et j'ai entendu le hennissement d'un cheval.

J'arrêtai mes hommes, et je m'avançai seul pour me rendre compte. Il n'y avait pas de doute. Un groupe de cavalerie anglaise était en marche dans la même direction que nous. J'aperçus leurs tuniques rouges et leurs armes qui brillaient parmi les troncs d'arbres. Comme ils traversaient une petite clairière, je pus voir toute la troupe, et je jugeai qu'ils devaient être à peu près de la même force que nous, un demi-escadron au plus.

Vous qui m'avez entendu conter quelques-unes de mes aventures, vous m'accorderez bien que j'ai cette qualité, de prendre vivement une décision et d'agir non moins vivement ensuite. Mais ici, je dois l'avouer, j'hésitai sur le parti à prendre. D'un côté la chance d'une jolie petite escarmouche avec les Anglais, d'un autre côté ma mission à Almeixal, pour laquelle je n'avais déjà pas trop d'hommes et si j'allais en perdre quelques-uns, il était clair que je ne pourrais mener à bien l'entreprise qui m'était confiée. J'étais là sur mon cheval, le menton dans la main et faisant ces réflexions, quand un des Anglais, me montrant du doigt, se détacha de la troupe et se mit à galoper de mon côté en poussant des cris. Trois autres le suivirent et un appel de trompette amena toute la troupe dans l'espace découvert. C'était un demi-escadron de dragons, comme je l'avais pensé ; ils s'alignèrent en double file de vingt-cinq et, à leur tête, l'officier, celui qui avait galopé vers moi.

Je fis prendre la même formation à ma troupe, et nous étions là, hussards d'un côté, dragons de l'autre, avec deux cents mètres de pelouse entre nous. Ils avaient bonne tournure, ces cavaliers, avec leurs tuniques rouges, leurs casques brillants, leurs grands plumets blancs et leurs longs sabres ; mais je suis sûr aussi qu'ils n'avaient jamais vu en face d'eux plus beaux soldats que mes cinquante hussards. Ceux-ci étaient plus lourds, c'est vrai, et les dragons pouvaient paraître plus pimpants, car Wellington exigeait que les parties métalliques du harnachement fussent fourbies tous les jours, ce que nous ne faisions pas. Mais, d'un autre côté, c'est un fait reconnu, les tuniques anglaises trop ajustées gênent les mouvements du bras pour manier le sabre, ce qui donnait un avantage à nos hommes. Quant au courage, les gens qui n'y connaissent rien croient toujours que les soldats de leur nation sont plus braves que ceux des autres. Mais quand on a l'expérience que j'ai, on comprend qu'il n'y a pas de différence bien marquée et que toutes les nations, quoiqu'elles n'aient pas la même discipline, sont toutes également courageuses, à ceci près que les Français ont plus de bravoure que d'autres qualités militaires.

Donc, le vin était tiré et les verres prêts, quand tout à coup l'officier anglais mit son cheval au galop et se dirigea vers nous, le sabre haut, comme pour me défier. Ma parole, il n'y a pas pour moi de plus beau spectacle au monde qu'un beau cavalier sur un beau cheval. Je serais bien resté là à le regarder galopant avec grâce, son sabre à la hauteur des épaules du cheval, la tête rejetée en arrière, le plumet blanc se balançant au vent : un vrai tableau de force, de courage et de jeunesse, avec le ciel violet du soir au-dessus de sa tête et les troncs de chêne derrière. Mais ce n'était pas le moment de rester inactif. Etienne Gérard peut avoir ses défauts, mais certes on ne peut pas l'accuser d'avoir jamais hésité un instant quand il fallait se battre. Et mon bon vieux Rataplan me connaissait si bien qu'il prit le galop sans même que je lui eusse rendu les rênes.

VI – Comment le colonel fit campagne contre le Maréchal Millefleurs

Il est deux choses, mes amis, que j'oublie difficilement : la figure d'une jolie femme, et les jambes d'un beau cheval. Comme nous arrivions à nous croiser, je me disais : « Où donc ai-je vu ces fortes épaules baies et ces fines jambes ? » Puis tout d'un coup je me rappelai, et, levant les yeux, je reconnus devinez qui : l'homme qui m'avait tiré des mains des brigands, et avec lequel j'avais joué ma liberté, milord the Hon. Sir Russel Bart.

— Bart ! criai-je.

Il avait le bras levé pour sabrer et laissait à découvert devant la pointe de mon sabre les trois quarts de sa poitrine, car le brave garçon ne connaissait pas grand'chose à l'escrime. Je portai la poignée de mon arme à la hauteur des yeux et je saluai.

Il abaissa son bras et se mit à me regarder avec des yeux étonnés.

— Tiens ! dit-il, c'est Gérard. Ne dirait-on pas, à ces façons, que nous venons ici à un rendez-vous. Et moi qui croyais que nous allions avoir un joli petit combat. Je ne me serais jamais imaginé que c'était vous.

J'éprouvai un peu de déception en entendant ces paroles irritantes. Au lieu d'être content de retrouver un ami, il était contrarié d'avoir manqué un ennemi.

— J'aurais été très heureux de faire votre partie, mon cher Bart, dis-je, mais réellement je ne peux pas tourner mon sabre contre quelqu'un qui m'a sauvé la vie.

— Peuh ! ne parlons pas de ça.

— Non, c'est impossible. Je ne me le pardonnerais jamais.

— Vous donnez trop d'importance à une bagatelle.

— Ma mère a le plus vif désir de vous embrasser, si jamais vous venez en Gascogne...

— Lord Wellington compte y aller avec 60,000 hommes.

— Alors il en réchappera au moins un, dis-je en riant. Mais remettez votre sabre au fourreau.

Nos chevaux étaient côte à côte ; le Bart étendit la main et me frappa sur la cuisse.

— Vous êtes un brave garçon, Gérard, dit-il. Comme je regrette que vous ne soyez pas né du bon côté de la Manche !

— Je trouve, moi, que je suis du bon côté.

— Pauvre garçon ! dit-il avec un air de pitié qui me fit éclater de rire. Mais, continua-t-il, ce n'est pas tout, Gérard, ce n'est pas de cette façon que se font les affaires. Je ne sais pas ce que dirait Masséna, mais notre général serait capable d'en sauter hors de ses bottes s'il nous voyait, on ne nous a pas envoyés ici en partie de pique-nique, ni l'un, ni l'autre.

— Eh bien !

— Eh bien ! nous avons eu, vous vous rappelez, une petite discussion au sujet des dragons et des hussards. J'en ai là cinquante du 10e, en train de mâcher leurs jugulaires derrière moi. Vous avez avec vous un nombre égal de jolis garçons qui me paraissent bien remuants sur leurs selles. Si nous les laissions se dire un mot, cela ne nous gâterait pas le teint. Rien de meilleur qu'une petite saignée ; c'est un gage d'amitié dans ce pays-ci, vous savez.

Ce qu'il me proposait était assez engageant. Pour le moment j'avais complètement oublié Alexis Morgan, la comtesse de la Honda, l'abbaye d'Almeixal, et je ne pensais qu'à la belle pelouse bien unie que nous avions devant nous, et à la jolie petite escarmouche que nous pourrions engager.

— Très bien, Hart, dis-je. Nous avons vu vos dragons de face. Nous allons maintenant les voir de dos.

— Quel enjeu ? demanda-t-il.

— L'enjeu n'est rien moins que l'honneur des hussards de Conflans.

— C'est bien, allons-y. Si nous vous enfonçons, c'est très bien. Si vous nous enfoncez, ce sera tant mieux pour le maréchal Millefleurs.

— Le maréchal Millefleurs ?

— Oui, c'est le nom d'un coquin qui se trouve par ici. Mes dragons et moi nous avons été envoyés par lord Wellington, pour le pendre.

VI – Comment le colonel fit campagne contre le Maréchal Millefleurs

— Nom d'un chien ! m'écriai-je. Mais nous sommes chargés, mes hussards et moi, de la même mission par Masséna.

Il éclata de rire, et nous rengainâmes nos sabres. Il y eut un bruit d'acier derrière nous comme nos hommes faisaient de même.

— Nous sommes alliés alors ? dit-il.

— Pour un jour.

— Nous allons joindre nos forces.

— Evidemment.

Ainsi, au lieu de nous battre, nous fîmes faire une conversion à nos deux demi-escadrons, et nous nous mîmes en marche en deux petites colonnes, shakos et casques se toisant de haut en bas comme de vieux chiens qui ont appris à respecter leurs crocs réciproques. La plupart se contentaient de faire la grimace, mais il y en avait des deux côtés qui se regardaient d'un air de défi, surtout le sergent anglais et mon sous-officier Papilete.

Ils avaient leurs habitudes, ces gens-là, vous comprenez ; ils ne pouvaient pas en changer comme cela en un moment, et puis Papilete avait perdu son frère à Busaco.

Nous prîmes la tête, le Bart et moi, et nous nous mîmes à causer, tout en trottant, de ce qui nous était arrivé depuis cette fameuse partie d'écarté dont je vous ai parlé, et je lui racontai mes aventures en Angleterre. Ce sont de singulières gens ces Anglais. Il savait que j'avais pris part à douze campagnes ; eh bien, je suis sûr que mon affaire avec le tombeur de Bristol lui donna de moi une plus haute opinion que tout le reste. Il me dit que le colonel président le conseil de guerre devant lequel il avait passé pour avoir joué aux cartes avec un prisonnier, l'avait acquitté du chef de négligence dans le service, mais avait failli le faire fusiller parce qu'il n'avait pas joué ses atouts avant de passer ses autres cartes à la première partie. Décidément, ce sont de drôles de gens.

À l'extrémité de la vallée, la route montait pour redescendre de nouveau en serpentant vers une autre vallée. Nous fîmes halte au haut de la colline ; car, droit devant nous, à quatre kilomètres environ, était une ville assez étendue, et, sur le flanc de la montagne qui la dominait, se dressait une énorme construction. Nous étions en vue de l'abbaye, le repaire de la bande que nous avions mission de disperser. C'est alors seulement que nous nous rendîmes compte de la difficulté de notre tâche ; l'endroit était une véritable forteresse, et il était évident que ce n'était pas de la cavalerie que l'on aurait dû envoyer pour s'en rendre maître.

— Masséna et Wellington peuvent bien arranger cela ensemble, dit le Bart. Ce n'est pas notre affaire.

— Courage, lui dis-je. Piré a bien pris Leipzig avec cinquante hussards.

— S'il eut eu des dragons, dit le Bart en riant, il aurait pris Berlin. Mais vous êtes plus élevé en grade, prenez le commandement, et nous verrons quels seront les premiers à broncher.

— Bien, répondis-je ; quoi que nous décidions, il s'agit de l'exécuter immédiatement, car j'ai l'ordre d'être à Abrantès demain soir. Mais il faut d'abord nous renseigner, ce que nous avons de mieux à faire, c'est de nous adresser ici.

Il y avait sur le bord de la route une maison carrée blanchie à ta chaux ; un bouchon pendait au-dessus de la porte. Ce devait être une de ces auberges fréquentées par les muletiers et que l'on trouve à chaque pas dans la contrée. Une lanterne était pendue au-dessus de l'huis, et, à sa lueur, nous vîmes deux hommes, l'un vêtu de la robe brune des capucins, l'autre portant un tablier qui le désignait comme le maître de l'auberge.

Ils étaient en train de causer ensemble avec tant d'animation que nous fûmes près d'eux avant qu'ils se doutassent de notre présence. L'aubergiste se détourna pour fuir, mais un des Anglais le saisit par les cheveux et le maintint solidement.

— Pour l'amour de Dieu, épargnez-moi ! hurlait-il. Ma maison a été pillée par les Français et par les Anglais, mes pieds ont été brûlés par les brigands. Je jure par la Madone que je n'ai ni argent ni provisions dans mon auberge, et le bon père abbé, que voilà, mourant de faim sur le pas de ma porte, peut en témoigner.

VI – Comment le colonel fit campagne contre le Maréchal Millefleurs

— En vérité, Monsieur, dit le capucin en excellent français, ce que prétend ce brave homme est vrai. Il est une des nombreuses victimes de ces guerres cruelles, quoique ses pertes soient bien peu de chose en comparaison des miennes. Lâchez-le, ajouta-t-il en anglais, en s'adressant au dragon, il est trop faible pour s'échapper, même s'il le voulait.

À la lueur de la lanterne je vis que ce moine était un bel homme bien râblé, carré d'épaules, avec une magnifique barbe noire et des yeux d'aigle ; il était de si haute taille que son capuchon arrivait à hauteur des oreilles de Rataplan. Il avait l'air de quelqu'un qui a beaucoup souffert, mais avec cela d'une prestance royale, et nous eûmes une idée de son savoir, quand nous l'entendîmes parler à chacun de nous dans notre langue avec autant de facilité que si c'eût été sa langue maternelle.

— Vous n'avez rien à craindre, dis-je à l'aubergiste tremblant. Quant à vous, mon révérend Père, vous êtes, si je ne me trompe, en situation de nous donner les renseignements dont nous avons besoin.

— Tout ce que j'ai est à votre service, mon fils. Mais, ajouta-t-il, en souriant tristement, mon menu de carême est toujours quelque peu maigre, et cette année il a été si frugal que je suis obligé de vous demander une croûte de pain, si vous voulez que j'aie la force de répondre à vos questions.

Nous avions avec nous deux jours de vivres, et je pus le satisfaire sur-le-champ. C'était étonnant de voir la gloutonnerie avec laquelle il se jeta sur le morceau de chèvre séchée que je lui offris.

— Le temps presse, dis-je. Nous avons besoin de votre avis sur les points faibles de l'abbaye là-bas, et les habitudes des coquins qui l'occupent.

Il marmotta quelques mots que je pris pour du latin, en levant les yeux au ciel et en joignant les mains.

— La prière du juste a un grand poids, dit-il, et cependant je n'osais pas espérer que la mienne dût être exaucée aussi vite. Vous voyez en moi le malheureux abbé d'Almeixal, jeté hors de son abbaye par cette lie armée et son chef hérétique. Oh ! penser à ce que j'ai perdu ! s'écria-t-il d'une voix brisée et des larmes coulant sur ses joues.

— Courage, Monsieur, dit le Bart. Je parie neuf contre quatre que vous rentrerez demain dans votre abbaye.

— Ce n'est pas à moi que je pense, continua-t-il, ni même à mon pauvre troupeau éparpillé, mais aux saintes reliques qui sont restées entre les mains de ces renégats.

— On peut encore parier qu'ils ne s'en soucieront guère, dit le Bart. Mais indiquez-nous bien vite le moyen d'entrer dans la place, et vous les retrouverez bientôt.

En quelques mots le moine nous donna les renseignements que nous demandions. Mais tout ce qu'il nous dit ne servit qu'à nous montrer la difficulté de notre tâche. Les murs de l'abbaye avaient quarante pieds de haut. Les fenêtres étaient barricadées et tout l'édifice percé de meurtrières. La bande était soumise à une telle discipline militaire, et les sentinelles trop nombreuses pour que nous pussions espérer réussir par surprise. Il était de plus en plus évident que ce qu'il eût fallu, c'était un bataillon de grenadiers et au moins deux pièces de siège. Je levai la tête et le Bart se mit à siffler entre ses dents.

— Il faut essayer, dit-il ; arrive que pourra.

Les hommes avaient mis pied à terre et préparaient la soupe après avoir soigné les chevaux. J'entrai dans l'auberge avec le Bart et le prêtre afin de causer plus tranquillement de nos plans. J'avais un peu de cognac dans ma gourde, je le partageai entre nous, —nous en eûmes juste assez pour humecter nos moustaches.

— Il n'est pas probable, dis-je, que ces bandits soient informés de notre arrivée. Je n'ai pas aperçu d'éclaireurs sur la route. Voici ce que je propose : Nous nous cacherons, dans quelque bois voisin, et, quand ils ouvriront leurs portes, nous pousserons une charge et les prendrons par surprise.

Suivant le Bart, c'était ce que nous avions de mieux à faire, mais le capucin nous fit voir que ce plan n'était pas praticable.

— Du côté de la ville, il n'est pas un endroit à un mille de l'abbaye où vous puissiez cacher un homme, dit-il. Quant aux gens de la ville, on ne peut se fier à eux. Je crains, mon fils, que votre excellent plan n'ait pas de chances de succès, car ils font bonne garde, là-haut.

VI – Comment le colonel fit campagne contre le Maréchal Millefleurs

— Je ne vois pas d'autre moyen, dis-je. Les hussards de Conflans sont trop peu nombreux pour que je risque d'en lancer un demi-escadron contre un mur de quarante pieds avec cinq cents fantassins en soutien.

— Je suis un homme de paix, dit l'abbé, je puis peut-être vous suggérer un conseil. Je connais ces bandits et leurs façons de faire… et qui mieux que moi pourrait les connaître, depuis un mois que je suis dans ce pays désolé, regardant avec amertume cette abbaye qui fut mienne !… Voici ce que je ferais à votre place. Vous devez savoir que des bandes de déserteurs français et anglais leur arrivent tous les jours avec leurs armes. Qui vous empêcherait, vous et vos hommes, de vous faire passer pour une de ces bandes et de pénétrer ainsi dans l'abbaye ?

Je fus étonné de la simplicité de ce plan, et j'embrassai le bon capucin. Cependant le Bart présenta des objections.

— C'est très bien, dit-il, mais si ces gaillards-là sont aussi malins que vous le dites, il n'est guère probable qu'ils accueillent ainsi cent hommes armés. D'après tout ce que je sais de M. Morgan, ou du maréchal Millefleurs, je veux lui faire l'honneur de lui croire un peu plus de bon sens.

— Eh bien, alors, dis-je, envoyons-en cinquante, et ceux-là ouvriront les portes aux cinquante autres dès le point du jour.

Nous discutâmes longuement l'affaire. Si c'eût été Masséna et Wellington, au lieu de deux jeunes officiers de cavalerie légère, ils n'auraient pas pesé tous points, certes, avec plus de jugement. Enfin, il fut convenu que l'un de nous se rendrait au château avec cinquante hommes en se faisant passer pour déserteurs, et que le lendemain, à la première heure, il s'emparerait des portes et ferait entrer le reste.

— Je ne vous demanderai qu'une chose, dit le moine. Si vous mettez la main sur le maréchal Millefleurs, ce chien de brigand, qu'en ferez-vous ?

— Nous le pendrons, répondis-je.

— C'est une mort trop douce, dit-il, avec un regard chargé de vengeance. Si je le tenais entre mes mains !… Mais un ministre de Dieu ne doit pas avoir de telles pensées.

Il se frappa le front de ses mains, comme un homme dont les chagrins ont troublé la raison, et il sortit de la chambre en courant.

Il restait un point important à régler : celui de savoir laquelle de la troupe anglaise ou de la troupe française aurait l'honneur d'entrer la première dans l'abbaye.

Certes, c'était demander beaucoup à Etienne Gérard que lui faire céder sa place à un autre en un pareil moment. Mais le pauvre Bart fut si pressant, il mit en avant avec une telle éloquence les quelques petites escarmouches sans importance où il s'était trouvé, en face de mes soixante-quatorze engagements, qu'à la fin je consentis à le laisser aller. Nous venions de sceller l'arrangement par une poignée de main, quand nous entendîmes tout à coup un tel vacarme de cris et de jurons, que nous nous précipitâmes au dehors, le sabre à la main, persuadés que c'étaient les brigands.

Une fois dehors, nous vîmes, à la lueur de la lampe pendue au-dessus de la porte, une vingtaine de hussards et autant de dragons se roulant par terre dans un fouillis inextricable d'habits rouges et bleus, de casques et de shakos, et se bourrant de coups de poing. Nous nous jetâmes au milieu de la mêlée, tirant celui-ci par sa pelisse, celui-là par les talons et nous réussîmes enfin à les séparer. Nous forçâmes à rester là, en face les uns des autres, hussards et dragons, se regardant d'un air furieux, tout haletants et couverts de sang. Nous eûmes toutes les peines du monde à les empêcher de se prendre de nouveau à la gorge. Le pauvre capucin se tenait sur la porte, dans sa longue robe brune, tordant ses mains et implorant tous les saints du paradis.

C'était lui, en effet, comme je l'appris, qui avait été la cause innocente de tout ce tapage, car, sans soupçonner l'effet qu'une telle remarque peut avoir sur des soldats, il avait dit au sergent anglais que c'était dommage que son escadron n'eût pas un air aussi martial que celui des Français. Il n'avait pas fini de parler qu'un dragon avait jeté bas d'un coup de poing le hussard qui se trouvait à côté de lui et, l'instant d'après, ils se précipitaient les uns sur les autres comme une bande de tigres. Nous prîmes soin, après cette aventure, de les tenir à

VI – Comment le colonel fit campagne contre le Maréchal Millefleurs

l'écart les uns des autres ; le Bart assigna à ses hommes le devant de l'auberge, et moi je donnai aux miens l'ordre de se tenir derrière.

Notre plan étant bien mûri, nous jugeâmes qu'il valait mieux le mettre à exécution le plus tôt possible, de peur d'une nouvelle incartade de nos hommes. Le Bart se mit en route avec ses dragons, après avoir eu soin d'enlever ses galons et ses épaulettes, de façon à passer pour un simple soldat. Il expliqua à ses hommes ce qu'on attendait d'eux ; ils ne poussèrent aucun cri en brandissant leurs sabres, comme n'auraient pas manqué de faire les miens ; mais je vis sur leurs figures impassibles une expression qui me donna confiance. Ils déboutonnèrent leurs tuniques, couvrirent de boue leurs fourreaux de sabre, leurs casques et leurs harnachements, de façon à bien jouer leur rôle de déserteurs sans ordre et sans discipline. À six heures, le lendemain matin, ils devaient s'emparer de la porte principale, pendant que j'arriverais avec mes hussards pour les soutenir. Mon sergent Papilete, avec deux hommes, suivit les Anglais à distance, et revint une demi-heure après m'informer qu'après quelques pourparlers ils avaient été admis dans l'abbaye.

Jusqu'ici tout allait bien. La nuit était sombre, et il tombait une petite pluie fine, ce qui nous favorisait, car nous aurions moins de chance d'être découverts.

Je plaçai des vedettes à deux cents mètres tout autour de l'auberge pour me prémunir contre toute surprise, et aussi pour empêcher quelque paysan d'aller signaler notre présence à l'abbaye. Je fis moi-même une ronde pour m'assurer que mes ordres étaient bien exécutés. Oudin et Papilete devaient prendre le service de surveillance à tour de rôle, pendant que le reste de la troupe se reposerait tranquillement dans une grange voisine. Après m'être assuré que tout allait bien, je me jetai sur le lit que l'aubergiste m'avait réservé et je tombai dans un lourd sommeil.

Vous avez sans doute entendu citer mon nom comme celui d'un bon soldat, et cela non seulement par mes amis et mes admirateurs, dans notre petite ville, mais aussi par de vieux officiers ayant partagé avec moi la fortune de mes fameuses campagnes. La vérité et la modestie m'obligent à dire que je ne mérite pas tout à fait ce titre flatteur. Certaines qualités me manquent, très peu sans doute, mais enfin, dans les grandes armées de l'Empereur, il peut s'être trouvé quelques officiers exempts de ces petits défauts qui m'empêchaient d'être un soldat parfait. Je ne parle pas de la bravoure. Ceux qui m'ont vu sur les champs de bataille sont mieux placés que qui que ce soit pour en parler. J'ai souvent entendu les soldats discuter, autour des feux de bivouac, qui était l'homme le plus brave de la Grande Armée. Quelques-uns nommaient Murat, d'aucuns Lasalle, d'autres Ney ; pour moi, quand on me demandait mon opinion, je me contentais de hausser les épaules et de sourire.

Cela eût pu paraître pure présomption de ma part si j'avais répondu qu'il n'y avait pas d'homme plus brave qu'Etienne Gérard. Mais il est d'autres qualités, bravoure à part, qui sont indispensables à un soldat, et l'une des principales c'est d'avoir le sommeil léger. Or, même étant enfant, j'ai toujours été très difficile à réveiller, et c'est justement ce qui causa mon malheur cette nuit-là.

Il pouvait être environ deux heures du matin quand j'eus soudain la sensation que je suffoquais. J'essayai de crier, mais en vain. Je cherchai à me lever : je ne pus qu'agiter mes jambes en l'air comme un cheval entravé. J'étais ligoté aux chevilles, aux genoux et aux poignets. Je ne pouvais remuer que les yeux, et là, au pied de mon lit, à la lueur de la lampe, qui croyez-vous que j'aperçus ? L'abbé et l'aubergiste.

La figure pâle de ce dernier m'avait paru, la veille au soir, n'exprimer que la stupidité et la terreur. En ce moment, au contraire, sur chacun de ses traits se peignaient la brutalité et la férocité. Je n'ai jamais vu coquin à l'air plus terrible. Il tenait à la main un long couteau. Quant au capucin, il était aussi poli et aussi digne que jamais. Il avait relevé son capuchon, et sous sa robe ouverte j'aperçus une tunique comme en portent les officiers anglais. Lorsque nos yeux se rencontrèrent, il s'appuya sur le bois du lit, et se mit à rire, tellement que le lit en craqua.

— Vous excuserez cet accès de gaîté, j'en suis sûr, mon colonel, dit-il. Le fait est que votre air d'ahurissement, lorsque vous avez enfin

VI – Comment le colonel fit campagne contre le Maréchal Millefleurs

compris la situation, était assez amusant. Je ne doute pas que vous ne soyez un excellent soldat, mais je crois que, pour l'esprit, vous n'êtes pas de taille à vous mesurer avec le maréchal Millefleurs, comme se plaisent à m'appeler vos amis. Vous semblez m'avoir fait crédit de bien peu d'intelligence, ce qui me paraît indiquer, si vous voulez bien me permettre le mot, un certain manque de jugement de votre propre part. En vérité, si j'excepte seulement mon compatriote, cet étourneau de dragon anglais, je n'ai jamais rencontré quelqu'un de moins apte que vous à s'acquitter de la mission dont on l'ait chargé.

Vous vous imaginez facilement mes sentiments et ma mine en écoutant ces paroles insolentes, débitées de ce ton poli et condescendant qui avait valu à ce bandit son surnom. Je ne pouvais répondre, mais ils durent lire la menace dans mes yeux, car celui qui avait joué le rôle de l'aubergiste dit quelques mots à l'oreille de son compagnon.

— Non, non, mon cher Chenier, lui répondit-il, il a infiniment plus de prix vivant. À propos, colonel, savez-vous que c'est heureux pour vous que vous ayez le sommeil un peu dur, car mon ami, que voilà, a des façons un peu brusques, et il vous aurait coupé la gorge si vous aviez essayé de donner l'alarme. Je vous recommande de vous conserver dans ses bonnes grâces. Le sergent Chenier, ci-devant du 7e d'infanterie légère de l'armée impériale, est un personnage beaucoup plus dangereux que le capitaine Alexis Morgan, des Horse Guards de Sa Majesté Britannique.

Chenier fit une grimace qui eût pu passer pour un sourire, et me montra son couteau, pendant que j'essayais d'exprimer des yeux le dégoût que je ressentais en voyant un soldat de l'Empereur tomber aussi bêtement dans une embuscade.

— Vous apprendrez avec intérêt, dit le maréchal, de cette voix douce et suave qui lui était particulière, que vos deux expéditions ont été suivies à partir de l'instant où vous avez quitté vos camps respectifs. Vous voudrez bien reconnaître que Chenier et moi, nous avons joué nos rôles avec quelque habileté. Nous avions tout préparé pour vous recevoir à l'abbaye, quoique nous espérions tenir l'escadron entier, au lieu d'une moitié seulement. Quand les portes se sont refermées derrière eux, nos visiteurs se trouvent dans une charmante petite cour moyen âge, sans issue possible, et que commandent une centaine de fenêtres garnies de fusils. Ils ont le choix entre la fusillade ou la capitulation. Mais je ne doute pas que vos amis n'aient été assez sages pour prendre ce dernier parti. Et puisque vous prenez naturellement souci de cette affaire, nous avons pensé qu'il vous serait agréable de venir avec nous et de voir par vous-même ce qui en est. Je ne crois pas m'avancer beaucoup en vous promettant que vous trouverez votre jeune ami avec une figure aussi longue que la vôtre.

Les deux bandits se remirent à parler à voix basse, discutant, autant que je pus comprendre, sur le meilleur moyen d'éviter mes vedettes.

— Je vais m'assurer que la route est libre de l'autre côté de la grange, dit enfin le maréchal. Vous resterez ici, mon bon Chenier, et si le prisonnier ne veut pas être sage, vous savez ce que vous avez à faire.

Nous restâmes donc seuls, le renégat et moi ; lui assis sur le pied de mon lit, aiguisant son couteau sur ses bottes, à la lueur de l'unique petite lampe fumeuse. Pour moi, je me demande encore aujourd'hui, quand j'y pense, comment je ne devins pas fou de tous les reproches que je m'adressai intérieurement, tandis que j'étais là couché sur ce lit, incapable de remuer, avec l'idée que mes cinquante braves hussards étaient tout près de moi, sans que je pusse les informer de la triste position où je me trouvais. Ce n'était pas chose nouvelle pour moi que d'être prisonnier ; mais être pris par ces bandits, être conduit dans leur repaire, au milieu de leurs sarcasmes, avoir été joué par leur chef insolent, c'était plus que je ne pouvais endurer. Le couteau de l'assassin, assis à côté de moi, ne m'aurait pas causé une blessure plus profonde.

Je cherchai à me dégager doucement : les poignets d'abord, puis les chevilles, mais celui qui m'avait ficelé de cette façon connaissait certainement son métier. Je ne parvins pas à relâcher les cordes d'un pouce. J'essayai ensuite de faire glisser le bâillon de ma bouche, mais le bandit leva son couteau avec un grognement si menaçant que je fus obligé de me tenir coi. J'étais là étendu, regardant son cou de taureau,

VI – Comment le colonel fit campagne contre le Maréchal Millefleurs

et me demandant si jamais j'aurais la chance d'y passer une cravate de chanvre, quand j'entendis des pas dans l'escalier. Quelle nouvelle allait rapporter le brigand ? Pour mon propre compte, cela m'était assez indifférent, et je dirigeai vers la porte mon regard chargé de tout le mépris que je pouvais exprimer. Mais, imaginez-vous ce que je ressentis, mes chers amis, quand, au lieu de la figure narquoise du capucin, j'aperçus les énormes moustaches et la pelisse grise de mon brave petit Papilete.

Les soldats français de cette époque en avaient trop vu pour être jamais pris par trahison. Il nous eût à peine aperçus, moi, ligoté sur mon lit, et le sinistre bandit, à côté de moi, qu'il comprit aussitôt de quoi il retournait.

— Sacré nom d'un chien ! s'écria-t-il.

Et il tira son sabre. Chenier s'élança sur lui avec son couteau ; puis, se ravisant, se retourna et se mit à me larder de coups. Mais j'avais réussi à me jeter bas du lit, du côté opposé, et la lame ne fit que m'effleurer le flanc avant de s'enfoncer dans les couvertures et le matelas.

Un instant après, j'entendis le bruit sourd d'un corps tombant sur le plancher, et presque en même temps un autre objet tomba à terre, quelque chose de plus léger et de plus dur qui roula sous le lit. Je ne veux pas vous terrifier par des détails, mes amis. Qu'il me suffise de vous dire que Papilete était un des meilleurs tireurs du régiment, que son sabre était lourd et bien coupant. Il laissa une traînée de sang sur mes poignets et mes chevilles en coupant les liens qui me ligotaient.

Quand je fus libre, mon premier mouvement fut d'embrasser le sergent ; puis je demandai des nouvelles de nos hommes. Oudin venait de le relever de garde et il était monté pour me rendre compte. Il n'avait pas vu l'abbé. Il fallait établir un cordon et empêcher celui-ci de s'échapper. Je lui donnais mes ordres vivement quand nous entendîmes un pas lent et mesuré dans l'escalier.

Papilete comprit, de suite ce qu'il y avait à faire.

— Tâchez de ne pas lui faire de mal ! lui dis-je, à voix basse, en le poussant dans l'ombre d'un côté de la porte, pendant que je me plaçais de l'autre.

On montait toujours ; la porte s'ouvrit, et l'homme à la robe brune n'avait pas franchi le seuil que nous étions sur lui comme deux loups sur un cerf. Nous roulâmes sur le plancher tous les trois ; il se débattit comme un tigre et avec une telle force, que nous pûmes craindre un moment qu'il nous échappât. Trois fois il se remit sur pied, trois fois nous le rejetâmes par terre, jusqu'à ce qu'à la fin Papilete lui fit sentir la pointe de son sabre. Il eut alors assez de bon sens pour voir qu'il n'avait plus rien à gagner, et il se tint tranquille pendant que je le ligotais avec les mêmes cordes qui avaient servi pour moi.

— Nouvelle manche, mon bel ami, lui dis-je, et vous verrez que j'ai quelques atouts en main, cette fois-ci.

— La chance favorise toujours les imbéciles, répondit-il insolemment. Et c'est heureux, sans cela les malins auraient trop beau jeu en ce monde. Ainsi vous avez tué Chenier, je vois. C'était une mauvaise tête, et il sentait abominablement l'ail. Voulez-vous avoir l'obligeance de me mettre sur le lit. Le plancher de ces auberges portugaises n'est pas un lit bien convenable pour quelqu'un qui a des préjugés en fait de propreté.

Je ne pouvais m'empêcher d'admirer le sang-froid de cet homme et la façon dont il conservait ses grands airs, en dépit du changement de rôles. J'envoyai Papilete chercher un homme de garde pendant que je restais près du prisonnier, mon sabre à la main, et sans le quitter des yeux, car je dois avouer que son audace et ses ressources m'inspiraient le respect.

— J'espère, dit-il, que vos hommes me traiteront comme il convient.

— Vous serez traité comme vous le méritez, vous pouvez y compter.

— Je n'en demande pas davantage. Vous ne connaissez pas ma naissance illustre : je ne puis nommer mon père sans commettre une trahison, ni ma mère, sans causer un scandale. Je pourrais prétendre

VI – Comment le colonel fit campagne contre le Maréchal Millefleurs

aux honneurs réservés à la royauté, mais je ne tiens pas à réclamer mes droits. Ces liens me coupent la peau. Puis-je vous prier de les desserrer un peu.

— Vous me faites crédit de bien peu d'intelligence, lui répondis-je, en lui répétant ses propres paroles.

— Touché ! dit-il. Mais voici vos hommes, vous n'avez plus à craindre que je vous échappe.

Je le fis dépouiller de sa robe brune et le plaçai sous bonne garde. Puis, comme le jour allait venir, je me mis à penser à ce que je devais faire. Le pauvre Bart, et ses compagnons étaient tombés victimes du plan infernal qui aurait pu amener la capture de toutes nos forces, si nous avions suivi les conseils du rusé maréchal. Il fallait les tirer de là, s'il était possible. Il y avait encore la vieille comtesse de la Honda dont je devais m'occuper aussi. Quant à l'abbaye, il ne fallait plus songer à s'en emparer, car, là, les brigands étaient sur leurs gardes. Tout dépendait maintenant du prix auquel ils évaluaient leur chef. C'était ma dernière carte, et je vais vous dire avec quelle habileté et quelle audace je la jouai.

Il faisait à peine jour quand mon trompette sonna le rassemblement, et nous nous mîmes en route vers la plaine. Mon prisonnier fut placé à cheval au centre de la troupe. Un grand arbre se trouvait à une portée de fusil de la porte principale de l'abbaye ; c'est là que nous fîmes halte. Si les bandits avaient ouvert la porte pour nous attaquer, je les aurais chargés ; mais, comme je m'y attendais, ils restèrent sur la défensive, se pressant sur les murs et nous accablant d'injures et de risées. Quelques-uns tirèrent des coups de feu ; mais, voyant que nous étions hors d'atteinte, ils cessèrent de gaspiller leur poudre. C'était un étrange spectacle que ce mélange d'uniformes français, anglais, portugais, cavaliers, fantassins, artilleurs, chacun criant dans sa langue et nous montrant le poing.

Mais leurs cris cessèrent lorsque nous ouvrîmes nos rangs et leur laissâmes voir qui nous avions au milieu de nous. Il y eut un moment de silence suivi aussitôt d'un hurlement de colère et de douleur. J'en voyais quelques-uns qui trépignaient de rage sur le mur.

Ce devait être un singulier homme, ce Millefleurs, pour avoir su gagner l'affection d'une pareille bande de brigands.

J'avais apporté une corde que nous attachâmes à une des branches de l'arbre.

— Permettez-moi, Monsieur, de déboutonner votre col, dit Papilete avec une politesse pleine de moquerie.

— Oui, si vous avez les mains propres, répondit le prisonnier.

Ce qui fit rire nos hommes.

Un nouveau hurlement partit de la muraille ; puis, il se fit un profond silence, quand nous passâmes le nœud coulant autour du cou du maréchal Millefleurs.

Une sonnerie de clairon retentit et les portes s'ouvrirent pour laisser passer trois hommes qui accoururent dans notre direction en agitant des mouchoirs blancs.

Ah ! comme mon cœur bondit à leur vue, et cependant je ne fis pas un pas à leur rencontre. Je répondis en faisant déployer un autre mouchoir blanc par mon trompette, et les envoyés s'avancèrent vers nous. Le maréchal, toujours ligoté et la corde au cou, se tenait droit sur son cheval, un demi-sourire sur les lèvres, comme quelqu'un qui, légèrement ennuyé, par courtoisie, cherche à dissimuler son ennui. Si je m'étais trouvé dans sa situation, je n'aurais pas désiré avoir une meilleure attitude, et c'est tout dire.

C'était un singulier trio que ces parlementaires. L'un était un caçadore portugais, en uniforme sombre, le second, un chasseur français en vert clair, et le troisième, un gros artilleur anglais, bleu et or. Ils saluèrent tous trois, et le Français prit la parole.

— Nous avons trente-sept dragons anglais entre les mains, dit-il. Nous jurons solennellement qu'ils seront tous pendus au mur de l'abbaye cinq minutes après la mort de notre chef.

— Trente-sept ? dis-je. Vous en avez cinquante et un...

— Quatorze se sont fait tuer.

— Et l'officier ?

— Il n'a pas voulu se rendre. Ce n'est pas notre faute. Nous lui aurions laissé la vie sauve si nous avions pu.

VI – Comment le colonel fit campagne contre le Maréchal Millefleurs

Pauvre Bart. Je ne l'avais rencontré que deux fois, et cependant il avait su gagner mon cœur. J'ai toujours gardé quelque estime pour les Anglais, à cause de cet ami. Jamais je n'ai connu homme plus brave, mais qui sût plus mal tenir un sabre.

Vous pensez bien que je n'acceptai pas ainsi la parole de ces coquins. Papilete fut détaché pour accompagner l'un d'eux à l'abbaye, et il revint en me confirmant ce qu'ils avaient dit. Il fallait maintenant songer aux survivants.

— Laisserez-vous sortir les trente-sept dragons si nous donnons la liberté à votre chef ?

— Nous vous en donnerons dix.

— En haut la corde ! commandai-je.

— Vingt ! cria le chasseur.

— Assez de paroles ! Tirez la corde.

— Tous, cria le parlementaire, comme la corde se raidissait au cou du maréchal.

Ils voyaient que je n'étais pas homme à plaisanter.

— Avec les chevaux et les armes ?

— Au complet, dit le chasseur d'un ton bourru.

— Et la comtesse de la Konda aussi ?

Mais là je rencontrai une plus grande opposition. Aucune menace de ma part ne put les décider à nous abandonner la princesse. La corde se raidit, nous fîmes avancer le cheval. Le maréchal tirait déjà la langue. Si je l'achevais, les dragons étaient perdus. La chose était aussi importante pour moi que pour eux.

— Permettez-moi de vous faire remarquer, dit doucement le maréchal, que vous m'exposez au risque d'être étouffé. Ne pensez-vous pas, puisqu'il y a désaccord entre vous sur ce point, qu'il serait bon de consulter cette dame elle-même ? Ni les uns ni les autres, nous ne voudrions aller contre sa volonté, j'en suis sûr.

Rien n'était plus juste. Vous pensez si je saisis la balle au bond. Dix minutes après la comtesse était devant nous ; c'était une dame à l'air imposant, avec de grandes boucles grises qui passaient sous sa mantille. Sa peau était aussi jaune que si elle eût reflété les innombrables doublons de son trésor.

— Ce gentleman, dit le maréchal, veut absolument vous séparer de nous. Il vous appartient de décider si vous voulez aller avec lui ou si vous préférez rester avec moi.

Elle fut près de lui en un instant.

— Mon cher Alexis, s'écria-t-elle, rien ne pourra jamais nous séparer !

Il me regarda avec un sourire moqueur.

— À propos, mon cher Colonel, dit-il, la langue vous a fourché. Il n'existe aucune personne du nom de comtesse douairière de la Honda. La dame que j'ai l'honneur de vous présenter est ma femme bien aimée, Mme Alexis Morgan, ou dois-je dire la maréchale Millefleurs ?

Je conclus, à ce moment, que j'avais devant moi le plus habile et aussi le moins scrupuleux coquin que j'aie jamais rencontré. Je regardai cette malheureuse femme, le cœur rempli d'étonnement et de dégoût. Elle tenait les yeux levés sur lui avec l'air d'une recrue regardant l'Empereur.

— C'est bien, dis-je, donnez-moi les dragons afin que nous partions.

Ceux-ci furent amenés avec leurs chevaux et leurs armes et la corde enlevée du cou du maréchal.

— Au revoir, mon cher Colonel, dit-il. J'ai bien peur que vous n'ayez pas à fournir à Masséna un rapport bien satisfaisant de votre mission, mais j'ai tout lieu de penser qu'il a en ce moment trop d'occupations pour y faire attention. Je dois avouer que vous vous êtes tiré de votre mauvais pas beaucoup mieux que je n'aurais cru de vous. Y a-t-il quelque chose que je puisse faire pour vous avant que vous ne partiez ?

— Une seule chose.

— C'est ?

— C'est que vous donniez à ce jeune officier et à ses hommes une sépulture convenable.

VI – Comment le colonel fit campagne contre le Maréchal Millefleurs

— Je vous donne ma parole que ce sera fait.

— Une autre chose encore.

— Dites ?

— Que vous me consacriez cinq minutes ici, avec un sabre à la main et un cheval entre les jambes.

— Tut, tut, tut ! Je serais obligé ou de mettre fin à votre carrière pleine de promesses ou de dire adieu pour jamais à ma chère femme. Ce n'est pas raisonnable de faire pareille proposition à un homme en pleine lune de miel.

Je rassemblai donc mes cavaliers et nous nous mîmes en marche.

— Au revoir ! lui criai je en le menaçant de mon sabre. La prochaine fois vous ne m'échapperez pas si facilement.

— Au revoir, me répondit-il. Quand vous en aurez assez, de l'Empereur, vous trouverez toujours une commission d'officier dans le service du maréchal Millefleurs.

VII

COMMENT LE COLONEL FUT TENTE PAR LE DIABLE

Le printemps approche, mes amis ; je vois de petites pointes vertes percer l'écorce des châtaigniers et, de nouveau, aux terrasses des cafés, les tables ont été sorties au soleil. Il est plus agréable, je le reconnais, d'être assis là, dehors ; cependant, je ne veux pas raconter mes histoires à toute la ville. Vous connaissez mes exploits comme lieutenant, comme capitaine, comme chef d'escadron, comme colonel. Mais aujourd'hui je deviens tout d'un coup quelque chose de plus élevé et de plus grand : je deviens l'Histoire.

Vous n'êtes pas sans avoir lu le récit des dernières années de l'Empereur à Sainte-Hélène, et vous vous rappelez qu'il avait sollicité, à différentes reprises, la faveur d'envoyer une seule lettre qui ne fût pas soumise au contrôle de ses gardiens. Il réitéra sa demande plusieurs fois, et alla même jusqu'à s'engager à pourvoir lui-même à ses besoins sans qu'il en coûtât rien au gouvernement britannique, si cette autorisation lui était accordée. Mais ses geôliers savaient quel homme redoutable était ce petit personnage pâle, en chapeau de paille, et ils hésitèrent à lui accorder ce qu'il demandait.

On a fait bien des conjectures à ce propos. Beaucoup de gens se sont demandé quelle pouvait bien être la personne à qui il avait à faire une communication si importante. Quelques-uns ont supposé que c'était sa femme ; d'autres son beau-père ; certains, enfin, l'empereur Alexandre ou le maréchal Soult.

Quelle idée aurez-vous de moi, mes amis, lorsque je vous aurai dit que c'était à moi, à moi, le colonel Gérard, que l'Empereur voulait écrire. Oui ! modeste comme vous me voyez, avec mes cent francs de demi-solde mensuelle, c'est-à-dire avec tout juste ce qu'il me faut pour

VII – Comment le colonel fut tenté par le diable

ne pas mourir de faim, il n'en est pas moins vrai que j'ai toujours tenu une grande place dans la pensée de l'Empereur, et qu'il aurait donné sa main gauche pour cinq minutes d'entretien avec moi.

Un jour donc, après cette fameuse bataille de la Fère-Champenoise où les conscrits, en sabots et en blouse, avaient offert une si belle résistance, nous comprîmes, nous, les vieux, que tout était fini. Notre réserve de munitions avait été prise pendant le combat, et nous restions avec des canons qui ne tiraient plus et des caissons vides. Notre cavalerie était dans un état aussi déplorable et mon régiment avait été anéanti dans la sanglante charge de Craonne. À ce moment arriva la nouvelle que Paris avait été pris par l'ennemi et que les citoyens avaient arboré la cocarde blanche ; enfin, et ce fut pour nous le coup le plus terrible, nous apprîmes que Marmont et son armée étaient passés aux Bourbons. Nous nous regardions, nous demandant combien d'autres généraux encore se tourneraient contre nous. Déjà avaient trahi : Jourdan, Marmont, Murat, Bernadotte et Jomini ; la défection de ce dernier, toutefois, nous importait peu : il avait toujours été assez indifférent à tous, sachant d'ailleurs mieux se servir de la plume que de l'épée.

On nous avait trouvés, jadis, prêts à combattre l'Europe, mais il semblait, à cette heure, que nous dussions lutter tout à la fois et contre l'Europe et contre une moitié de la France.

Par une longue marche forcée, nous étions revenus à Fontainebleau où nous nous trouvions rassemblés. Il y avait là tout ce qui restait de l'armée : le corps de Ney, la division de mon cousin Gérard et les troupes de Macdonald ; en tout trente-deux mille combattants dont sept mille hommes de la garde. Mais nous avions un tel prestige que nous valions bien cinquante mille hommes avec notre Empereur qui, à lui seul, en valait autant. Il était toujours au milieu de nous, l'air souriant, et plein de confiance, prenant sa prise de tabac et badinant avec sa cravache. Jamais, aux jours de ses plus grandes victoires, je ne l'ai admiré autant que pendant cette campagne de France.

Un soir, j'étais en train de boire un verre de vin de Suresnes en compagnie de quelques-uns de mes officiers. Je précise, vous voyez, et je dis que c'était du vin de Suresnes, pour vous montrer que les temps étaient durs pour nous. Nous en étions donc à déguster notre petit bleu quand on vint me chercher de la part de Berthier.

Lorsque je parlerai de mes vieux compagnons d'armes, je vous demanderai la permission de ne pas embarrasser mon récit de tous ces beaux titres étrangers et pompeux qu'ils avaient ramassés sur les champs de bataille. Cela faisait très bien à la Cour, mais on les entendait rarement aux camps, car nous ne pouvions oublier les simples noms de Ney, Rapp, Soult, qui vibraient à nos oreilles comme des coups de clairon. Donc, c'était Berthier qui m'envoyait quérir.

Il occupait une suite d'appartements à l'extrémité de la galerie François Ier, tout près de ceux de l'Empereur. Je trouvai dans l'antichambre deux officiers que je connaissais bien : le colonel Despienne du 57e de ligne et le capitaine Tremeau des voltigeurs. C'étaient, tous deux, de vieux soldats – Tremeau avait porté le sac en Egypte – et ils étaient bien connus l'un et l'autre, dans l'armée, pour leur courage et leur habileté à manier le sabre. Tremeau avait le poignet un peu raide, mais Despienne était capable, quand il était bien en forme, de me donner à moi-même du fil à retordre. Il était de petite taille et avait environ trois pouces de moins que moi, mais au sabre et à l'épée, il lui arrivait parfois de soutenir victorieusement sa partie contre moi à la salle d'armes de Véron, au Palais-Royal. Vous pensez bien que nous flairâmes quelque événement important quand nous nous trouvâmes, trois hommes comme nous, convoqués en même temps dans le cabinet du maréchal. Quand on voit sur une table une ou deux têtes de laitue avec, à côté, l'huile et le vinaigre, il est aisé de conclure, n'est-ce pas, qu'il y aura de la salade au dîner.

— Nom d'une pipe ! dit Tremeau, qui avait conservé ses habitudes de caserne, est-ce qu'on va nous aligner avec trois champions des Bourbons ?

VII – Comment le colonel fut tenté par le diable

La chose ne nous parut pas improbable, car, de toute l'armée, nous étions certainement les trois hommes les mieux qualifiés pour une pareille rencontre.

— Le prince de Neufchâtel désire parler au colonel Gérard, dit un valet de pied.

Je le suivis, laissant derrière moi mes deux camarades dévorés d'impatience. Il me fit entrer dans une petite pièce somptueusement meublée. Berthier était assis à une table, en face de moi, une plume à la main, et un carnet de notes ouvert devant lui. Il avait l'air fatigué et négligé dans sa tenue. Ce n'était plus le Berthier qui menait la mode dans l'armée, et qui nous avait fait si souvent nous arracher les cheveux, à nous pauvres officiers, la plupart du temps à court d'argent, en garnissant sa pelisse de fourrure grise pour telle campagne, et d'astrakan pour la campagne suivante. Sur son visage, entièrement rasé, se lisait une expression de tristesse, et, quand j'entrai, il me regarda d'un air quelque peu sournois, et déplaisant.

— « Colonel Gérard », dit-il.

— À votre service, « Altesse », répondis-je en saluant.

— Avant d'aller plus loin, continua-t-il, je dois vous demander de me promettre, sur votre honneur, que ce qui va se passer entre nous ne sera jamais dévoilé à qui que ce soit.

C'était, ma parole, un joli début ! Mais je n'avais pas le choix et je prêtai serment.

— Il faut que vous sachiez que tout est fini pour l'Empereur, dit-il, les yeux fixés sur la table et parlant lentement, comme si les mots avaient peine à sortir de sa bouche. Jourdan, à Rouen, et Marmont, à Paris, ont arboré la cocarde blanche ; on rapporte aussi que Talleyrand a pressé Ney de faire de même. Il est évident que toute résistance est inutile et ne peut amener que des malheurs sur le pays. Je viens donc vous demander si vous voulez vous joindre à moi pour nous emparer de la personne de l'Empereur et mettre fin aux hostilités, en le remettant aux mains des alliés.

Lorsque j'entendis cette infâme proposition de la bouche de l'homme qui avait été l'un des premiers amis de l'Empereur et qui avait reçu de lui plus de faveurs qu'aucun autre de ses familiers, je restai sans parole, les yeux démesurément ouverts d'étonnement.

Berthier se tiquait les dents avec son porte-plume et me regardait de côté.

— Eh bien ? dit-il.

— Je suis un peu sourd d'une oreille, dis-je froidement. Il y a des choses que je n'entends pas. Je vous demanderai la permission de retourner à mon service.

— Il est inutile de s'entêter, continua-t-il en se levant, et, posant la main sur mon épaule, il ajouta :

« Vous savez que le Sénat s'est déclaré contre l'Empereur et que le Tsar Alexandre refuse de traiter avec lui. »

— Monsieur, m'écriai-je furieux, je tiens à vous dire que je me soucie du Sénat et de l'Empereur Alexandre, comme d'un verre vide.

— De quoi vous souciez-vous donc, alors ? reprit-il.

— De mon honneur et du service de mon glorieux maître, l'Empereur Napoléon.

— C'est bien, dit Berthier, d'un ton de dépit, en haussant les épaules ; mais les faits sont les faits, et il faut les regarder en face. Devons-nous lutter contre la volonté de la nation ? Devons-nous ajouter encore à tous nos malheurs en allumant la guerre civile ? D'ailleurs nos rangs s'éclaircissent. À chaque instant arrive la nouvelle d'une autre défection. Nous avons encore le loisir de traiter de la paix et de gagner une forte récompense en livrant l'Empereur.

Je tremblais de colère, à tel point que mon sabre battait contre ma cuisse.

— Monsieur, m'écriai-je, jamais je n'aurais pu penser qu'un maréchal de France vînt à tomber assez bas pour faire une pareille proposition à l'un de ses officiers. Je vous abandonne à votre propre conscience, quant à moi, jusqu'à ce que l'Empereur m'en ait donné l'ordre contraire, je lèverai toujours le sabre d'Étienne Gérard entre lui et ses ennemis.

J'étais si ému de mes propres paroles et de mon noble rôle, que ma voix s'altéra et j'eus peine à retenir mes larmes. J'aurais voulu que

VII – Comment le colonel fut tenté par le diable

toute l'armée pût me voir là, debout, la tête fièrement levée, et la main sur le cœur, criant mon dévouement à l'Empereur en ce moment d'adversité : ce fut un des instants sublimes de ma vie.

— Très bien, dit Berthier, en sonnant le laquais, « Conduisez le colonel Gérard dans le salon. »

Le valet me fit entrer dans une pièce où il me pria de m'asseoir ; mais j'étais impatient de me retirer, et je ne pouvais comprendre pourquoi on me retenait là. Quand on n'a pas changé d'uniforme pendant toute une campagne d'hiver, on ne se sont pas à l'aise dans un palais.

Il y avait à peu près un quart d'heure que j'étais là, quand le laquais ouvrit de nouveau la porte et introduisit le colonel Despienne.

Grand Dieu ! dans quel état il était lui aussi. Son visage était blanc comme les guêtres d'un grenadier, les yeux sortis de la tête, les veines du front gonflées, et les poils de sa moustache hérissés comme ceux d'un chat en colère. Sa fureur était si grande qu'il ne pouvait parler. Il menaçait du poing, et des paroles entrecoupées sortaient de sa gorge. Parricide, vipère, tels étaient les mots que je pus saisir tandis qu'il arpentait l'appartement en piétinant de rage.

Il était évident qu'on venait de lui faire les mêmes infâmes propositions qu'à moi-même, et qu'il les avait accueillies de la même façon. Mais ses lèvres, comme les miennes, demeuraient fermées de par le serment que nous avions prêté, je me contentai de murmurer : « infâme, abominable », de façon à lui faire voir que je partageais ses sentiments.

Nous étions toujours là, lui allant et venant comme un fou, moi, assis dans un coin, et mordant ma moustache, quand tout à coup un vacarme de tous les diables éclata dans la pièce que nous venions de quitter. Puis nous entendîmes le bruit d'une chute et quelqu'un qui appelait au secours. Nous nous précipitâmes tous deux et, ma foi, il était temps.

Le vieux Tremeau et Berthier se roulaient à terre, avec la table renversée sur eux. Le capitaine avait une de ses grandes mains jaunes, osseuses, à la gorge du maréchal, et déjà la face de ce dernier était couleur de plomb, et les yeux lui sortaient des orbites.

Quant à Tremeau, il était dans une rage indescriptible ; l'écume lui sortait de la bouche, et il avait une telle expression de folie que si nous n'avions desserré son étreinte, doigt par doigt, je suis convaincu qu'il n'eût pas laissé le maréchal vivant. Ses ongles étaient blancs, tellement il avait serré.

— J'ai été tenté par le diable – criait-il en se relevant. – Oui, j'ai été tenté par le diable.

Quant à Berthier, il parvint à grand peine à se remettre debout et à s'appuyer contre le mur, la main à la gorge et la tête tombant d'une épaule sur l'autre. Puis, avec un geste de fureur, il se tourna vers la lourde tapisserie bleue qui se dressait derrière son fauteuil.

— Là, Sire ! – cria-t-il rageur, je vous avais bien dit ce qui arriverait.

Le rideau s'écarta et l'Empereur s'avança. D'un bond, nous primes la position militaire, la main au shako, mais tout cela nous paraissait un rêve et les yeux nous sortaient de la tête, comme ceux de Berthier, tout à l'heure. Napoléon portait l'uniforme vert des chasseurs et il tenait à la main une petite cravache à pomme d'argent. Il nous regarda les uns après les autres avec un sourire sur les lèvres, ce fastidieux sourire auquel ne prenaient part ni les yeux ni les sourcils, et chacun de nous eut la chair de poule : c'était l'effet que produisait sur la plupart d'entre nous le regard de cet Empereur. Puis il alla à Berthier et lui mit la main sur l'épaule.

— Il ne faut pas vous plaindre d'avoir été si maltraité, mon cher prince, lui dit-il ; c'est ce qui vous a valu votre titre de noblesse.

Il parlait de cette voix douce et caressante qu'il savait prendre parfois. Il n'y avait personne, en effet, qui sût rendre la langue française aussi harmonieuse que l'Empereur et personne, non plus, ne savait la rendre parfois aussi dure et aussi terrible.

— J'ai cru qu'il allait m'étrangler, cria Berthier, agitant toujours la tête.

VII – Comment le colonel fut tenté par le diable

— Bah ! bah ! je serais venu à votre secours si ces officiers n'avaient entendu vos cris. Mais j'espère que vous n'êtes pas blessé réellement.

Il parlait avec animation, car il aimait beaucoup Berthier, plus que n'importe quel autre de ses officiers, sauf peut-être le pauvre Duroc.

Berthier sourit, quoique d'assez mauvaise grâce.

— C'est une chose si nouvelle pour moi, de recevoir des blessures de mains françaises ! dit-il.

— Et cependant, c'est pour la cause de la France, dit l'Empereur. Puis, se tournant vers nous, il prit le vieux Tremeau par l'oreille.

— Ah ! vieux grognard ! dit-il, est-ce que vous n'étiez pas avec moi en Egypte, et n'avez-vous pas eu un fusil d'honneur à Marengo ? Je me souviens très bien de vous, mon brave. Alors ce vieux feu n'est pas encore éteint. Il brûle toujours quand vous croyez qu'on en veut à votre Empereur. Et vous, colonel Despienne, vous n'avez pas voulu écouter le tentateur ; et vous, Gérard, votre fidèle épée est toujours aussi entre mes ennemis et moi ? C'est bien, c'est bien ! Si j'ai des traîtres autour de moi, je commence du moins à voir ceux qui me sont fidèles.

Vous ne pouvez vous imaginer, mes amis, la joie que nous éprouvâmes en entendant le plus grand homme du monde nous parler de cette façon. Tremeau en tremblait et je crus qu'il allait tomber. Des larmes coulaient sur ses grosses moustaches. Vous qui n'avez pas vu cela, vous ne pouvez vous faire idée de l'effet que produisait l'Empereur sur ses rudes vétérans.

— Eh bien ! mes amis, continua-t-il, suivez-moi dans cette chambre. Je vais vous donner l'explication de la petite comédie que nous venons de jouer. Restez ici, Berthier, je vous prie et que personne ne nous interrompe.

C'était, une chose toute nouvelle pour nous – pour eux du moins – de voir un maréchal de France en sentinelle à la porte de l'Empereur. Nous suivîmes donc celui-ci : il nous conduisit dans l'embrasure d'une fenêtre, nous fit approcher de lui et baissa la voix pour nous parler :

— Je vous ai choisis, dans toute l'armée, dit-il, parce que vous êtes les plus braves et aussi les plus fidèles de mes soldats. Je suis convaincu que rien ne peut ébranler votre fidélité envers moi. Si je me suis aventuré à mettre votre dévouement à l'épreuve, c'est qu'aujourd'hui, où j'ai rencontré la trahison la plus noire jusque dans mon propre sang, dans ma propre chair, il est nécessaire que je sois doublement circonspect. Mais je sais que je puis compter absolument sur votre épée.

— Jusqu'à la mort, Sire, cria Tremeau, et nous répétâmes avec lui : « jusqu'à la mort ! ».

Napoléon nous attira plus près de lui encore et baissant la voix davantage :

— Ce que je vais vous dire maintenant, je ne l'ai confié à personne ; pas même à ma femme, pas même à mes frères : à vous seuls, je veux le dire. C'en est fait de nous, mes amis ! Nous sommes au bout. La partie est jouée et perdue ; en conséquence, il nous faut prendre nos précautions.

À ces mots, il me sembla que mon cœur me pesait dans la poitrine comme un boulet de 24. Nous avions espéré contre tout espoir, mais quand nous l'entendîmes, lui, l'homme froid, toujours si réservé, toujours si calme, nous dire, d'une voix tranquille, sans émotion, que tout était fini, nous comprîmes que les nuages s'étaient amoncelés pour toujours et que le dernier rayon de soleil avait lui. Tremeau grognait et étreignait son sabre ; Despienne grinçait des dents ; quant à moi, je me redressais et je faisais sonner mes éperons pour montrera l'Empereur qu'il y avait encore de braves cœurs et que l'adversité ne pouvait nous abattre.

— Mes papiers et ma fortune doivent être mis en sûreté, continua l'Empereur, à voix basse. L'avenir peut dépendre de leur sécurité. C'est la base de notre prochaine tentative, car je suis certain que ces pauvres Bourbons trouveront mon tabouret de pied trop grand encore pour leur servir de trône. Où pourrais-je bien garder ces choses

VII – Comment le colonel fut tenté par le diable

précieuses ? On pillera tout ce qui m'appartient ; il en sera de même chez mes amis. Il faut que tout soit mis en sûreté et caché par des hommes à qui je puisse confier ce qui m'est plus cher que la vie. Dans toute la France, dans toute l'armée, vous êtes ceux que j'ai choisis pour cette mission de confiance.

Je vais vous expliquer ce que sont ces papiers ; afin que vous ne puissiez pas dire que vous n'étiez, en cette affaire, que des agents aveugles. Ce sont d'abord les preuves officielles de mon divorce avec Joséphine, de mon mariage légal avec Marie-Louise et de la naissance de mon fils et héritier, le Roi de Rome. Si nous ne pouvons apporter la preuve matérielle de ces faits, les prétentions futures de ma famille au trône de France, sont dès maintenant réduites à néant. J'ai aussi des valeurs pour la somme de quarante millions de francs, somme énorme, mais presque nulle en comparaison des papiers dont je vous ai parlé. Je vous dis tout cela afin que vous soyez bien pénétrés de l'importance considérable de la tâche que je vous confie. Ecoutez bien ! je vais vous dire maintenant où vous trouverez ces papiers et ce que vous devrez en faire.

Je les ai fait parvenir ce matin à ma fidèle amie la comtesse Walewska, à Paris. Elle part ce soir à cinq heures pour Fontainebleau, dans sa berline bleue. Elle doit être ici entre neuf heures et demie et dix heures. Les papiers seront cachés dans la voiture en un endroit connu d'elle seule. Elle est avertie que sa voiture sera arrêtée hors de la ville par trois officiers à cheval et elle vous remettra le paquet. Vous êtes le plus jeune, Gérard, mais c'est vous le plus ancien de grade. Je vous remets cette bague d'améthyste que vous montrerez à la comtesse comme gage de votre mission, et que vous lui laisserez comme reçu des papiers.

Une fois le paquet entre vos mains, vous vous rendrez dans la forêt, à l'endroit où se trouve un colombier en ruines. Il est possible que je vous y rejoigne, mais si je vois quelque danger j'enverrai mon serviteur particulier Mustapha, dont vous suivrez les instructions comme les miennes propres. Le colombier n'a plus de toit. C'est pleine lune, cette nuit : à l'entrée à droite, vous trouverez trois bêches contre le mur ; vous vous en servirez pour creuser un trou de plusieurs pieds de profondeur dans le coin nord-est, c'est-à-dire du côté gauche de la porte, dans la direction de Fontainebleau. Vous y déposerez les papiers, vous remettrez ta terre en place avec soin et vous viendrez ensuite au palais me rendre compte.

Telles furent les instructions de l'Empereur, mais données avec cette minutie de détails dont lui seul était capable. Quand il eut fini, il nous fit jurer de garder son secret aussi longtemps qu'il vivrait et aussi longtemps que les papiers demeureraient enfouis dans cette cachette. Il nous fit répéter notre serment à plusieurs reprises avant de nous congédier.

Le colonel Despienne logeait à l'enseigne du « Faisan », et c'est là que nous soupâmes ensemble. Nous étions, tous trois, hommes habitués à accepter les choses les plus étranges comme des incidents ordinaires de notre vie de chaque jour ; cependant nous étions encore tout émus de notre extraordinaire entrevue avec Napoléon, à la pensée de la mission importante que nous avions à remplir. Mais moi, qui avais déjà eu la bonne fortune de recevoir, par trois fois, des ordres des lèvres mêmes de l'Empereur, à l'occasion de l'affaire des frères d'Ajaccio et de mon fameux voyage de Reims à Paris, j'étais un peu habitué à ces sortes d'aventures et je montrais plus de calme que mes deux compagnons.

— Si les choses tournent bien pour l'Empereur, dit Despienne, c'est le bâton de maréchal pour nous.

Nous trinquâmes à notre futur avancement et nous convînmes que nous nous rendrions séparément à l'endroit fixé, qui était la première borne kilométrique sur la route de Paris. De cette façon, nous éviterions les bavardages que ne pourrait manquer de provoquer la réunion de trois hommes aussi connus, il se trouva que ma petite Violette – j'appelais ainsi ma jument – avait perdu un fer le matin même. Je fus obligé de la conduire chez le maréchal-ferrant, ce qui me fit arriver au rendez-vous après mes camarades. J'avais pris avec moi, non seulement mon sabre, mais aussi ma nouvelle paire de pistolets anglais. Ils m'avaient coûté 150 francs chez Trouvel, dans la rue de

VII – Comment le colonel fut tenté par le diable

Rivoli, mais ils portaient mieux et plus loin que les autres. C'est avec un de ces pistolets que je sauvai la vie au vieux Bouvet, à Leipsig.

La nuit était très claire, et, derrière nous, la lune, dans tout son éclat, découpait l'ombre des trois cavaliers au trot. Cependant, le pays est si boisé que nous ne pouvions voir au loin. La grande horloge du palais avait déjà sonné dix heures et la princesse n'avait pas encore paru. Nous commencions à craindre que quelque incident ne l'eût retardée.

Tout à coup, nous entendîmes le roulement d'une voiture dans le lointain ; le bruit devint de plus en plus distinct, et, bientôt nous vîmes déboucher, au tournant de la route, et à la lueur de deux grosses lanternes jaunes, deux grands chevaux bais, attelés à une berline. Le postillon arrêta son attelage tout fumant, à quelques pas de nous. En un instant, nous étions à la portière, la main au shako, saluant une jolie figure pâle qui nous regardait quelque peu effarée.

— Nous sommes les trois officiers de l'Empereur, Madame, lui dis-je à voix basse, en me baissant à la portière ouverte. Vous, devez être prévenue que nous vous attendions.

La comtesse, d'une beauté remarquable, avait une fraîcheur de teint toute coralline ; mais, à notre aspect, elle pâlit subitement et son visage prit une telle expression d'angoisse qu'elle me parut passer, en un instant, de l'épanouissement de la jeunesse à la plus caduque sénilité.

— Pour moi, dit-elle, il est évident que vous êtes trois imposteurs.

Si elle m'eût frappé au visage de sa main délicate, elle ne m'eût pas causé un plus grand saisissement ; mais le ton avec lequel elle prononça ces mots me suffoqua.

— En vérité, Madame, vous nous faites grave injure, répondis-je. Voici le colonel Despienne et le capitaine Tremeau. Quant à moi, je suis le colonel Gérard, et, pour quiconque a entendu parler de moi...

— Misérable ! s'écria-t-elle, en m'interrompant. Vous pensez que toute femme que je suis, je vais me laisser tromper si facilement.

Je regardai Despienne : il était pâle de colère et Tremeau tirait fiévreusement sa moustache.

— Madame, repris-je froidement, quand l'Empereur nous a fait l'honneur de nous confier cette mission, il m'a donné comme gage, une améthyste que voici. Je ne croyais pas que trois honorables officiers eussent besoin de produire une preuve, mais je dois réduire à néant vos indignes soupçons en vous remettant cette bague.

Elle prit le bijou et l'examina à la lueur d'une lanterne. Tout à coup, une expression de chagrin et de terreur se peignit sur son visage.

— Oui, je la reconnais, c'est, bien sa bague ! s'écria-t-elle. Ô mon Dieu ! Qu'ai-je fait ?

Je compris que quelque chose d'épouvantable s'était passé.

— Vite, Madame, dis-je, vite remettez-nous les papiers.

— Je ne les ai plus, je les ai donnés, répondit-elle.

— Donnés ! À qui ?

— À trois officiers.

— Quand ?

— Il y a une demi-heure.

— Où sont-ils ?

— Dieu me pardonne ! Je ne sais pas. Ils ont arrêté ma berline, et je leur ai remisses papiers sans hésitation, croyant qu'ils étaient envoyés par l'Empereur.

Ce fut un coup de foudre, mais c'est dans ces moments-là surtout que je suis magnifique.

— Restez ici, dis-je à mes camarades. Si vous voyez passer trois cavaliers, arrêtez-les à tout hasard ; je reviens à l'instant. Et me voilà lancé sur la route de Fontainebleau aussi vite que Violette pouvait m'emporter. Au palais, je sautai à terre, je me précipitai dans l'escalier, bousculant les laquais qui voulaient m'arrêter et j'arrivai au cabinet de l'Empereur. Il était occupé avec Macdonald, à étudier une carte, le crayon et le compas à la main ; à ma brusque entrée, il leva la tête d'un air courroucé, mais son visage changea de couleur quand il me reconnut.

— Vous pouvez nous laisser, Maréchal, dit-il.

Puis, dès que la porte fut refermée :

— Eh bien ! Et mes papiers ?

VII – Comment le colonel fut tenté par le diable

— Disparus, répondis-je, et, en quelques, mots, je lui exposai ce qui était arrivé. Sa figure était calme, mais je voyais le compas trembler entre ses mains.

— Il faut les retrouver, Gérard, s'écria-t-il. Les destinées de ma dynastie en dépendent. Il n'y a pas un moment à perdre. À cheval ! Monsieur, à cheval !

— Mais quels sont ces hommes, Sire ?

— Je ne sais pas ; je suis entouré de traîtres. Ils vont assurément porter les papiers à Paris. À qui les porteraient-ils, si ce n'est à ce misérable Talleyrand. Oui, oui, ils sont sur la route de Paris, et il est encore possible de les atteindre. Avec les trois meilleurs chevaux de mes écuries…

Je n'attendis pas la fin de la phrase. Déjà j'étais dans l'escalier. Je suis sûr que cinq minutes ne s'étaient pas écoulées que je galopais sur Violette, tenant en mains deux magnifiques arabes des écuries impériales.

Les écuyers de l'Empereur voulaient m'en faire prendre trois, mais plus jamais je n'aurais osé regarder Violette en face.

Le spectacle dut être magnifique pour mes deux camarades, lorsque je les rejoignis, et que, d'un brusque mouvement, j'arrêtai les deux chevaux ployés sur leurs jarrets.

— Personne n'est passé ? interrogeai-je.

— Personne.

— Alors les misérables sont sur la route de Paris ! à cheval ! et à leur poursuite !

Il ne fallut pas longtemps à mes braves compagnons pour enfourcher les chevaux de l'Empereur. Abandonnant les nôtres sur la route, nous voilà partis, moi au centre, Despienne à ma droite et Tremeau un peu en arrière, car il était plus lourd. Ah ! quel galop ! mes amis ! Les sabots claquaient, claquaient sur la route unie, dure, et où l'ombre des grands peupliers alternait en barres noires avec les bandes d'argent du clair de lune. Devant nous nos ombres couraient, et, sur nos traces, s'élevait un nuage de poussière. Nous entendions le bruit des volets qui se fermaient sur notre passage et nous étions déjà loin, trois points noirs sur l'horizon, quand les gens se penchaient pour nous regarder. Minuit sonnait comme nous traversions Corbeil. Un garçon d'écurie, un seau à chaque main, profilait son ombre noire dans le rayon d'or que projetait la porte ouverte d'une auberge.

— Avez-vous vu passer trois cavaliers, lui criai-je ?

— Je viens de donner à boire à leurs chevaux, répondit-il. Je crois que,...

— En avant ! en avant ! mes amis, et nous voilà repartis ventre à terre, faisant étinceler de feu les pavés de la petite ville. Un gendarme voulut nous arrêter, mais sa voix fut couverte par notre tonnerre. Les maisons fuyaient derrière nous, et nous nous retrouvâmes en pleine campagne avec vingt-cinq kilomètres de route libre entre nous et Paris.

Comment ces traîtres pourraient-ils nous échapper, quand ils avaient derrière eux les trois meilleurs chevaux de France ? Pas un n'avait ralenti, mais Violette était toujours d'une encolure en avant, et je sentais que je n'aurais eu qu'à lui rendre la main pour que les chevaux de l'Empereur, distancés, pussent voir la couleur de sa queue.

— Les voilà ! cria Despienne.

— Nous les tenons ! hurla Tremeau.

Une longue bande de route blanche s'étendait devant nous au clair de lune. Bien au loin, nous pûmes apercevoir les trois hommes, couchés sur l'encolure de leurs chevaux. De minute en minute, ils devenaient plus distincts : nous gagnions sur eux. Je pus reconnaître l'uniforme des chasseurs que portait le cavalier du centre monté sur un cheval blanc ; les deux hommes qui l'escortaient, sur des chevaux bais, étaient enveloppés de grands manteaux. Ils allaient de front, mais il était facile de voir que la bête du milieu était plus vigoureuse et moins fatiguée que les deux autres, à la façon dont elle ramenait les jambes à chaque bond. Son cavalier semblait être le chef, car à tout moment il se retournait pour mesurer des yeux la distance qui les séparait de nous. Tout d'abord je ne vis pas ses traits, mais comme nous nous rapprochions je distinguai la moustache qui lui barrait le visage, et, à la fin, je pus mettre un nom sur cette figure.

— Colonel de Montluc, criai-je. Halte ! au nom de l'Empereur.

VII – Comment le colonel fut tenté par le diable

Je connaissais depuis longtemps cet homme comme un officier plein de bravoure, mais un coquin sans préjuges. Nous avions même un petit compte à régler ensemble, car il avait tué mon ami Tréville à Varsovie, en faisant feu, disait-on, une seconde avant le signal.

Je n'avais pas fini de parler que ses deux acolytes faisant faire volte-face à leurs chevaux, déchargèrent sur nous leurs pistolets. J'entendis Despienne pousser un cri terrible, et nous nous précipitâmes, Tremeau et moi, sur le même homme : il tomba en avant le nez dans la crinière de son cheval, et les bras pendants de chaque côté de l'encolure. Son camarade s'élança sur Tremeau, le sabre haut, et j'entendis le bruit sec de sa lame, arrêtée par une parade. Je ne me retournai même pas et, pour la première fois, touchant Violette de l'éperon, je me précipitai à la poursuite du chef.

Puisqu'il fuyait laissant là ses camarades, comme lui je laissai les miens pour le suivre.

Il avait gagné deux cents pas, mais ma bonne petite jument les eut rattrapés avant que nous eussions fait deux kilomètres. C'est en vain qu'il éperonnait son cheval et jouait de la cravache comme un conducteur d'artillerie pour enlever son attelage sur une route défoncée. Il se démenait tellement que son shako roula à terre, et sa tête chauve brilla sous la lune. Mais il avait beau faire, la distance diminuait toujours. Je n'étais pas à plus de vingt mètres de lui, et l'ombre de la tête de Violette, touchait la hanche de son cheval, quand il se retourna sur sa selle, en proférant un juron et fit feu de ses deux pistolets sur ma jument.

J'ai été blessé si souvent que je me vois obligé de m'arrêter et de réfléchir avant de pouvoir dire combien de fois. J'ai reçu des balles de fusil, des balles de pistolet, des éclats d'obus, des coups de baïonnette, des coups de lance, des coups de sabre, et même un coup de poinçon de cordonnier ; c'est cette dernière blessure qui m'a fait assurément souffrir le plus. Eh bien, de toutes ces blessures, pas une ne m'a causé plus de douleur que lorsque je sentis chanceler sous moi la pauvre bête que j'en étais venu à aimer plus que tout au monde, après ma mère et l'Empereur.

Je pris mon second pistolet dans les fontes et je tirai entre les deux épaules du cavalier. Il cingla son cheval, d'un vigoureux coup de cravache, et je crus un instant que je l'avais manqué. Mais je vis bientôt sur sa tunique verte de chasseur une tache grandir peu à peu ; il commença à chanceler légèrement sur sa selle ; puis, tout à coup, il tomba d'un côté, son pied restant pris dans l'étrier. Son corps rebondit sur le sol à chaque pas de sa monture qui s'arrêta enfin, fatiguée et couverte d'écume. — Comme je saisissais la bête à la bride, la courroie de l'étrier se détendit, et le talon du cavalier sonna sur le sol.

— Vos papiers, criai-je en sautant à terre.

Mais je vis tout de suite, qu'il était mort. Ma balle lui avait traversé le cœur, et ce n'était que sa volonté qui l'avait maintenu si longtemps en selle. Je déboutonnai sa tunique pour prendre les papiers ; je fouillai dans ses fontes, dans sa sabretache. Je ne trouvai rien. Je tirai ses bottes, je défis le paquetage de sa selle ; je ne trouvai, nulle part, la moindre trace des papiers.

Je me serais volontiers laissé aller à pleurer là, assis sur le bord de la route, tellement j'étais déçu. Le sort, cet ennemi qui peut faire reculer sans honte un hussard, semblait se mettre contre moi. Je m'appuyai sur ma petite Violette, et j'essayai de réfléchir à ce que je devais faire. Je savais que l'Empereur n'avait pas une très haute idée de mon intelligence, et je tenais à lui montrer qu'il me faisait injure. Montluc n'avait pas les papiers et cependant il avait sacrifié ses compagnons pour fuir. Je n'y comprenais rien. D'un autre côté, il était clair que s'il ne les avait pas, un de ses camarades devait les détenir.

L'un de ceux-ci était certainement mort ; j'avais laissé l'autre aux prises avec Tremeau et s'il avait échappé au sabre de ce dernier, il avait encore à se mesurer avec moi. — Evidemment, ce que j'avais de mieux à faire, c'était de revenir sur mes pas.

Je rechargeai mes pistolets tout en me faisant cette réflexion, et je les replaçai dans mes fontes, puis j'examinai ma petite jument qui relevait la tête et dressait les oreilles comme pour me montrer le peu de cas qu'elle faisait d'une égratignure ou deux. La première balle lui avait simplement effleuré l'épaule, en laissant un léger sillon sur la peau. La

VII – Comment le colonel fut tenté par le diable

seconde blessure était plus sérieuse ; le projectile avait traversé le muscle du cou, mais déjà le sang ne coulait plus. Je me dis que si elle était trop faible, j'avais la ressource du cheval de Montluc ; j'emmenai donc cette bête qui était magnifique ; elle valait au moins quinze cents francs et il me semblait que personne n'y avait plus de droits que moi.

J'étais impatient maintenant de rejoindre mes compagnons, et je venais de reprendre les rênes à Violette quand je vis tout à coup quelque chose briller dans un champ, sur le bord de la route. C'était la garniture de cuivre du shako de Montluc. Une idée me traversa la tête et me fit sauter sur ma selle. Comment ce shako avait-il pu rouler jusque-là ? Par son seul poids, il serait simplement tombé sur la route, mais il était à vingt pas au moins du chemin. Evidemment, Montluc devait l'avoir jeté au loin quand il avait vu que j'allais l'atteindre, et s'il l'avait jeté… je ne m'attardai pas à raisonner, et je sautai à bas de Violette. Le cœur me battait la charge dans la poitrine. Oui, j'avais raison, cette fois. Au fond du shako, je trouvai un rouleau de papier enveloppé de parchemin et retenu par un ruban de soie jaune. Je le saisis et tenant le shako de l'autre main, je me mis à danser de joie sous le clair de lune. L'Empereur verrait bien qu'il ne s'était pas trompé en confiant le soin de ses affaires à Etienne Gérard.

J'avais une poche de sûreté à l'intérieur de ma tunique, juste au-dessus du cœur, et dans laquelle, je mettais les quelques petits objets qui m'étaient chers : c'est là que je plaçai le précieux rouleau. Puis remontant sur ma petite jument, je galopai pour aller voir ce qu'était devenu Tremeau, quand un cavalier passa tout à coup à travers champs à quelque, distance de moi. Au même instant, j'entendis sur la route, le trot d'un cheval et, tournant la tête, je vis venir l'Empereur monté sur un cheval blanc ; il était vêtu de son manteau gris et coiffé de son petit chapeau à cornes, comme je l'avais vu maintes fois sur les champs de bataille.

— Eh bien ! me cria-t-il de son ton brusque de sergent à la manœuvre. Où sont mes papiers ?

J'éperonnai ma jument, et je les lui présentai sans dire un mot. Il brisa le ruban, et les parcourut rapidement de l'œil. Puis, comme nos deux chevaux étaient côte à côte, il posa sa main droite sur mon épaule, et m'entoura le cou de son bras gauche. Oui, mes amis : modeste comme vous me connaissez, j'ai été embrassé par le grand Empereur, mon maître.

— Gérard, me dit-il, vous êtes merveilleux.

Je ne voulus pas le contredire, et je rougis de joie en pensant qu'il me rendait enfin justice.

— Où est le voleur, Gérard, me demanda-t-il ?

— Mort ! Sire.

— Vous l'avez tué.

— Il a blessé mon cheval, Sire, et il m'aurait échappé si je ne l'avais tué d'un coup de pistolet.

— L'avez-vous reconnu ?

— Il se nomme de Montluc, Sire, c'est un colonel de chasseurs.

— Bon, dit l'Empereur. Mais nous ne tenons pas encore la main qui fait manœuvrer les pièces de l'échiquier.

Il resta quelques instants silencieux, le menton sur la poitrine. Je l'entendis murmurer : « Ah ! Talleyrand, Talleyrand, si j'avais été à votre place et vous à la mienne, vous eussiez écrasé la vipère pendant que vous l'aviez sous votre talon. Depuis cinq ans je sais ce que vous êtes, et cependant je vous ai laissé vivre pour me mordre. » Mais, peu importe, mon brave, dit-il en se retournant vers moi, le jour viendra où se régleront tous comptes, et ce jour là, je n'oublierai, je vous le promets, ni mes amis, ni mes ennemis.

— Sire, dis-je, car j'avais eu le temps de réfléchir aussi, je pense que les ennemis de votre Majesté ont eu connaissance de vos projets concernant ces papiers, vous ne croyez pas que ce soit grâce à une indiscrétion de moi ou de mes camarades.

— Non, certes, me répondit-il, puisque ce complot a été tramé à Paris, et qu'il y a quelques heures seulement que vous avez reçu mes ordres.

— Alors, comment ?

— Assez, dit-il sévèrement, vous cherchez, en ce moment, à profiter de votre situation.

VII – Comment le colonel fut tenté par le diable

C'était toujours ainsi, avec l'Empereur. Il bavardait volontiers avec vous comme avec un ami ou un frère, mais quand il en était arrivé à vous faire oublier la distance qui vous séparait de lui, d'un mot ou d'un regard il vous montrait combien cette distance était incommensurable. Quand mon chien, enhardi par une caresse, se risque à mettre ses pattes sur mes genoux, et que je le rejette brusquement à terre, je me prends à penser aux façons de l'Empereur avec ses subordonnés.

Il mit son cheval au trot et je suivis en silence, le cœur gros. Mais lorsqu'il m'adressa de nouveau la parole, ma tristesse fut vite dissipée.

— Je n'ai pas pu dormir, dit-il, avant de savoir comment l'affaire s'était terminée. Je retrouve mes papiers, mais j'y ai mis le prix. Il ne me reste déjà plus tant de mes vieux soldats que je puisse en perdre deux en une nuit.

Mon cœur se glaça à ce mot : deux. Je bégayai : « Le colonel Despienne a été tué d'une balle de pistolet. »

— Et le capitaine Tremeau d'un coup de sabre. Quelques minutes plus tard et j'aurais pu le sauver : son adversaire s'est échappé à travers champs.

Je me rappelai le cavalier que j'avais aperçu au moment où l'Empereur me rejoignait. Il avait pris par les champs pour m'éviter, mais, si je l'avais reconnu et si Violette n'avait pas été blessée j'aurais pu venger mon vieux camarade. Je pensais à mon brave Tremeau, à sa force au sabre, et je me demandais si ce n'était pas la raideur de son poignet qui lui avait été fatale, quand l'Empereur m'adressa de nouveau la parole.

— Oui, colonel, dit-il. Vous êtes maintenant le seul homme qui sache où ces papiers seront cachés.

C'est peut-être l'imagination, mes amis, mais je dois avouer que, pendant un instant, il me sembla que le ton dont l'Empereur me dit cela, n'exprimait pas le chagrin. Pourtant cette noire pensée avait à peine eu le temps de germer en mon esprit, que le Maître me fit comprendre que ce soupçon était injuste de ma part.

— Oui, répéta-t-il, j'ai payé le prix pour ces papiers. Aucun homme n'a jamais eu de serviteurs plus fidèles, aucun homme, depuis le commencement du monde.

Nous étions arrivés sur le lieu de la lutte : le colonel Despienne et l'homme que j'avais abattu d'une balle de pistolet, étaient étendus à côté l'un de l'autre sur la route, tandis que leurs chevaux paissaient tranquillement sous les peupliers à quelque distance de là. Le capitaine Tremeau était un peu plus loin, étendu sur le dos, les jambes écartées, et tenant dans sa main la poignée de son sabre dont la lame était brisée au ras de la garde. Sa tunique était ouverte, et un gros caillot de sang formait une tache sombre sur le blanc de la chemise, je pouvais voir ses dents serrées qui brillaient sous son énorme moustache.

L'Empereur mit pied à terre et se pencha sur le corps.

— Il était avec moi depuis Rivoli, dit-il tristement. C'était un de mes vieux grognards d'Egypte !

Cette voix ranima le mourant. Je vis ses paupières se soulever. Il remua le bras, comme s'il eût voulu lever son sabre pour saluer. Puis sa bouche s'ouvrit, sa main se détendit, et l'arme roula sur le sol.

— Puissions-nous mourir aussi bravement, dit l'Empereur, et du fond du cœur j'ajoutai : « Ainsi soit-il. »

Il y avait une ferme à une centaine de mètres de là, et un paysan, tiré de son sommeil par le bruit de la lutte et les coups de pistolet, était accouru au bord de la route. Muet d'étonnement, il regardait l'Empereur avec de grands yeux hébétés. Nous lui confiâmes le soin des trois corps et des chevaux. Je jugeai bon de lui laisser Violette et de prendre le cheval de Montluc, car il ne pourrait pas refuser de me rendre ma jument, tandis qu'il aurait pu mettre des difficultés à me procurer l'autre. De plus, Violette était blessée et nous avions encore une longue course à fournir.

L'Empereur me causa peu pendant la première partie de la route. Peut-être la mort de Despienne et de Tremeau accablait-elle son esprit. Il fut toujours peu communicatif et, à cette époque, où chaque heure lui apportait la nouvelle d'un succès de ses ennemis ou d'une défection de ses amis, il ne pouvait guère être souriant. Cependant,

VII – Comment le colonel fut tenté par le diable

comme je réfléchissais qu'il portait sur sa poitrine ces papiers qu'il estimait d'une si haute importance, papiers qui, quelques heures auparavant, semblaient perdus pour lui, et que je me disais que c'était grâce à moi, Etienne Gérard s'il les avait de nouveau en sa possession, je sentais que je méritais bien quelques égards. La même idée lui vint aussi probablement, car lorsque nous eûmes quitté la grande route de Paris, et que nous fûmes dans la forêt, il me dit, de lui-même, ce que je brûlais de lui demander.

— Quant aux papiers, dit-il, je vous ai déjà dit que personne autre que vous et moi ne saurait où ils sont cachés. Mon Mameluck a porté les pelles au pigeonnier, mais je ne lui ai rien dit. Mon plan est arrêté depuis lundi : il y avait trois personnes dans le secret, une femme et deux hommes ; pour la femme j'ai en elle une confiance sans bornes ; mais, des deux hommes, lequel m'a trahi ? je l'ignore, toutefois, je vous assure que je le trouverai.

Nous trottions à ce moment sous l'ombre des arbres, je l'entendais frapper de sa cravache contre sa botte, et prendre prise sur prise, ainsi qu'il faisait d'habitude quand il était préoccupé.

— Vous vous demandez sans doute, continua-t-il, pourquoi ces coquins n'ont pas arrêté la voiture à Paris, plutôt qu'à l'entrée de Fontainebleau.

À la vérité cette objection ne m'était pas venue à l'esprit, mais je ne voulus pas paraître moins ingénieux qu'il ne me supposait, aussi je répondis, qu'en effet, cela était surprenant.

— S'ils avaient agi ainsi, reprit-il, ils auraient causé un scandale public, et couru le risque de manquer leur but. À moins de mettre la berline en pièces, ils n'auraient pas découvert la cachette. Ah ! il avait bien combiné ses plans le traître ; il a toujours su les combiner, et il avait bien choisi ses agents. Mais les miens ont été meilleurs.

Il ne m'appartient pas de vous raconter tout ce que me dit l'Empereur ce soir-là, tandis que nous allions au pas de nos chevaux, à travers les ombres noires que projetaient les troncs des arbres de la grande forêt, sous la lune argentée. Tout cela est resté gravé dans ma mémoire, et avant que je quitte ce monde je le confierai au papier, afin que tous puissent le lire un jour. Il me parla librement de son passé, et aussi de ses projets futurs, du dévouement de Macdonald, de la trahison de Marmont, du jeune roi de Rome dont il parlait avec la même tendresse qu'un petit bourgeois, de son fils unique ; puis de son beau-père, l'empereur d'Autriche qui, croyait-il s'interposerait entre ses ennemis et lui. Quant à moi, je n'osais dire un mot, me rappelant comme il m'avait rabroué, mais je chevauchais à ses côtés, ne pouvant croire que c'était l'Empereur, l'homme dont un seul regard me faisait trembler, qui me confiait ainsi ses pensées intimes, et me parlait par petites phrases courtes, rapides comme le bruit d'un escadron au galop. Il est possible qu'à côté de tous les sous-entendus de la diplomatie et des cours, c'était pour lui un soulagement que de causer franchement, sans détours, avec un soldat simple et loyal comme moi.

C'est ainsi que nous traversâmes à cheval la forêt de Fontainebleau et que nous arrivâmes au colombier. Aujourd'hui encore, après tant d'années j'éprouve un sentiment d'orgueil au souvenir de cette soirée passée avec l'Empereur et au cours de laquelle nous avions chevauché, de compagnie, comme deux bons camarades.

Les trois pelles étaient appuyées contre le mur à droite près de la porte en ruines ; les larmes me viennent aux yeux au souvenir des mains auxquelles elles étaient destinées. L'Empereur en saisit une et moi l'autre.

— Dépêchons-nous, dit-il. Le jour va venir avant que nous soyons de retour au palais.

Nous creusâmes un trou et, plaçant les papiers dans une de mes fontes, pour les protéger contre l'humidité, nous les déposâmes au fond et les recouvrîmes de terre. Puis, faisant disparaître toutes traces de notre travail, nous plaçâmes par-dessus une pierre énorme. Je vous assure que depuis l'époque où l'Empereur était encore un jeune artilleur, il n'avait jamais employé ses mains à une besogne aussi dure. Bien avant la fin du travail, il s'essuyait le front avec son mouchoir de soie.

VII – Comment le colonel fut tenté par le diable

Les premières lueurs grises du matin perçaient entre les troncs d'arbres quand nous sortîmes du vieux colombier. L'empereur posa sa main sur mon épaule, tandis que je l'aidais à se remettre en selle.

— Nous laissons les papiers en cet endroit, me dit-il solennellement, mais je désire que vous laissiez avec eux tout souvenir de ce qui s'est passé ce soir. Oubliez entièrement cette affaire jusqu'au jour où vous recevrez un ordre direct signé de ma propre main et avec mon sceau particulier. Jusqu'à ce moment ne vous souvenez de quoi que ce soit.

— C'est oublié, Sire, répondis-je.

Nous continuâmes notre route jusqu'à la lisière de la forêt, où il m'invita à le quitter. Je saluai et j'avais déjà tourné bride lorsqu'il me rappela :

— C'est bien dans le coin nord-est, n'est-ce pas, que nous les avons enterrés ? me demanda-t-il.

— Enterré quoi, Sire ?

— Les papiers, donc, dit-il d'un ton d'impatience.

— Quels papiers, Sire ?

— Nom d'un chien, mais les papiers que nous avons repris à Montluc.

— Vraiment, je ne comprends pas ce que veut dire Votre Majesté.

Son visage s'empourpra de colère une seconde, puis il se mit à rire.

— Très bien, colonel, dit-il. Je commence à croire que vous êtes aussi bon diplomate que bon soldat, et ce n'est pas peu dire.

Telle fut, mes amis, l'étrange aventure dans laquelle je me trouvai l'ami et le confident de l'Empereur.

Quand il revint de l'île d'Elbe, il se garda bien de déterrer ces papiers avant de s'être assuré de la tournure des événements : ils restèrent dans le coin du vieux pigeonnier après son exil à Sainte-Hélène. C'est à ce moment qu'il désira les remettre entre les mains de ses fidèles, et, dans ce but il m'écrivit, comme je l'ai appris par la suite, trois lettres qui toutes furent interceptées par ses geôliers. Enfin il offrit au gouvernement britannique, de pourvoir lui-même à ses dépenses, – ce qu'il eût pu faire facilement avec une somme aussi importante – si on voulait seulement laisser passer, sans l'ouvrir, une de ses lettres. Cette faveur lui fut refusée et, jusqu'à sa mort, en 1821, les papiers demeurèrent où je vous ai dit.

Comment nous les déterrâmes, le comte Bertrand et moi, et entre les mains de qui ils se trouvent aujourd'hui, c'est ce que je vous dirais volontiers, mais je ne le puis, car tout n'est pas fini.

Quelque jour vous entendrez parler de ces papiers, et vous comprendrez comment, après tant d'années, le grand homme peut encore, de sa tombe, faire trembler l'Europe. Quand viendra ce jour, donnez une pensée à Etienne Gérard, et dites à vos enfants que vous tenez l'histoire de la bouche même du seul survivant de ceux qui prirent part à cette étrange affaire, de l'homme qui fut tenté par le maréchal Berthier, et qui eut l'honneur d'être embrassé par l'Empereur et de recevoir ses confidences, un soir de clair de lune, dans la forêt de Fontainebleau.

Les bourgeons reparaissent aux arbres, mes amis, et les oiseaux recommencent à chanter. Par ce beau soleil, vous avez mieux à faire que de rester à écouter les histoires d'un vieux soldat à demi paralysé ; cependant vous pouvez garder précieusement le souvenir de ce que je viens de vous dire, car les bourgeons auront reparu, et les oiseaux recommencé à chanter maints printemps encore, avant que la France ne retrouve un chef comme celui que nous étions si fiers de servir !

VIII

COMMENT LE COLONEL JOUA UNE PARTIE DONT L'ENJEU ETAIT UN ROYAUME

Parfois, il m'a semblé, mes amis, que quelques-uns d'entre vous, après avoir entendu le récit de mes aventures, avaient pu conserver l'impression que j'avais de moi-même une opinion par trop avantageuse. C'est là une grande erreur, car j'ai remarqué qu'un soldat vraiment accompli est exempt de ce petit travers. Il est vrai que j'ai eu à me dépeindre, tantôt comme un brave officier, tantôt comme doué d'un esprit fertile en ressources, mais c'est qu'il en était ainsi réellement, et, pourquoi ne pas accepter les faits tels qu'ils sont ?

À vrai dire, d'ailleurs, ce serait affecter une modestie déplacée que de ne pas me reconnaître une carrière belle et glorieuse, et l'aventure que je vous veux raconter aujourd'hui, est de celles que, seul un homme modeste, peut se soucier de rappeler. Quand on a atteint à une situation comme la mienne, il est permis de retracer un épisode que quiconque pourrait être tenté de tenir caché.

Après la campagne de Russie, les survivants de notre pauvre armée furent rassemblés sur la rive droite de l'Elbe où ils purent se refaire un peu, à l'aide de la forte et nourrissante bière allemande. Nous ne pouvions cependant pas espérer retrouver les doigts et les orteils que l'armée avait perdus dans la retraite et que trois fourgons d'intendance n'auraient pu contenir, j'en suis certain. Néanmoins, tout amaigris et estropiés que nous étions, nous devions encore nous estimer heureux, en pensant aux malheureux camarades que nous avions perdus, ensevelis sous la neige, dans les steppes désolées. Aujourd'hui encore, mes amis, je n'aime pas à voir le rouge et le blanc associés ensemble, et mon seul bonnet rouge jeté sur mon drap blanc évoque parfois, en ma mémoire, comme un rêve, le spectacle de ces

VIII – Comment le colonel joua une partie dont l'enjeu était un royaume

plaines horribles, l'armée épuisée souffrant toutes les tortures et les larges taches de sang qui empourpraient la neige. Vous ne connaîtrez de moi aucun récit sur cette désastreuse campagne, car rien qu'à son souvenir, le vin que je bois se change en vinaigre et mon tabac en une paille insipide.

Des cinq cent mille hommes qui passèrent l'Elbe en l'automne de 1812, il en restait environ quarante mille au printemps de 1813. Mais quels hommes ! ces quarante mille diables ! des hommes de fer, habitués à manger du cheval, à coucher dans la neige, et capables encore des plus grands efforts. Ils devaient tenir, de ce côté de l'Elbe, jusqu'à ce que la grande armée de conscrits que l'Empereur levait en France fut prête à les aider à passer de nouveau le fleuve.

La cavalerie était dans un état déplorable. Mes hussards cantonnaient à Borna, et la première fois que je les passai en revue, je ne pus retenir mes larmes. Mes beaux hommes ! Mes magnifiques chevaux ! Mon cœur se déchirait en voyant l'état auquel ils étaient réduits. « Courage, mes braves, leur disais-je, il vous reste encore votre colonel. » Je m'étais mis à l'œuvre pour réparer le désastre et déjà j'avais reconstitué deux escadrons, quand l'ordre arriva à tous les colonels de cavalerie de se rendre sur-le-champ, en France, aux dépôts de leurs régiments, pour organiser le recrutement et la remonte en vue de la prochaine campagne.

Vous pensez, sans doute, que cette occasion de revoir mon pays me combla de joie. Je ne nierai pas que j'éprouvai quelque plaisir, certes, à l'idée de retrouver ma mère, et que cette nouvelle pourrait bien mettre en joie quelques jolies filles, mais il y avait, dans l'armée, d'autres officiers qui avaient plus de droits que moi au retour en France. J'aurais volontiers cédé ma place à ceux d'entre nous qui avaient laissé femmes et enfants que, peut-être, ils ne reverraient jamais. Mais il n'y a pas à discuter, quand vous arrive le petit papier bleu scellé de cire rouge. Aussi, une heure après, étais-je en route vers les Vosges. Enfin, j'allais trouver un moment de calme et de répit. Derrière moi, je laissais la guerre et la désolation et j'espérais aller au-devant de la paix. Telles étaient les réflexions que je me faisais, en entendant le son des clairons mourir dans le lointain et en voyant se dérouler devant moi la route blanche, entre les plaines et les montagnes, vers la France quelque part là-bas, au delà du rideau de brume bleue qui s'étendait à l'horizon.

C'est une chose intéressante, assurément, mais bien fatigante aussi que de chevaucher sur les derrières d'une armée. Au temps de la moisson nos soldats pouvaient se passer d'approvisionnements, car ils avaient été dressés à couper le blé dans les champs, sur leur passage, et à le moudre eux-mêmes, au bivouac. C'est précisément à cette époque de l'année qu'eurent lieu ces marches rapides qui firent, à la fois, l'étonnement et le désespoir de l'Europe. Mais, à ce moment aussi, on tentait d'approvisionner et de remonter ces hommes, épuisés par tant de privations. Souvent j'étais obligé de me tenir dans les fossés pour laisser passer les interminables troupeaux de moutons de Cobourg, de bœufs de Bavière, les longs convois de bière de Berlin, et de bon cognac de France. Parfois j'entendais le roulement des tambours et le sifflement des fifres : c'était une longue colonne de notre belle infanterie qui défilait avec un mouvement d'ondulation marquée, les tuniques bleues couvertes d'une poussière blanche. C'étaient de vieux soldats pris dans les garnisons de nos forteresses allemandes, car les conscrits n'arrivèrent de France qu'au mois de mai.

J'étais quelque peu ennuyé des arrêts et des détours continuels auxquels j'étais forcé, aussi ne fus-je pas fâché de trouver en arrivant à Altenburg, une autre route se dirigeant vers le sud, et entièrement libre. Jusqu'à Greiz je ne rencontrai que de rares voyageurs et je pus admirer tout à mon aise le paysage magnifique qui se déroulait de chaque côté de la route bordée de chênes et de hêtres dont les branches s'allongeaient au-dessus du chemin. Il peut vous sembler étrange qu'un colonel de hussards arrête à chaque instant son cheval pour admirer les pousses vertes sur les arbres. Mais si vous aviez, comme moi, passé les six mois précédents au milieu des pins rabougris de la Russie, vous comprendriez ce légitime bonheur. Quelque chose cependant me paraissait moins agréable que la beauté des arbres : c'était le ton, l'attitude des gens, dans les villages que je traversais. Nous avions toujours été en bons termes avec les Allemands et, pendant six ans, ils

VIII – Comment le colonel joua une partie dont l'enjeu était un royaume

n'avaient pas paru nous garder rancune des petites libertés que nous avions prises dans leur pays. Nous nous étions montrés généreux envers les hommes et les femmes nous le rendaient quelquefois. Mais, aujourd'hui, il y avait dans les gestes de ces gens quelque chose que je ne m'expliquais point. Les passants ne répondaient pas à mon salut, les forestiers tournaient la tête pour ne point me regarder, et dans les villages, les paysans s'assemblaient par petits groupes sur mon passage et me jetaient de mauvais coups d'œil ; les femmes elles-mêmes, avaient un air peu engageant, et c'était chose nouvelle pour moi, dans ce temps-là, de voir, dans les yeux des femmes autre chose qu'un sourire.

Ce fut surtout au village de Ichmolin, à dix milles environ d'Altenbourg, que cette attitude hostile devint plus marquée. Je m'étais arrêté à une petite auberge pour m'humecter la moustache, et rafraichir aussi ma petite Violette. J'avais toujours l'habitude de faire quelque petit compliment, j'allais même, à l'occasion, jusqu'à donner un baiser à la servante qui m'apportait ma bouteille. Celle qui me servit ce jour-là ne voulut accepter ni l'un ni l'autre et elle me lança un regard acéré comme la pointe d'une baïonnette ; quand, ensuite, je levai mon verre à la santé des consommateurs qui étaient en train de déguster leur bière près de la porte, ils me tournèrent le dos, à l'exception d'un jeune homme qui cria : « À votre santé, garçons, à la lettre T ; » et tous vidèrent leurs verres et se mirent à rire, mais a un rire qui n'avait rien d'amical.

Je me demandais ce que signifiait cette conduite singulière et je quittai le village, lorsque je vis sur un arbre un grand T entaillé dans l'écorce. J'en avais déjà remarqué plusieurs le matin mais je n'y avais prêté aucune attention jusqu'au moment où les paroles des buveurs de bière vinrent y donner une certaine importance. Un cavalier à mine respectable passait à ce moment sur la route.

— Pouvez-vous me dire, Monsieur, ce que signifie cette lettre T, lui demandai-je ?

Il me regarda d'un air singulier.

— Jeune homme, me répondit-il, ce n'est pas la lettre N.

Avant que je pusse lui demander d'autre explication, il enfonça les éperons dans les flancs de sa monture, et partit ventre à terre.

Tout d'abord, sa réponse me fut incompréhensible, mais, quelques pas plus loin, Violette tourna sa petite tête éveillée et mes yeux tombèrent sur la garniture de cuivre de sa bride où se détachait, en relief, la lettre N. C'était la marque de l'Empereur. Ce T avait évidemment une signification, qui ne me présageait rien de bon. Il s'était donc passé quelque chose en Allemagne pendant notre absence, et la grande endormie commençait à s'éveiller. Je pensai aux figures hostiles que j'avais rencontrées, et je compris que si j'avais pu lire au fond du cœur de ces gens-là j'y aurais trouvé d'étranges sentiments et j'aurais eu à rapporter en France des nouvelles peu rassurantes. Cela ne fit que me rendre plus impatient de voir bientôt mes dix escadrons, au complet, derrière mes trompettes.

Tandis que je roulais ces pensées dans ma cervelle, j'alternais l'allure de ma monture comme doit le faire tout cavalier qui a une longue course à fournir et un bon cheval à ménager. La route traversait, en cet endroit, une plaine découverte, et, sur le bord, était un grand tas de fagots. Comme j'arrivais à la hauteur de cette bourrée, un bruit sec retentit et, tournant la tête, j'aperçus, me regardant, le visage empourpré d'un homme en proie à une grande agitation. Un second coup d'œil me fit reconnaître celui à qui je m'étais adressé, une heure auparavant, à la sortie du village.

— Approchez, dit-il, à voix basse. Plus près ; maintenant, descendez de cheval, et faites semblant de serrer la sangle de votre selle. Il peut y avoir des espions qui nous guettent, et c'est la mort pour moi, si on me voit vous parler.

— La mort. Qui craignez-vous donc, lui répondis-je ?

— « Tugendbund », les Cavaliers de la Nuit, de Lutzow. Les Français sont sur une poudrière, et la mèche qui doit les faire sauter est allumée.

— Que me dites-vous, poursuivis-je, tout en feignant d'arranger la sangle de mon cheval. Qu'est ce « Tugendbund » ?

VIII – Comment le colonel joua une partie dont l'enjeu était un royaume

— C'est une Société secrète qui prépare le grand soulèvement destiné à vous chasser d'Allemagne comme vous avez été chassés de la Russie.

— Et ces T sont le signe de la Société ?

— Oui. J'aurais voulu vous en prévenir dans le village, mais j'ai craint d'être reconnu causant avec vous. J'ai pris au galop par le bois pour vous rejoindre et je me suis caché ici, avec mon cheval, pour vous attendre.

— Je vous suis fort reconnaissant, lui dis-je, d'autant plus que vous êtes le seul allemand que j'aie rencontré aujourd'hui qui se soit montré poli avec moi.

— Tout ce que je possède, dit-il, je l'ai gagné dans les marchés de fournitures que j'ai passés pour les armées françaises. Votre empereur s'est toujours montré très bon pour moi. Mais remontez à cheval, et continuez votre route, car, nous avons déjà causé trop longtemps, et défiez-vous des « Cavaliers de la Nuit » de Lutzow.

— « Des bandits ? demandai-je. ».

— Tout ce qu'il y a de plus gredin en Allemagne, me répondit-il. Mais pour l'amour de Dieu, partez, car j'ai risqué ma vie pour vous avertir.

Vous pouvez vous imaginer quelles furent mes pensées après cette rencontre. Ce qui m'avait frappé plus que ses paroles, c'était la voix haletante, la figure épouvantée de cet homme et ses yeux effarés au moindre craquement des branches. Il était évident qu'il était en proie à une terreur mortelle, et ce n'était pas, non plus, sans raison, car, je l'avais à peine quitté que j'entendis derrière moi une détonation suivie d'un cri, mais jamais je n'ai pu retrouver la trace de cet homme.

Je me tins sur mes gardes à partir de ce moment, galopant rapidement quand le pays était découvert, et ralentissant l'allure là où pouvait se trouver une embuscade. J'avais encore cinq cents bons kilomètres de terre allemande devant moi, mais somme toute je ne m'en préoccupais pas beaucoup, car les Allemands m'avaient toujours semblé des gens pacifiques et dont la main tenait plus souvent et plus volontiers un tuyau de pipe qu'une poignée de sabre, non pas par manque de courage, vous comprenez, mais parce que c'est un peuple lourd, difficile à entraîner et aimant assez, par égoïsme, à vivre en bons termes avec ses voisins. Je ne me doutais pas alors que sous cette apparence tranquille se cachait un tempérament aussi farouche, et beaucoup plus vindicatif que celui des Italiens eux-mêmes.

Je ne tardais pas à m'apercevoir qu'il se tramait en effet quelque chose de grave. J'étais arrivé à un endroit où la route monte à travers une lande sauvage pour redescendre ensuite sous bois. J'étais à peu près à mi-côte quand je vis briller quelque chose entre les troncs d'arbre et un homme débusqua du bois à quelque distance devant moi. Il portait un uniforme tellement chamarré d'or qu'il semblait flamber sous les rayons du soleil. Il paraissait complètement ivre, car il titubait et chancelait en s'avançant vers moi. Il tenait d'une main, sur son cou, un grand mouchoir rouge.

J'avais mis mon cheval au pas et je l'observai avec dégoût ; il me semblait étrange qu'un homme revêtu d'un si brillant uniforme, pût se montrer dans un pareil état en plein jour. Il me regardait avec fixité en s'avançant lentement, et en s'arrêtant de temps en temps. Tout à coup il étendit les bras en avant et s'abattit au milieu de la route ; je vis alors que ce que j'avais pris pour un mouchoir rouge était une horrible blessure, d'où pendait un énorme caillot de sang.

— Mon Dieu ! m'écriai-je, en sautant de cheval ; et moi qui vous croyais ivre !

— Non, je ne suis pas ivre, je suis mourant, dit-il avec effort. Mais Dieu soit loué de m'avoir fait rencontrer un officier français, tandis que j'ai encore la force de parler.

Je le relevai, l'étendis sur une touffe d'ajoncs et lui fis avaler un peu de cognac.

— Par qui avez-vous été blessé, et qui êtes-vous, lui demandai-je ? Vous êtes Français et cependant je ne reconnais pas votre uniforme.

— C'est celui de la nouvelle garde d'honneur de l'Empereur, me répondit-il. Je suis le marquis de Saint-Arnaud. Je suis le neuvième de ma famille qui meurt au service de la France. J'ai été poursuivi et blessé par les « Cavaliers de la Nuit » de Lutzow. Je me suis caché dans

VIII – Comment le colonel joua une partie dont l'enjeu était un royaume

ce bois, espérant voir passer bientôt un Français ; au premier moment, je ne savais si vous étiez français ou ennemi, mais j'ai senti la mort venir et je me suis montré à tout hasard.

— Courage, camarade, lui dis-je. J'ai vu des hommes blessés plus grièvement que vous et qui s'en sont tirés.

— Non. Non, dit-il, d'une voix faible. Je sens que je m'en vais.

En parlant ainsi, il posa sa main sur la mienne, et je vis que ses ongles bleuissaient déjà.

— J'ai sur moi des papiers, dans mon dolman, ajouta-t-il, et il faut que vous les portiez bien vite au prince de Saxe-Felstein, à son château de Hof. Il est encore de nos amis, lui, mais la princesse est notre ennemie mortelle. Elle met tout en œuvre pour l'amener à se tourner contre nous. Si elle réussit, cela déterminera ceux qui sont encore hésitants, car le roi de Prusse est son oncle, et le roi de Bavière son cousin. Il est de toute nécessité que ces papiers parviennent au prince avant qu'il n'ait cédé aux instances pressantes de sa femme, remettez-les lui ce soir même, et vous aurez peut-être réussi à conserver l'Allemagne à l'Empereur. Si mon cheval n'avait pas été tué, j'aurais pu, certes, quoique blessé…

Il ne put achever. Un caillot de sang lui monta à la gorge, sa main glacée se raidit dans la mienne. Un soubresaut secoua tout son corps et il rendit le dernier soupir.

Mon voyage débutait bien tristement : Je me trouvais chargé d'une mission sur laquelle je n'avais rien de précis, ce qui allait retarder la réorganisation de mon régiment, et cependant cette mission était d'une telle importance qu'il m'était impossible de la décliner. Je fouillai l'uniforme du marquis, uniforme dont l'Empereur lui-même avait conçu le modèle brillant afin d'attirer à lui les jeunes gens de l'aristocratie avec lesquels il espérait former de nouveaux régiments pour sa garde. Je tirai, d'une poche, un petit rouleau de papiers entouré d'un ruban de soie et adressé au prince de Saxe-Felstein. Dans un coin de la feuille, tracés d'une écriture désordonnée, à peine lisible, ces mots : urgent et important et, au-dessous, un gros pâté d'encre que je reconnus pour la signature de l'Empereur. Pour moi, ces quatre mots étaient un ordre aussi clair que s'il fût sorti des lèvres affinées que je connaissais si bien. Mes hussards attendraient leurs chevaux, mais les papiers seraient remis au prince le soir même.

Pour abréger mon chemin je quittai la grande route, non point par peur, mais j'avais fait la guerre en Espagne et je savais par expérience que le moment le plus propice pour traverser un pays de guérillas, c'est après un attentat, et que, au contraire, l'instant le plus dangereux est précisément celui où tout est calme. J'avais vu, en consultant une carte, que Hof était au sud et que j'arriverais plus vite en traversant la lande. D'ailleurs, je m'étais à peine remis en route et je n'avais pas fait cinquante pas que deux détonations retentirent et une balle siffla à mes oreilles comme un bourdonnement d'abeilles. Evidemment, ces « Cavaliers de la Nuit » étaient plus audacieux que les brigands d'Espagne : ma mission aurait été bientôt et à jamais compromise, si j'avais continué à suivre la route.

Ce fut une course folle, les rênes sur le cou de ma jument qui disparaissait jusqu'au ventre dans les hautes herbes ; ma vie était à la merci de ma bonne petite Violette. Elle ne broncha pas un instant ; elle franchissait les trous, les buissons, les racines d'arbres, d'un pied sûr et rapide comme si elle eut compris que son maître portait le sort de l'Allemagne dans sa pelisse. Moi, qui depuis longtemps passais pour le meilleur écuyer des six brigades de cavalerie légère, je n'ai jamais galopé comme ce jour-là. Les pigeons ramiers qui s'envolaient au-dessus de ma tête ne filaient pas plus droit, pas plus rapides que Violette et moi au-dessous d'eux. Comme officier, j'ai toujours été prêt à me sacrifier pour mes hommes, bien que l'Empereur ne m'en ait jamais été reconnaissant, car il avait des hommes autant qu'il en voulait, lui, mais il n'avait qu'un… bref, les bons officiers de cavalerie sont rares. Mais, dans le cas présent, j'avais un but qui justifiait tous les sacrifices et je ne pensais pas plus à ma vie qu'aux mottes de terre que faisait voler ma bonne petite jument.

Comme le jour tombait, je repris la route et j'entrai, au galop, dans le petit village de Lobenstein.

VIII – Comment le colonel joua une partie dont l'enjeu était un royaume

Nous étions à peine sur le pavé qu'un des fers de ma jument sauta et je fus obligé de m'arrêter chez le forgeron. Il avait fini sa journée et son feu était éteint, de sorte qu'il me fallait attendre au moins une heure avant de pouvoir reprendre ma route. Maudissant ce retard, j'entrai dans l'auberge du village et me fis servir un poulet froid et une bouteille de vin, pour souper. Je n'étais plus qu'à quelques milles, de Hof et j'avais bon espoir de remettre mes papiers au prince, dans la nuit, puis de reprendre le chemin de la France le lendemain matin avec sa réponse pour l'Empereur.

Le poulet et la bouteille étaient sur la table, et je les attaquais avec toute l'ardeur d'un homme qui vient de fournir une pareille course, quand j'entendis le bruit d'une querelle dans la pièce voisine. D'abord, je crus à quelque dispute de paysans après boire, et j'allais les laisser arranger eux-mêmes leurs affaires ; mais, tout à coup, retentit un cri capable de faire se dresser Etienne Gérard lui-même sur son lit de mort. C'était un cri de femme. Je jetai mon couteau et ma fourchette et, en un instant, j'étais au milieu de la foule rassemblée près de la porte.

Le propriétaire, gros homme à la face bouffie était là avec sa femme, une grande rousse à l'air pataud, les deux garçons d'écurie, une femme de chambre et deux ou trois villageois. Tous se démenaient avec des gestes de colère, tandis qu'au milieu d'eux, les joues pâles, les yeux remplis de terreur était la femme la plus belle qu'un soldat pût rêver de voir. Avec sa tête de reine rejetée en arrière, son regard de défi malgré sa frayeur, elle se révélait d'une autre race que les rustres qui l'entouraient. J'avais à peine ouvert la porte qu'elle se précipita vers moi, et, posant sa main sur mon bras, elle s'écria, les yeux brillant de joie :

— Un soldat français est un gentilhomme ; Dieu soit loué, je suis en sûreté à présent !

— Oui, Madame, dis-je, vous êtes en sûreté ; — et je ne pus m'empêcher de lui saisir la main pour la rassurer. — Vous n'avez qu'à commander, je suis à vos ordres.

— Je suis Polonaise, me dit-elle, je suis la comtesse Palotta. Ces gens veulent me persécuter parce que j'aime les Français, et, je ne sais ce qu'ils m'auraient fait, si le ciel ne vous avait envoyé à mon secours.

Je portai sa main à mes lèvres afin qu'elle ne doutât pas de mes intentions, puis je me tournai vers ces paysans avec une expression comme je sais en prendre parfois. En un instant la salle fut vide.

— Comtesse, dis-je, vous êtes maintenant sous ma protection. Mais, faible comme vous êtes, il est nécessaire, que vous preniez un peu de vin pour vous remettre.

Je lui offris mon bras et je la fis entrer dans la salle particulière où l'on m'avait servi ; elle prit place près de moi à table et but le vin que je lui offris.

Comme elle illumina de sa beauté la petite pièce où nous nous trouvions ! Elle dut lire mon admiration dans mes yeux, et il me sembla voir dans les siens le même sentiment à mon égard. Ah ! mes amis, je n'avais pas trop mauvaise tournure, savez-vous bien, quand j'avais trente ans ! Il eût été difficile de trouver une plus jolie paire de moustaches dans toute la cavalerie légère ; celles de Murat étaient quelque peu plus longues et plus fortes, mais les meilleurs juges s'accordaient à dire qu'elles étaient tout de même un peu trop longues. Et puis j'avais mes façons de faire. Il y a des femmes qui demandent à être approchées d'une certaine manière ; d'autres, d'une façon différente. Il en est comme d'un siège, où l'on doit employer le système des fascines et des bastions en hiver, et celui des tranchées en été. Et l'homme qui sait être à la fois réservé et timide, irrespectueux avec un air d'humilité, présomptueux avec un ton de déférence, est précisément celui que les mères doivent redouter. Je me disais que j'étais le protecteur de cette femme, et me connaissant homme entreprenant, je me tins sur mes gardes. Cependant, même un protecteur a ses privilèges, et j'en profitai.

Son esprit était aussi cultivé que son visage était charmant. En quelques mots elle m'expliqua qu'elle se rendait en Pologne, et que son frère qui l'accompagnait était resté malade en route. À plusieurs reprises elle avait eu à souffrir des mauvais traitements des gens du pays parce

VIII – Comment le colonel joua une partie dont l'enjeu était un royaume

qu'elle ne pouvait cacher son affection pour les Français. Puis, laissant de côté ses propres affaires, elle me questionna sur l'armée, et la conversation vint à tomber sur moi et sur mes aventures, qui lui étaient connues, me dit-elle, car elle connaissait aussi plusieurs des officiers de Poniatowski qui lui avaient parlé de moi et de mes exploits. Cependant, elle serait heureuse, dit-elle, d'en entendre le récit de mes propres lèvres. Je n'ai jamais eu entretien plus délicieux. La plupart des femmes ont le défaut de parler trop d'elles : celle-ci écouta mes aventures avec autant d'intérêt que vous les écoutez vous-mêmes, me demandant à tout instant de plus amples détails. Les heures passèrent rapidement, et ce fut avec terreur que j'entendis l'horloge du village sonner onze heures et me rappeler que, pendant quatre heures, j'avais complètement oublié les affaires de l'Empereur.

— Excusez-moi, Madame, dis-je en me levant brusquement, mais je suis obligé de me rendre sur le champ à Hof.

Elle se leva aussi, et me lançant un regard de reproche :

— Et moi, dit-elle ? Que vais-je devenir ?

— Service de l'Empereur, répondis-je. Je me suis déjà attardé trop longtemps. Mon devoir m'appelle, il faut que je parte.

— Partir ! Et vous allez m'abandonner au milieu de ces, sauvages ? Oh ! pourquoi vous ai-je rencontré ? Pourquoi m'avez-vous appris à compter sur votre force ?

Ses yeux se remplirent de larmes et, l'instant d'après, elle sanglotait, la tête appuyée sur ma poitrine.

Ah ! ce fut un moment de rude épreuve, obligé que j'étais de contenir la jeune et chevaleresque ardeur qui bouillait en moi. Mais je fus à la hauteur de ma tâche. Je caressai sa belle chevelure brune et lui murmurai à l'oreille toutes les consolations que je pus trouver, mon bras passé autour de sa taille, c'est vrai, mais pour la retenir, dans le cas où elle se serait évanouie. Elle leva vers moi son visage baigné de larmes :

— De l'eau, murmura-t-elle, de l'eau, pour l'amour de Dieu !

Je vis qu'elle était prête à défaillir. Je la déposai doucement sur un sopha et me précipitai comme un fou hors de la chambre, à la recherche d'une carafe d'eau. Je finis par en trouver une et je revins en toute hâte. Mais vous imaginerez-vous aisément ce que je ressentis en trouvant la pièce vide : la coquine avait disparu.

Non seulement elle était partie, mais avec elle avaient disparu aussi son chapeau et sa cravache qu'elle avait posés sur la table. D'un bond, je fus hors de la chambre et j'appelai l'aubergiste. Il ne savait rien de l'affaire, il ne connaissait pas cette femme et peu lui importait ce qu'elle était devenue. Les paysans, à la porte, n'avaient vu personne. Je cherchai, je furetai partout, et je finis par me trouver debout devant une glace en face de laquelle je restai les yeux grands ouverts et la mâchoire inférieure aussi pendante que le permettait la jugulaire de mon shako.

Quatre boutons de ma pelisse étaient défaits et je n'eus pas besoin d'y porter la main pour reconnaître que mes précieux papiers avaient disparu. Oh ! la perfidie profonde que recèle la femme en son cœur ! Elle m'avait volé, la misérable, volé pendant qu'elle se serrait contre ma poitrine. Oui, tandis que je caressais ses cheveux et que je lui murmurais de douces paroles à l'oreille, ses mains fouillaient mon dolman. Je restais là, au terme de mon voyage, incapable de m'acquitter d'une mission qui avait déjà coûté la vie à un brave officier et qui allait probablement coûter l'honneur à un autre. Que dirait l'Empereur quand il apprendrait que j'avais perdu ses dépêches ? L'armée croirait-elle cela d'Etienne Gérard ? Et quand on saurait que c'était une femme qui me les avait subtilisées quels éclats de rire à la table du mess et autour des feux dans les bivouacs ! Je me serais roulé sur le sol de désespoir.

Le tapage dans l'auberge, les plaintes de la soi-disant comtesse, tout cela était une comédie d'un bout à l'autre, c'était certain et ce misérable aubergiste devait être dans le complot. Par lui, je pourrais savoir qui était cette femme et quelle route elle avait prise. Je tirai mon sabre et me mis à sa recherche. Mais le coquin s'y attendait et était prêt à me recevoir. Je le trouvai dans un coin de la cour avec une mauvaise espingole entre les mains et flanqué d'un énorme chien que son fils tenait en laisse. Les deux garçons d'écurie, armés de fourches, se

VIII – Comment le colonel joua une partie dont l'enjeu était un royaume

tenaient de chaque côté, et sa femme derrière lui, avec une énorme lanterne pour lui permettre de viser.

— Partez, Monsieur, partez, me cria-t-il, dès qu'il m'aperçut. Votre cheval est prêt et personne ne vous inquiétera si vous continuez votre chemin ; mais si vous nous attaquez, considérez que vous êtes seul contre trois hommes bien déterminés.

Je n'avais à craindre que le chien, car les fourches et l'espingole tremblaient entre leurs mains comme des feuilles au vent. Et puis je réfléchis que si je parvenais à tirer de lui une réponse à la pointe de mon sabre, je n'avais aucun moyen de m'assurer qu'il me disait la vérité. Il était donc inutile d'engager un combat dans lequel je risquais de perdre beaucoup sans espoir de gagner quoi que ce fût de certain. Je les toisai des pieds à la tête d'une façon qui ne fit qu'accroître leur couardise ; je sautai en selle et disparus au galop, tandis que les rires perçants de la femme m'arrivaient aux oreilles.

J'avais déjà pris mon parti. Quoique j'eusse perdu mes papiers, je devinais quel pouvait en être le contenu, et j'en informerais le prince de Saxe-Felstein, de vive voix, comme si c'eût été de cette façon que l'Empereur m'avait donné l'ordre de transmettre le message. C'était un coup hardi et dangereux, car si je m'avançais trop, je pouvais être désavoué. Il n'y avait pourtant pas d'autre moyen à prendre, et la partie valait la peine d'être jouée ; l'enjeu n'était rien moins qu'un royaume.

Il était minuit quand j'arrivai à Hof, mais toutes les fenêtres étaient éclairées, particularité qui, dans ce pays de dormeurs, indiquait bien le degré d'agitation où se trouvait le peuple. Des huées et des rires ironiques m'accueillirent comme je traversais les rues de la ville remplies de monde ; une pierre effleura même ma tête, mais je continuai ma route sans presser ni ralentir l'allure de mon cheval et j'arrivai devant le palais. Toutes les fenêtres en étaient brillamment illuminées et, dans la lumière, on voyait passer et repasser de grandes ombres. Je laissai ma jument aux mains d'un valet, et, pénétrant dans le palais, je demandai, du ton que doit prendre un ambassadeur, à voir le prince sur-le-champ pour affaire importante et ne souffrant aucun délai.

L'obscurité était complète dans le vestibule, mais j'eus conscience, comme j'entrais, d'un bourdonnement de voix se taisant à l'annonce de ma mission. Il se tenait là une importante réunion et, d'instinct, je conclus que, dans cette réunion, devait se décider la question de la paix ou de la guerre. Peut-être arrivais-je encore à temps pour faire pencher la balance en faveur de la France et de l'Empereur ! Le majordome me regarda d'un mauvais œil et me fit entrer dans une petite antichambre où il me laissa. Un instant après il revint m'annoncer que le prince, ne pouvait être dérangé en ce moment, mais que la princesse recevrait mon message.

La princesse ? À quoi me servirait-il de la voir ? N'avais-je pas été prévenu qu'elle était allemande de cœur et d'âme, et que c'était elle qui poussait contre nous le prince et ses Etats.

— C'est au prince que je dois parler, m'écriai-je.

— Non, c'est à la princesse, dit une voix, près de la porte, et une femme entra dans la pièce.

— Von Rosen, dit-elle, restez avec nous.

— Eh bien, Monsieur, qu'avez-vous à dire au prince ou la princesse de Saxe-Felstein ?

À cette voix, je m'étais levé vivement. Au premier coup d'œil je frémis de colère. On ne rencontre pas deux fois dans sa vie, personne d'aussi noble prestance, une tête de reine, des yeux aussi bleus que la Garonne et aussi froids que ses eaux !

— Le temps presse, Monsieur, dit-elle d'un ton d'impatience, et en frappant du pied. Qu'avez-vous à me dire :

— Ce que j'ai à vous dire m'écriai-je. Que puis-je vous dire, sinon que vous m'avez appris à ne plus jamais me fier à une femme. Vous m'avez déshonoré à jamais.

Elle regarda son chambellan, le sourcil froncé.

— Est-ce le délire de la fièvre, ou quelque autre cause mal déguisée ? dit-elle. Peut-être une saignée.

— Ah ! vous jouez bien la comédie : je sais comment vous vous en tirez, répondis-je.

— Que signifie ?...

VIII – Comment le colonel joua une partie dont l'enjeu était un royaume

— Cela signifie que j'ai été volé par vous, il y a moins d'une demi-heure.

— Ah ! ceci dépasse toutes les bornes, s'écria-t-elle, en simulant la colère. Vous vous prévalez du titre d'ambassadeur, mais ce titre a des privilèges limités, Monsieur !

— Votre impudence est admirable, lui dis-je. Mais Votre Altesse ne se jouera pas de moi deux fois dans la même nuit. Je me baissai et saisis le bas de sa robe : « Vous eussiez bien fait de changer de robe, après la course que vous venez de fournir. ».

Ses joues se colorèrent vivement.

— Insolent ! cria-t-elle ; puis se tournant vers son chambellan : faites appeler les gardes et jetez cet homme à la porte.

— Je verrai le prince d'abord.

— Non, vous ne verrez pas le prince ! Arrêtez-le, Von Rosen, arrêtez-le.

Elle ne savait pas à quel homme elle avait affaire ; elle croyait peut-être que j'allais attendre ses coquins de valets ; son jeu était trop tôt démasqué. Son but était de s'interposer entre moi et son mari, mais je voulais, à tout prix, me trouver face à face avec lui.

D'un bond je m'élançai dehors, je traversai le vestibule et me précipitai dans la grande salle d'où m'avait semblé venir le murmure de la réunion. À l'autre bout de la pièce je vis un personnage assis sous un dais. Au-dessous de lui était une rangée de dignitaires et, de chaque côté, je distinguai vaguement l'ondulation des têtes qui composaient cette vaste assemblée. Je m'avançai jusqu'au milieu, mon shako sous le bras, et le sabre traînant sur les dalles.

— Je suis un envoyé de l'Empereur, prononçai-je à haute voix. J'apporte son message à Son Altesse le prince de Saxe-Felstein.

L'homme assis sous le dais leva la tête ; et je pus voir sa figure pâle et amaigrie ; ses épaules étaient voûtées comme si elles eussent plié sous un fardeau trop lourd.

— Votre nom, Monsieur ? demanda-t-il.

— Je suis le colonel Etienne Gérard, du 3e hussards de Conflans.

Tous les yeux s'étaient fixés sur moi, mais aucun ne trahissait la sympathie, bien au contraire. La femme m'avait suivi, et ayant gagné l'estrade, elle se mit à parler au prince à voix basse avec des gestes impérieux, tandis que je me redressais, bombant la poitrine et frisant ma moustache, tout en regardant autour de moi d'un air calme et assuré. Dans un coin de la salle, je vis un groupe d'hommes vêtus de noir, et enveloppés de manteaux : ils s'entretenaient mystérieusement, mais je percevais, à chacun de leurs mouvements, le cliquetis de leurs sabres et le bruit de leurs éperons.

— La lettre particulière de l'Empereur m'informe que c'est le marquis de Saint-Arnaud qu'il a chargé d'un message, dit le prince.

— Le marquis a été traîtreusement assassiné, répondis-je.

Mes paroles furent accueillies par des murmures et je remarquai que les têtes se tournaient du côté des hommes noirs.

— Où sont vos papiers ? demanda le prince.

— Je n'en ai pas.

Une clameur farouche s'éleva autour de moi.

— C'est un espion ! À la potence ! hurla une voix dans un coin, et le cri fut répété par douze autres voix. Je me contentai de tirer mon mouchoir et de secouer la poussière qui couvrait ma pelisse.

Le prince étendit ses mains maigres et le tumulte s'apaisa.

— Où sont vos lettres de créance, et quel est votre message ?

— Mon uniforme vaut bien des lettres de créance et mon message ne doit être connu que de vous seul, répondis-je.

Il passa la main sur son front avec le geste d'un homme qui ne sait quel parti prendre. La princesse se tenait toujours près de lui, la main appuyée sur son fauteuil : elle lui dit de nouveau quelques mots à l'oreille.

— Nous sommes ici réunis en Assemblée, quelques-uns de mes fidèles sujets et moi-même. Je n'ai pas de secrets pour eux, et, quel que soit l'objet du message de l'Empereur, ils ont le même intérêt que moi à le connaître, dit le prince.

Un murmure d'approbation répondit à ces paroles, et tous les yeux se tournèrent de nouveau vers moi. Je me sentais dans une

VIII – Comment le colonel joua une partie dont l'enjeu était un royaume

situation critique, car autre chose est de commander à huit cents hussards et autre chose de porter la parole devant un tel auditoire. Mais je fixai mes yeux sur le prince et j'essayai de crier ce que je lui aurais dit si nous avions été seuls ; je criai à pleine voix comme si j'avais été à la parade, à la tête de mon régiment :

— Vous avez souvent manifesté vos sentiments d'amitié envers l'Empereur, leur dis-je : eh bien ! le jour est venu de mettre cette amitié, à l'épreuve. Si vous lui restez fidèles il vous récompensera comme il sait récompenser. C'est chose facile pour lui de faire d'un prince un roi, et d'une province un royaume. Il a les yeux fixés sur vous, et si vous ne pouvez lui faire grand mal, lui, peut vous ruiner. En ce moment même il passe le Rhin avec deux cent mille hommes. Toutes les forteresses du pays sont entre ses mains. Dans huit jours il sera ici, et si vous l'avez trompé, vous et votre peuple, vous n'aurez plus à placer votre espoir qu'en Dieu. Vous le croyez affaibli parce que quelques-uns d'entre nous ont attrapé des engelures en Russie l'hiver dernier. Tenez ! Regardez ! m'écriai-je, en leur montrant du doigt une grande étoile qui brillait à travers la fenêtre : Quand cette étoile disparaîtra, il disparaîtra à son tour, mais pas avant.

Vous eussiez été fiers de moi, mes amis, si vous aviez pu me voir et m'entendre, car, tout en parlant je faisais sonner mon sabre et je balançais ma pelisse, comme si mon régiment eût été rangé là derrière moi, dans la cour.

Tous m'écoutèrent en silence, mais le prince sembla se courber davantage comme si le fardeau qui pesait sur ses épaules fût devenu tout à coup trop lourd ; et il promena autour de lui des yeux égarés.

— Nous venons d'entendre un Français parler pour la France. Qu'un Allemand, maintenant, parle pour l'Allemagne, dit une voix.

Les assistants se regardèrent les uns les autres en chuchotant. Mon discours, pensais-je, a produit son effet, et personne n'ose se déclarer contre l'Empereur. Mais la princesse, embrassant l'assemblée d'un regard de feu, lança d'une voix claire ces paroles qui vibrèrent dans le silence :

— Est-ce une femme qui répondra à ce Français ? Est-il possible que parmi les « Cavaliers de la Nuit » de Lutzow, pas un ne soit capable de se servir de sa langue aussi bien que de son épée ?

Aussitôt il se fit un bruit de chaises renversées et un jeune homme sauta debout sur une table. Il avait les traits d'un inspiré, de grands yeux pleins de feu, et de longs cheveux : son sabre pendait à son côté et ses bottes étaient couvertes de boue.

— C'est Korner, cria l'Assemblée. C'est le jeune Korner, le poète : il va chanter.

Son chant d'abord doux, rêveur, évoqua la vieille Allemagne, la mère des nations, ses plaines riches et fertiles, ses vieilles cités grises, ses héros morts dans les batailles. Puis le ton se haussa et résonna comme un appel de trompette. Il chanta l'Allemagne, un instant surprise à d'improviste et vaincue, mais se relevant et brisant les chaînes qui entravaient ses membres de géant. Qu'était-ce donc que la vie pour la convoiter ? La mère, la mère chérie, appelait à son aide : ses cris retentissaient dans le vent de la nuit, elle appelait ses enfants à son secours. Ne lui répondraient-ils pas ?

Ah ! ce chant terrible, cette face inspirée, cette voix de clairon ! Où étais-je ? Où était la France ? Où était l'Empereur ? Ils ne criaient pas, ces gens, ils hurlaient de délire, debout sur les chaises et les tables. Ils étaient fous, ils sanglotaient les larmes coulaient à flots sur leurs joues. Korner était descendu de sa table et ses camarades l'entouraient en agitant leurs sabres. Le visage du prince s'était empourpré, et se levant de son trône :

— Colonel Gérard, dit-il, vous avez entendu la réponse, à votre message : portez-la à l'Empereur. Le sort en est jeté, mes enfants ; je lutterai et je périrai, s'il le faut, avec vous.

Il s'inclina pour indiquer que la séance était levée, et tous ces hommes se dirigèrent vers la porte en vociférant pour aller jeter la nouvelle dans toute la ville.

Quant à moi, j'avais accompli ma mission bravement et je ne fus pas fâché de me retrouver dehors emporté dans le remous de la foule. Que me restait-il à faire au palais, maintenant ?

VIII – Comment le colonel joua une partie dont l'enjeu était un royaume

J'avais ma réponse mon devoir était de la porter à l'Empereur, quelle qu'elle fût. Je ne tenais pas à voir Hof et ses habitants jusqu'au jour où j'y reviendrais à la tête d'une avant-garde. Je laissai donc la foule et me dirigeai tristement vers l'endroit où l'on avait conduit mon cheval.

Il faisait sombre, du côté des écuries, et j'étais à la recherche de quelque palefrenier, quand, tout à coup, je me sentis saisir les bras par derrière. Des mains me prirent aux poignets et à la gorge et le canon d'un pistolet s'appuya contre mon oreille.

— Pas un mot, chien de Français, dit une voix. Nous le tenons, capitaine.

— Avez-vous la bride ?

— La voici.

— Passez-la lui autour du cou.

Je sentis la lanière de cuir se serrer autour de mon cou. Un valet d'écurie tenait à la main une lanterne à la lueur de laquelle je me vis entouré de « Cavaliers de la Nuit » que je reconnus à leurs manteaux noirs.

— Que voulez-vous faire de cet homme ? cria une voix.

— Le pendre à la porte du palais.

— Un parlementaire !...

— Un parlementaire sans lettres de créance !

— Mais le prince ?

— Allons donc ! Vous savez bien que le prince sera bien forcé de se mettre de notre côté.

— Il n'aura plus aucun espoir de se faire pardonner et, demain, il peut revenir sur sa décision de ce soir, comme il l'a fait déjà ; mais il aura beau protester de sa fidélité, il aura quelque peine à expliquer la mort du hussard.

— Non, non, Von Strelitz, dit une autre voix, nous ne pouvons pas agir ainsi.

— Ah ! vraiment. Je vais vous prouver que si, et un coup brusque tiré sur la bride faillit me jeter par terre, à moitié étranglé.

Au même instant, la lame d'un sabre brilla et la bride fut coupée à deux pouces de mon cou.

— Par le ciel, Korner ! c'est de la mutinerie, ceci, et vous m'en rendrez compte, cria le capitaine.

— J'ai tiré mon sabre comme un soldat et non comme un brigand, dit le jeune poète. Le sang peut tacher sa lame, mais non le déshonneur. Camarades, opposons-nous à ce que cet officier français soit maltraité.

Une douzaine de sabres sortirent des fourreaux, et il m'apparut que mes défenseurs et mes ennemis étaient à peu près en nombre égal. Mais le bruit de la querelle fit accourir la foule de notre côté.

— La princesse ! criait-on. Place à la princesse.

Je levai les yeux et je la vis devant moi, sa figure douce encadrée dans l'ombre. J'avais des raisons pour la haïr, car elle s'était jouée de moi, et m'avait volé ; cependant, je sentis un frémissement comme j'en ressens encore, chaque fois que je pense que j'ai tenu cette femme dans mes bras et respiré le parfum de ses cheveux. Je ne sais si elle repose aujourd'hui en terre allemande ou si, les cheveux blanchis par l'âge, elle traîne encore sa vieillesse dans le château de Hof, mais elle vit toujours jeune et charmante dans le cœur comme dans la mémoire d'Etienne Gérard.

— Quelle honte ! s'écria-t-elle, en arrachant de ses propres mains le nœud coulant qui me serrait le cou. La cause que vous soutenez est celle de Dieu, et vous commencez par une action aussi diabolique ! Cet homme m'appartient, et le premier qui touchera à un cheveu de sa tête m'en répondra.

Tous s'enfuirent devant son regard fulminant et son ton de commandement. Elle se tourna vers moi.

— Suivez-moi, colonel Gérard, dit-elle.

Je la suivis dans la pièce où j'avais été introduit d'abord. Elle ferma la porte, et me dit avec un sourire :

— N'est-ce pas témérité de ma part que de m'enfermer ainsi, seule avec vous ? car ce n'est plus la comtesse Polotta de Pologne, mais bien la princesse de Saxe-Felstein que vous avez devant vous.

VIII – Comment le colonel joua une partie dont l'enjeu était un royaume

— Peu m'importe le nom, répondis-je. J'ai secouru une femme que je croyais en danger, et, pour me récompenser, elle m'a volé, mes papiers et presque mon honneur.

— Colonel Gérard, dit-elle, nous avons joué, vous et moi, la même partie ; l'enjeu en était important. Vous avez montré, en vous chargeant d'une mission qui ne vous était pas confiée directement, que rien ne peut vous arrêter quand il s'agit de la gloire de votre pays. Mon cœur est allemand autant que le vôtre est français ; moi aussi je suis prête à tout, même à la fourberie et au vol, pour venir au secours de ma patrie souffrante. Comme vous, je suis franche.

— Vous ne m'apprenez rien que je ne sache, répondis-je.

— Mais, maintenant que la partie est jouée et gagnée, reprit-elle, pourquoi vous en vouloir ? je tiens à vous dire, toutefois, que si jamais je me retrouvais dans un danger comme celui que j'ai imaginé à l'auberge de Lobenstein, je ne pourrais souhaiter rencontrer un plus brave et plus galant protecteur que le colonel Etienne Gérard. Je n'aurais jamais cru pouvoir sentir pour un Français ce que j'ai ressenti pour vous quand je vous ai dérobé vos papiers.

— Mais cela ne vous a pas empêchée de les prendre, lui répondis-je.

— Ils nous étaient nécessaires, à moi et à l'Allemagne, dit-elle ; je connaissais les arguments qu'ils contenaient et l'effet qu'ils devaient avoir sur le prince. Si ces papiers lui étaient parvenus, notre cause eût été irrévocablement perdue.

— Pourquoi, lui dis-je, Votre Altesse s'est-elle abaissée à de tels expédients quand une vingtaine de ces brigands qui, tout à l'heure, voulaient me pendre, se seraient si facilement chargés de la chose ?

— Ce ne sont pas des brigands : c'est le meilleur sang de l'Allemagne, dit-elle avec feu. Si vous avez été malmené, rappelez-vous les indignités qu'ont subies les Allemands, et en particulier la Reine de Prusse. Vous me demandez pourquoi je ne vous ai pas fait arrêter sur la route ! j'en avais donné l'ordre et j'attendais à Lobenstein la nouvelle de votre capture. Mais, au contraire, c'est vous-même qui êtes arrivé ;

alors ne sachant plus quel parti prendre, j'ai dû me servir des armes que me fournissait mon sexe.

— J'avoue que vous vous en êtes bien servie ; vous m'avez battu, Altesse, et je vous laisse en possession du champ de bataille.

— Mais vous pouvez reprendre vos papiers. – Et elle me les tendit tout en parlant. – Le prince a passé le Rubicon maintenant, ajouta-t-elle, et rien ne peut le faire revenir en arrière. Vous pouvez remettre ces papiers à l'Empereur et lui dire que nous avons refusé de les recevoir. Personne ne vous accusera d'avoir perdu vos dépêches. Adieu, colonel Gérard. Tout ce que je puis vous souhaiter de mieux c'est de rentrer en France sain et sauf et d'y rester désormais ; avant un an il n'y aura plus de place pour un Français de ce côté-ci du Rhin.

C'est ainsi que je jouai contre la princesse de Saxe-Felstein une partie dont l'enjeu étant un royaume : c'est ainsi que je la perdis. J'avais bien des choses en l'esprit lorsque je repris la route de France avec ma petite Violette. Mais au milieu des pensées qui m'assaillaient, je revoyais toujours le visage charmant de cette princesse, et j'entendais la voix du soldat poète chantant sa patrie. Je sentis qu'il y avait quelque chose de redoutable dans cette forte, dans cette patiente Allemagne, comme chantait le poète ; et je compris que ce pays ne pouvait être conquis. Comme je poursuivais ma route, je vis poindre le jour et la grande étoile, que je leur avais montrée à travers la fenêtre, pâlir et s'éteindre dans le ciel d'Occident.

FIN